Emil Ertl

Meisternovellen

Emil Ertl: Meisternovellen

Erstdruck dieser Zusammenstellung: Leipzig, L. Staakmann, 1930.
Eingeleitet und herausgegeben von Heinrich Wastian.

Neuausgabe
Herausgegeben von Karl-Maria Guth
Berlin 2017

Umschlaggestaltung von Thomas Schultz-Overhage unter Verwendung
des Bildes: Pierre-Auguste Renoir, Junges Mädchen mit Blumen, um
1900

Gesetzt aus der Minion Pro, 11 pt

Verlag: Henricus - Edition Deutsche Klassik GmbH
Mörchinger Str. 33, 14169 Berlin, info@henricus-verlag.de
Druck: Libri Plureos GmbH, Friedensallee 273, 22763 Hamburg

ISBN 978-3-7437-0762-7

Bibliografische Information der Deutschen Nationalbibliothek

Die Deutsche Nationalbibliothek verzeichnet diese Publikation in der
Deutschen Nationalbibliografie; detaillierte bibliografische Daten sind
im Internet über www.dnb.de abrufbar.

Inhalt

Zum Geleit

Der 70. Geburtstag Emil Ertls, der im Vorfrühling dieses Jahres ein festliches Geschehen bedeutete, hat dadurch ein sehr beredtes Zeugnis für die verehrungsvolle Liebe einer innerlich-ergriffenen Gemeinde abgelegt: er wurde zum lauten Herold für die andauernde künstlerische Geltung eines gestaltungsstarken Erzählers und darüber hinaus zum zuverlässigen Künder von dessen enger seelischer Verbundenheit mit allen jenen, für die im Wogen und Werden unserer Zeit aus dem weise verstehenden, gütigen Dichterherzen durch die Darstellung des Allgemein-Menschlichen und Ewigen die beglückende Fülle edler Geistigkeit und tiefen Gemüts verheißungsvoll aufblüht.

»Alles was der Dichter uns geben kann«, meint Schiller, »ist seine Individualität; diese muß es also wert sein, vor Welt und Nachwelt ausgestellt zu werden.« Gilt dieses Wort, so besteht Emil Ertl groß vor uns, ist doch so viel edler Stil in seiner Erscheinung, quillt doch aus seiner seltenen Menschlichkeit der wundersame Brunnen, dessen Tiefe sein Werk speist. Alle Wärme, alle Güte, aller Humor kommen bei ihm aus solchem Ursprung. Dieses starke, erdverwachsene und dabei fest in göttlichem Grunde ruhende Menschentum bewirkt seine geistige Haltung, bestimmt sein bedeutendes, von allen Mächten der Seele und von reifem Weltwissen erfülltes, in Höhen und Tiefen reichendes Dichtertum.

Hieraus erklärt es sich, warum der Verfasser des vorliegenden Buches das Erbe unvergänglicher Meister in so sicheren Händen trägt, daß wir seiner Kunst bis zu diesem Tage nirgends ein Ermüden oder Welken anmerken. Bei seinen unmittelbaren Beziehungen zum Leben, aus Blut ins Blut wirkend, hat er seine Schwerpunkte, wiewohl er sich oft im Reiche der Geschichte ergangen hat, beileibe nicht in verklungenen Tagen, wir spüren bei ihm überall den lebhaften Schwung eines mit der Zeit gehenden Willens. Sein Wirklichkeitssinn führt immer wieder zu hellspüriger Beobachtung des Kleinlebens, der Einzelheit; und doch zeigen seine Dichtungen trotz feinfühliger Erbötigkeit an die Natur und das pulsende Leben, trotz sozialer Einfühlung in das Poetische des Alltags, die zuweilen eine rührende Andacht zum scheinbar Unbedeutenden in sich schließt, jene hoch über der Erscheinung stehende Auffassung, die die Gemeinschaft alles

Lebens bis in die stumme Kreatur hinein begreift und heiligt. Ein Dichter soll ja auch mehr geben als nur eine Nachbildung des Lebens in seinen charakteristischen Formen. Wir hoffen von seiner Kunst, daß sie uns den verhohlenen Sinn des Daseins entschleiern, den irdischen Tageslauf bezwingen lehren und uns eine innere Durchleuchtung für Arbeit und Pflichterfüllung verleihen werde.

Emil Ertls Muse hat dieses weihevolle Amt immer geübt, doch benötigte sie hiezu nicht immer den Schauplatz großer geschichtlicher Ereignisse, wie etwa in der gewaltigen Spiegelung der vier innerlich zusammenhängenden Romane aus den Geschicken einer österreichischen Seidenweberfamilie, sie in stolzem Bogen eine Brücke aus Napoleonischer Zeit bis herauf in unsere Tage schlagen, oder in dem für uns Deutsche gleichnisreichen Riesengemälde von Karthagos Kampf und Untergang. Ein Berufener, den längst die Erde deckt, traf denn auch ins Schwarze, wenn er, Jahre bevor die genannten Hauptwerke Emil Ertls entstanden, dessen dichterisches Können als ein vielverzweigtes und reichgestaltendes einschätzte. In einem Aufsatz, der »Ein guter Kamerad« überschrieben ist, und in dem Peter Rosegger eine Besteigung des Loser schildert, jenes aussichtsreichen Kalkgipfels, mit dem das Tote Gebirge gegen den dunkelgrünen Altausseer See abstürzt, rühmt der volkstümliche steirische Dichter in seiner Art die gewaltigen Eindrücke, die ihm die Erhabenheit der Bergwelt vermittelte, und freut sich zugleich über das offene Auge, Ohr und Verständnis, das sein um vieles jüngerer Freund und Wandergenosse von damals für das Größte und Kleinste in der Natur bekundet habe, sowie über dessen Sinn für das Geschichtliche der Gebirgsbewohner, deren wirtschaftliches Leben, ihren Volkscharakter, ihre Sitten, Kunstneigungen und Lieder. Und er fügt hinzu: »Da begriff ich, wie dieser Mann aus *einem* Tintentiegel Dorfgeschichten wie Stadtnovellen schreiben kann.« So zu lesen in dem letzten von Peter Rosegger noch selbst zusammengestellten Sammelband »Abenddämmerung«.

Einer Anregung des Verlages L. Staackmann in Leipzig freudig entsprechend, aus einer Anzahl verschollener älterer Novellenbände Emil Ertls, die wegen der Ungunst der Zeitverhältnisse derzeit nicht neu aufgelegt werden können, einen bunten Strauß der erlesensten solcher abwechslungsreicher Erzählungen und Geschichten, und zwar kleinsten Umfangs, zusammenzustellen, konnte ich mich der Zustimmung des Verfassers zu diesem Unternehmen umso leichter versichern, als im Laufe der Jahre nicht nur an die genannte Verlagsanstalt, sondern im Wege verschiedener Buchhandlungen auch an den Dichter selbst immer wieder Anfragen gerichtet worden sind, in welchem Band diese oder jene Geschichte zu finden sei, und auf welche Weise man sich selbe verschaffen könne; worauf denn keine andere Antwort gegeben werden konnte, als daß die betreffenden Bande gänzlich vergriffen und auch im Altbuchhandel kaum mehr aufzutreiben wären. Zehntausende schöngeistiger Werke, sagte ich mir, werden in deutschen Landen alljährlich mit mehr oder weniger Lärm auf den Markt geworfen, meist um für immer der Vergessenheit anheimzufallen. Und eine in aller Stille erblühte dichterische Schönheit, deren Duft und Farbe sich ihren Schätzern lebendig und dauernd eingeprägt hat, sollte den empfänglichen Gemütern, die ein Wiedersehen mit ihr feiern oder andere darauf aufmerksam machen möchten, für immer unzugänglich bleiben?

Schon allein aus dieser Erwägung scheint mir die Herausgabe der vorliegenden Auswahl gerechtfertigt, wobei ich mich übrigens auf ausdrücklichen Wunsch des Dichters zu der Feststellung veranlaßt sehe, daß seines Erachtens Peter Rosegger einem wohlwollenden Irrtum unterlegen sei, wenn er ihm seinerzeit die Fähigkeit zugetraut habe, »Dorfgeschichten« zu verfassen. Daß dieses nur einem Schriftsteller gelingen könne, der Gemüt und Seele jener ländlichen Umwelt, die er zum Gegenstand seiner Darstellung zu machen beabsichtige, von Jugend auf in sich eingesogen habe, dessen sei sich niemand besser bewußt als gerade er selbst, der als Heimatdichter der Großstadt seine nachhaltigsten Wirkungen dem Umstande danke, daß er seine Romangestalten dasjenige, was jeden Menschen betrifft und bewegt, in einem zum Greifen lebendigen, örtlich und zeitlich genau bestimmten und bedingten Geist habe aussprechen lassen, wozu ihn wieder nur seine von Kindheit auf bestehende Vertrautheit mit diesem Geiste und dessen Ausdrucksmitteln befähigt habe.

»Du wirst, lieber Freund«, fährt Emil Ertl in dem betreffenden an mich gerichteten Briefe fort, »vielleicht einen Widerspruch darin erblicken, daß sich trotzdem in meinen Werken Erzählungen genug finden, die in den mannigfachsten Umgebungen spielen, in der Stadt oder auf dem Lande, unter Gebildeten oder Bauern, großen und kleinen Leuten, Edelmenschen und Strolchen, manchmal sogar im fremdsprachigen Ausland. Indessen löst sich der scheinbare Widerspruch bei genauerer Betrachtung der Form. Der Roman, der künstlerische Ernte einbringen will, muß seine Gestalten, auch wenn sie erst als reife Menschen in ihn eintreten, von Kindheit auf, womöglich gar *vor* ihrer Geburt, nämlich in ihren Vorfahren kennen, muß mit ihren Beziehungen und Verhältnissen aufs Genaueste vertraut sein, um ihr geheimstes Sinnen und Trachten wissen und sie in vollster Lebensfülle, das heißt in innigstem Zusammenhang mit ihrer Umgebung darstellen. Ungefähr dasselbe, wenn auch in gewisser Abschwächung, gilt auch von jener die ehemalige ›Dorfgeschichte‹ in sich begreifenden Erzählungsform, die zwar oft Novelle genannt wird, grundsätzlich aber so wenig zur Verschwiegenheit neigt wie der Roman und sich von diesem im wesentlichen nur durch geringeren Umfang nach Breite und Tiefe unterscheidet. Ganz anders die richtige Novelle. Sie weiß absichtlich und grundsätzlich von den handelnden Gestalten, deren Charaktereigenschaften und Schicksalen nicht mehr, als was eine bestimmte Begebenheit, die an sie herantritt, ein Ereignis oder Erlebnis, dem sie unterliegen, scheinwerferartig davon erhellt. In dem abgegrenzten Lichtkegel leuchtet dann für einen Augenblick ein Stück Wirklichkeit auf, was rechts und links davon liegt, bleibt unbekanntes Land, wird höchstens angedeutet. Man fühlt die Verwandtschaft mit der Radierung. Aus einem Lebenskreise nun, in dem ich durch Erfahrung oder Studium nicht gründlich zuhause bin, würde ich niemals wagen, einen Roman zu gestalten. Aber unbedenklich ergibt er mir, wenn das Glück hold ist, eine Novelle, kein Gemälde zwar, aber eine Radierung, die auch ihre Reize hat ...«

Soweit Emil Ertl. Es ist damit genugsam erklärt, warum der Dichter, der auf der einen Seite so strenge Anforderungen an die Kenntnis der Umwelt stellt, wie etwa in seiner oben erwähnten vierbändigen Romanreihe »Ein Volk an der Arbeit« oder in dem wuchtigen dichterischen Geschichtsdenkmal »Karthago«, anderseits vor der abwechslungsreichsten und mannigfaltigsten Stoffwahl nicht zurückschreckt. Er sieht im Roman oder der romanartigen Erzählung gewissermaßen einen zwischen begrünten und beblumten Ufern hingleitenden Strom, Bäume und Häuser, die am Rande stehen, spiegeln sich darin, sogar das Bild des Himmels, der sich darüber wölbt, wirft er zurück. Die Novelle dagegen scheint ihm herausgeschöpftem Wasser vergleichbar, das die Form des Gefäßes anzunehmen gezwungen ist, dessen Wände es umgrenzen. Die Verschiedenheit der künstlerischen Technik bedingt auch eine andere Einstellung des Schaffenden seinem Stoff gegenüber. Nach solchen Gesichtspunkten beurteilt dünkt es mich kein Überschwang, wenn die vorliegende Sammlung in nachdrucksamer Betonung eines vielerfahrenen Kunstverstandes, der den Inhalt durch Form bändigt, den Titel »Meisternovellen« trägt. Wie griffig und packend bewegt, schürzt und löst in diesen knappen kleinen Kunstwerken die bewährte Meisterhand, wie hellt sie Dunkles und Verborgenes auf, um es durch die Macht des dichterischen Wortes zu tragischen Erschütterungen zu steigern oder trostreich ausklingen zu lassen, wieviel Beobachtungsgabe und Weltkenntnis birgt der Reichtum und die Mannigfaltigkeit der großen und kleinen Ereignisse in sich, die gleichsam aus dem Leben selbst herausgerissen sich in diesem Bande zusammenfinden!

Emil Ertl, in seiner Gesamterscheinung einer der vornehmsten Träger altösterreichischer Geisteskultur, ist in seinem Wesen uns Donau- und Alpendeutschen für die eigene seelische und geistige Haltung vollgültig wie wenige neben und mit ihm. Gerade aus den lauteren Quellen, aus dem Wurzelgefühl dieser Dichtung, die nicht bloß zeitvertreiben und unterhalten, die vielmehr auch Dienst an der Seele unseres Volkes tun will, ist mannigfach echte Kraft zu schöpfen. Man wird schon deshalb dem Dichter und Denker eines selten gewordenen verinnerlichten Deutschtums, der aus der andrängenden Vielfalt des buntwirbelnden Lebens durch den sanft überredenden Geigenstrich einer wundervoll gepflegten Sprache die köstlichsten Schätze hervorzuzaubern weiß, allenthalben im weiten deutschen Vaterlande gerne mit beschwingter Seele lauschen.

Graz, im Sommer 1930.

Heinrich Wastian.

Die Rose

»Du solltest aber doch auch an die Luft gehn, Papa!« sagte Frau Annie zu ihrem Mann. »Den ganzen Tag am Schreibtisch sitzen –?«

Sie nannte ihn fast immer »Papa«, obgleich er nicht ihr, sondern der Papa ihrer Kinder war; aber sie sah ja alles mit den Augen der Kinder.

»Wo geht ihr hin?« fragte der Professor, zerstreut aufblickend.

»Zum Wohltätigkeitsfest. Man ist doch wenigstens den Abend ein bissel im Grünen. Und die Kinder möchten natürlich den Jahrmarkt sehn.«

»Natürlich, ja, ja, geht nur!« sagte er wie geistesabwesend.

Minni, das neunjährige Mädchen, und der zwölfjährige Rolf öffneten die Türe und schoben sich zögernd in Vaters Arbeitszimmer herein. Draußen hörte man die gedämpfte Stimme Gretlis, die im Alter zwischen diesen beiden stand: »Nicht hineingehn! Papa hat doch zu arbeiten!«

»Tür zu, bitte, es zieht!« rief der Papa. Minni und Rolf wollten zurückprallen, aber die Mama sagte: »Also rasch herein! Papa erlaubt schon, daß ihr ihm Guten Tag sagt.«

»Aber gewiß!« sagte er und malte nervös Krakelfüße auf den Rand eines Blattes, an dem er eben geschrieben hatte. »Lebt wohl und gute Unterhaltung!«

Nun trat auch Gretli ein, das schüchterne, großäugige Kind, in ihrem Strohhut mit weißen Bändern. Der Reihe nach küßten sie ihn auf die Wange, erst Minni, dann Rolf, dann Gretli, und entfernten sich gesittet und eilfertig. Im Vorzimmer sagte Mama: »Gott, was für ein Stoß Drucksachen und Briefe! Trag sie hinein, Gretli!«

»Was gibt es denn schon wieder?« fuhr der Professor auf.

»Nur Zeitschriften und Briefe, Papa«, sagte Gretli, gleichsam sich entschuldigend.

»Danke, schon recht, leg sie hin.«

Nachdem das Kind sich entfernt hatte, riß er die Briefumschläge auf und die Schleifen von all dem bedruckten Zeug, dann zündete er sich eine Zigarre an und ließ das geübte Auge über Akten und Abhandlungen, Gedrucktes und Geschriebenes gleiten. Ein paarmal dazwischen schlug er mit der flachen Hand leicht auf den Schreibtisch.

Daß es immer wieder neue Ärgernisse gab, Kontroversen, Mißverständnisse! Aber was läßt sich dagegen tun? Kämpfen heißt es eben, sich und seine Überzeugung verteidigen. Gerade das nennt man Wirken im Dienst des Geistes. Gerade das nennt man Leben.

Rechter Hand auf seinem Schreibtisch lagen nebeneinander zwölf Stück wohlgespitzte Bleistifte, Kohinoor 2 B, links ein hoher Stoß Papiere, zu Quartblättern zugeschnitten. Gretlis, seines Lieblings, Geschäft war es, diese Vorräte in Ordnung zu halten. Jeden Morgen, ehe Papa sein Zimmer betrat, zerschnitt sie das Papier und spitzte die Bleistifte, deren immer genau ein Dutzend sein mußte. Manchmal kam es vor, daß am nächsten Morgen alle zwölf abgebrochen waren. Sie setzte sie wieder in Stand und legte sie nebeneinander, daß sie aussahen wie Lanzen in einem Waffenlager für Ulanen. Den Papiervorrat aber füllte sie nach wie die Danaiden das Faß. Sie war so eine von den Stillwaltenden, die man nicht hört, verdichtete Weiblichkeit im Keim, eines von jenen Kindern, die man leise aufs Haar küssen möchte und sagen: Gesegnet, wer dich einmal heimführt!

Wenn der Professor während des Schreibens auf ein physisches Hindernis stieß, konnte es ihn rasend machen. Darum hatte er sich's so eingerichtet. Das Papier brauchte man nur herzunehmen, Blatt für Blatt, und wie die Spitze so eines Bleistiftes Kohinoor 2 B über gut geglättetes Papier hingleitet, das ist ganz einzig, unvergleichlich. Er schreibt beinahe von selbst.

Gerade jetzt, während er so allein und ungestört am Schreibtisch saß, rissen ihn wieder die Gedanken hin. Was da in einer dieser Streitschriften gedruckt stand, war schlechterdings unvereinbar mit seiner wissenschaftlichen Überzeugung. Das mußte einmal gründlich widerlegt werden. Mit bestrickender Sachlichkeit und doch zugleich heißblütig, schlagfertig, vernichtend. So ein zurechtweisender Aufsatz von ihm, an ersichtlicher Stelle in der ihm zur Verfügung stehenden Zeitschrift gebracht – das sauste wie eine damaszierte Klinge durch die Luft, klebscharf geschliffen und dabei fein und geschmeidig.

Wie ihm die Worte aufs Papier strömten, aus der Überzeugung heraus! Jede Viertelstunde krachte eine Bleistiftspitze, und sofort flog der dienstuntauglich gewordene Stift beiseite und ein anderer trat für ihn ein, aus der Reserve, die in Reih und Glied wartete, gleich kampfbereiten, todesmutigen Soldaten.

Und mit den Bleistiften, die in die Schreibtischecke flogen, flog auch die Zeit hin, ohne daß er es merkte, und er wunderte sich fast, als nach und nach ein leises Zwielicht um den Schreibtisch zu weben begann und plötzlich auch schon die Seinen vom Volksfest wieder heimkehrten, die ganze Rasselbande.

Die Kinder in ihrer Ausgelassenheit schlugen die Vorschriften gänzlich in den Wind, die ihnen Mama immer einschärfte: Papas Zimmer wie ein Heiligtum zu betrachten. Glückselig stürmten sie herein, voll von Erlebnissen, umdrängten ihn, er hörte sie erzählen, berichten, schildern, und hörte sie doch wieder nicht, seine Gedanken waren – ganz anderswo. Er plauderte mit ihnen und hatte keine Ahnung von dem, was er sagte, er dachte nur immer an seine Arbeit, die er noch krönen wollte, deren letzte Gedanken, deren wirksamste Sätze in ihren Umrissen ganz deutlich vor seinem geistigen Auge standen, und die er doch nicht hatte packen und festhalten können. Durchaus wollte er sie nicht entwischen lassen. Er wäre so gerne fertig geworden vor Einbruch der Dunkelheit, das Abendessen schmeckte ihm nicht, wenn er nicht zu einem Abschluß gekommen wäre. Und darum war er froh, als die Stimme seiner Frau ertönte: »Jetzt laßt aber Papa in Frieden, er hat noch zu arbeiten!«

»Nur ein paar Minuten noch ...« sagte er dankbar.

Eine halbe Stunde später saß er ganz vergnügt mit seiner Familie beim Abendbrot. Der Aufsatz war nicht nur vollendet, sondern sogar schon im Briefkasten, mit Umschlag und Freimarke. Er war zufrieden mit dem Artikel. Der saß! Abgetan! Fertig!

Die Kinder zeigten, was sie sich gekauft hatten auf dem Jahrmarkt. Rolf Ansichtskarten. Er sammelte natürlich, und zwar vom geographischen Gesichtspunkt aus: Gegenden, nur Gegenden. Sachen, die nicht wirklich waren, freie Erfindungen von Künstlern, liebte er nicht. Das kam ihm unsolide vor. Minni hatte sich ein wunderbares Spielzeug gekauft. Das war ein Gestell mit vier Rädern und obenauf eine Kautschukblase, die sich mächtig blähte, wenn man hineinpustete. Die langsam ausströmende Luft entfesselte den Ton eines Trompetchens und setzte zugleich das kleine Fahrzeug in Bewegung, wenn man es auf den Tisch oder Fußboden stellte. Es machte einen drolligen Eindruck, wenn das Wägelchen selbsttätig dahinrollte unter dem Blasen des Trompetchens, während der aufgeblähte Sack, den es mit sich führte, allmählich einschrumpfte.

Die Kinder unterhielten sich lange mit dem schnurrigen Spielzeug, ließen es umwenden, anhalten, bergauf und bergab fahren und bliesen es immer wieder auf, sobald ihm der Atem ausgegangen war. Belustigt sahen die Eltern zu.

»Was die Leute alles erfinden!« sagte Frau Annie.

Der Professor nickte: »Ja, und wenn man denkt, daß immerhin ein bißchen Ingenium dazu gehört, so etwas auszudenken!«

Nachdem die Kinder zu Bett geschickt waren, steckte er sich eine Zigarre an und machte Miene, sich in sein Schreibzimmer zurückzuziehen.

»Schon wieder arbeiten?« seufzte Annie.

»Mein Buch muß doch endlich ein bißchen vom Fleck kommen.«

»Deine Zigarre wenigstens rauch noch hier zu Ende?« bat sie.

Er blieb sitzen. Sie nahm das Pustewägelchen, das die Kinder zurückgelassen hatten, blies es auf und ließ es über den Teppich hinlaufen. Es arbeitete sich mühsam aber beharrlich durch das rauhe Terrain. Eine ganze Zeitlang zog es an wie eine kleine Lokomotive, indem es das Trompetchen dabei blasen ließ. Dann schrumpfte die Kautschukblase ein, knüllte sich zusammen wie eine runzliche Haut, und mit einem langgezogenen seufzenden Mißton entfloh der letzte Lebensatem. Da stand es stille und kippte ein wenig zur Seite. Der Professor und seine Frau lachten. Der Professor mußte lachen, daß ihm Tränen in die Augen traten, so komisch kam das Ding ihm vor. Er verfiel in ein fast nervöses, krankhaft überreiztes Lachen.

»Du solltest nicht so viel arbeiten, Oskar«, sagte die Frau. »Es muß ja deine Nerven angreifen und dich schließlich noch krank machen.«

»O, ich halte etwas aus«, erwiderte er behaglich. »Das Arbeiten macht mich nicht krank. Das ist ja das größte Vergnügen, das es überhaupt gibt.«

Er stand auf und ging im Speisezimmer auf und nieder, in Gedanken … »Siehst du«, sagte er, »was die Nerven angreift, das ist, daß man keinen Dank hat. Ich meine nicht Lohn, ich meine Dank. Überall nichts als Mißverständnisse und Mißdeutungen, von allen Seiten. Und man gibt doch sein bestes hin, quält sich ab in zweifelvollen Stunden, wie man raten, nützen, helfen könnte. Man will etwas Gutes erweisen, Liebe spenden, und die, denen es zugedacht ist, verstehen es nicht, merken es kaum. Siehst du, das ist es, was manchmal ein wenig hernimmt.«

»Ja, das ist es«, seufzte sie bekümmert.

Er trat zu ihr und küßte sie auf die Stirn. »Na, das war nur so eine kleine Anwandlung … Ich lasse mir meine Ziele nicht verrücken, und vorderhand bin ich noch obenauf.« Und mit einem Blick auf die Uhr sagte er: »Jetzt heißt es aber fleißig sein.«

Er öffnete die Tür zu seinem Arbeitszimmer, blieb aber noch einmal stehn und fragte zurück: »Was hat sich denn eigentlich Gretli auf dem Jahrmarkt gekauft?«

»Gretli? Die Rose.«

»Welche Rose?«

»Nun die Rose, die sie dir brachte.«

»Die sie mir brachte?«

»Ja. Sie brachte dir doch eine Rose!«

»Eine Rose? Mir«?«

»Ja. Schon auf dem Hinweg fragte sie, ob man auch Rosen zu kaufen bekäme auf dem Jahrmarkt. Wahrscheinlich, sagte ich, die Damen verkaufen sie den Herren für die Wohltätigkeit. So kaufe ich eine Rose für Papa, sagte sie.«

»Aber sie gab sie mir doch nicht?«

»Ja, sie gab sie dir, als wir nach Hause kamen.«

»Und ich?«

»Du nahmst sie und rochst daran. Und dann fragte sie, ob sie die Blume in die kleine Bronzevase stecken dürfe, die auf deinem Schreibtisch steht.«

»Und ich?«

»Du sagtest: da darf man kein Wasser hineintun.«

»Und dann?«

»Dann brachte sie ihr kleines Porzellanväschen hinüber und fragte, ob sie die Rose hineintun und auf deinen Schreibtisch stellen dürfe.«

»Nun?«

»Da sagtest du: ja, gewiß! Aber ich merkte gleich, daß du gar nicht wußtest, wovon die Rede war, und daß dir andere Gedanken durch den Kopf gingen. Denn es flog ein Lächeln über dein Gesicht, und gleich darauf ergriffst du einen Bleistift und warfst ein paar Sätze aufs Papier.«

Er schüttelte den Kopf.

»Sollte man nicht glauben!« sagte er nachdenklich, drehte das Licht in seinem Arbeitszimmer an und warf durch die offenstehende Tür einen Blick auf seinen Schreibtisch. Da stand neben der Lampe eine kleine Porzellanvase mit einer schönen, großen, roten Rose. Es kam ihm vor wie ein Wunder.

Allerhand Gefühle wurden wach in ihm … Da richtest du deinen Blick ins Weite und sorgst dich für Fernliegendes, vielleicht Unwirkliches; sehnst dich, indem du dich mit den Meinungen anderer herumschlägst, vergeblich nach einem einzigen kleinen guten Wort des Dankes – und bist blind für die unendliche Liebe, die still und schüchtern dich umgibt und die Stätte deiner Arbeit mit Rosen schmückt …

Einen Augenblick stand er unschlüssig, dann drehte er sich um und schritt durchs Speisezimmer nach der gegenüberliegenden Tür.

»Muß doch sehen, ob sie noch wach ist?«

»Gretli? Ach ja! Gib ihr noch einen Gutnachtkuß, das macht sie überglücklich!«

Nach einer kleinen Weile kehrte er zurück, vorsichtig, auf den Fußspitzen: »Sie schläft schon.«

Barbana

Bei einer Tasse Tee saßen wir nach dem Abendessen in dem holzge-
täfelten, mit zahlreichen Jagdtrophäen geschmückten Speisesaal des
Schlosses am Kamin und streckten unsere Füße gegen das offene
Feuer. Es war Spätherbst, und draußen wehte ein eisiger Wind, daß
die großen brennenden Buchenscheite unstet flackerten. Die trockene
Wärme, die von ihnen ausstrahlte, tat uns wohl, wir hatten bis in
den sinkenden Abend hinein einen weiten Weg gemacht und waren
gehörig durchgeblasen worden. Um den mit Hirschleder überzogenen
weichgepolsterten Lehnstuhl des Freiherrn lagen oder kauerten
mehrere seiner Lieblingshunde, die seine steten Begleiter waren. Er
war leidenschaftlicher Jäger und huldigte dem Jagdvergnügen in allen
erdenklichen Formen. Er jagte im Felsgebirg und im Hochwald, in
den Föhrenschonungen und am Flusse, auf freiem Feld und im
sumpfigen Moor. Die Gegend war gebirgig mit dazwischengelagertem
Hügelland und breiten Niederungen, sie gewährte so ziemlich alles,
was ein Jäger sich wünschen konnte. Und der Freiherr war stets mit
der gleichen Begeisterung bei der Sache, ob er auf Gemswild pirschte
oder Hasen schoß, ob er den Dachs grub oder den Auerhahn be-
schlich oder Wald- und Wasservögeln nachstellte und auf den
Schnepfenstrich paßte.

Diesmal hatte er, während die Wetterfahne auf dem Giebel des
Schlosses im wehenden Winde ächzte, von seinen Hunden gesprochen
und stellte mir einige seiner Lieblinge vor, die treu und aufmerksam
an seiner Seite saßen oder zu seinen Füßen lagen und sich an der
strahlenden Wärme des offenen Feuers behagen ließen wie wir selbst.
Da waren zwei edle, weißbraune Jagdspaniels, Tiere, die ernst und
verständig dreinschauten wie kluge Menschen, dann der listige
Dachshund »Steffel«, dem die Kalfakternatur auf der Nase geschrieben
stand, endlich »Waldmann« und »Waldine«, ein paar Prachtexemplare
von roten, stichelhaarigen Hochgebirgsbracken.

»In früheren Jahren«, sagte ich, »erinnere ich mich, wiederholt eine
unscheinbare, häßliche schwarze Hündin unter Ihren Begleitern gesehen zu haben. Was war das eigentlich für ein Tier? Ich gestehe,
ich wunderte mich im Stillen, daß Sie unter Ihren prächtigen Hunden
einen Köter von so zweifelhafter Herkunft duldeten.«

Der Freiherr lachte.

»Das will ich gern glauben, daß Sie sich darüber wunderten. Aber meine ›Barbana‹ war ein ganz ausgezeichneter Kerl, und ich vermisse sie schwer, seit sie tot ist. Wollen Sie erfahren, wie ich zu dem Tier kam?«

Er tat ein paar Züge aus der Zigarre und fuhr fort: »Das war in der Inselzone des ehemals österreichischen Küstenlandes, in der uralten Patriarchenstadt Grado, der Perle der friaulischen Lagune. Was mich oft dahin lockte, war die Jagd, die Jagd auf Wassergeflügel, die in ganz eigentümlicher Weise in den Lagunen betrieben wird. Man bedient sich nämlich dabei einer Flinte, die eigentlich eine Art Kanone ist. Sie ist doppelt so lang wie ein Mensch und besitzt ein ungewöhnlich großes Kaliber. Man legt sie der Länge nach auf das Boot, so daß dieses gewissermaßen zur Lafette wird, und rudert des nachts oder am dämmernden Morgen in die weite Lagune hinaus, um das Wassergeflügel beim ersten Frühschein zu überrumpeln.

An einem schönen, friedlichen Herbsttag kehrte ich wieder einmal von einem solchen Jagdausflug zurück, schon im sinkenden Abend. Wie wir uns langsam rudernd dem Hafen von Grado nähern, da bemerke ich von meinem Boot aus auf der Ufermauer des Städtchens eine große Menschenansammlung und auf dem Brackwasser davor viele Boote. Und von Zeit zu Zeit sah ich es hoch aufspritzen, gerade als ob schwere Gegenstände von Bootsleuten in die Flut geschleudert würden, und jedesmal, wenn es einen Plumps machte und das Wasser aufspritzte, erhob sich unter den Menschen am Ufer ein Geheul, halb wie Freudengeschrei, halb wie das Wehklagen von Weibern und Kindern.

Mein Ruderer, den ich fragte, was das zu bedeuten hätte, erzählte mir, eine Hundesteuer sei eingeführt worden in Grado, weshalb die Leute sich verschworen hätten, ihre Hunde zu ertränken. Große Steine hätte man ihnen um den Hals gehängt und würfe sie von den Booten aus ins Wasser; nicht ein einziger würde am Leben bleiben, im ganzen Ort!

Ich war empört über eine solche Grausamkeit. Wir hatten uns den Booten genähert, und ich sah jetzt ganz deutlich, wie zwei Männer einen schwarzen Hund an den Beinen in der Luft hin und her schwenkten. Dann ließen sie die Beine los, und das arme Tier platschte ins Wasser. Wieder erhob sich ein Gejohle am Ufer; es schienen die meisten, die dort standen, kein Mitleid zu kennen mit den grausam hingeopferten Tieren.

Der schwarze Hund, der soeben ins Wasser geschleudert worden, kämpfte einen verzweifelten Kampf um sein Leben. Trotzdem ihm ein kindskopfgroßer Stein am Halse hing, hielt er sich doch noch über Wasser. Mit einem Blicke, in dem die Todesangst brannte, spähte er um sich, wohin er sich retten könnte. Und ich bemerkte, daß er gerade auf mein Boot zusteuerte, um seinen Henkern zu entrinnen.

Er schwamm wie ein Seehund, aber die Last am Halse zog gewaltig; keuchend, nach Luft schnappend, näherte er sich: den Blick vergesse ich nie, den er auf mich gerichtet hielt! Es war, als ob ein ertrinkender Mensch in Todesangst mir entgegenschrie: Rette mich, ich will dir dienen und es dir danken mein Leben lang!

Rasch entschlossen befahl ich meinem Bootsmann, ihm entgegenzurudern. Er sank schon unter, da glitt mein Fahrzeug an die Stelle, und mit glücklichem Griff erwischte ich den armen Kerl an einem Bein, das gerade noch einmal zum Vorschein kam, und hob ihn nicht ohne Mühe ins Boot.

Es war ein mittelgroßes schwarzes Tier ohne jede Rasse, eine Hündin. Ich schnitt ihr den schweren Feldstein vom Halse, sie lag erschöpft, triefend und leise wimmernd auf dem Boden meines Fahrzeugs und leckte meine Stiefel. Als ich ans Land stieg, folgte sie mir auf dem Fuße, gerade, als wäre ich immer ihr Herr gewesen. Zu Hause gab ich ihr zu fressen und dachte nach, was weiter geschehen sollte. Der Besitz des Tieres war für mich eine Verlegenheit. Einen so rasselosen, fast lächerlichen Köter konnte ich nicht brauchen. Aber da ich einmal sein Lebensretter geworden war, verfiel ich auf den Gedanken, die Hündin gegen reichliches Kostgeld einem Flickschuster zu übergeben, den ich als gutmütigen und rechtlichen Mann kannte. Der brave Schuster, der eine zahlreiche Familie zu ernähren hatte, ließ sich durch mein Anbot bestimmen und nahm den Hund in seine Obhut. Abgemacht!

Bald darauf hatte ich noch im Morgengrauen einen meiner Jagdausflüge angetreten. Ich befand mich bereits mitten in den Lagunen, als ich etwas Schwarzes unter der Bootsbank liegen sah. Irgendein Kleidungsstück? Ich stieß mit dem Fuße daran. Ein leises Winseln –

meine Hündin war es. Im Schutze der Dunkelheit hatte sie sich in das Boot geschlichen und mich so gezwungen, sie mitzunehmen.

Mein Ärger verlor sich aber bald. Denn nun sollte ich etwas ganz Unerwartetes erleben.

Ich hatte längst darauf verzichtet, meine Vorstehhunde in den Lagunen zu verwenden, sie versagten hier völlig. Das Brackwasser war ihnen zu salzig, der Wellenschlag machte sie kopfscheu, ich nahm sie gar nicht mehr mit. Leute in hohen Wasserstiefeln suchten das erlegte Geflügel zusammen, was nicht auf trockene oder ganz seichte Stellen fiel, war verloren.

Welche Überraschung nun, wie nach dem ersten Schuß mein schwarzer Köter mit einem großen Satz über Bord springt und sich in die Fluten stürzt.

Die witternde Nase voraus, durchschnitt er die Wellen, ich war gespannt, ob er das Federwild zerbeißen oder sich sonst irgend etwas zuschulden kommen lassen würde, was nicht weidgerecht ist. Aber nichts davon; er brachte den ganzen Abschuß mit einer solchen Gewissenhaftigkeit an mein Boot, daß ein jeder meiner Bracken sich ein Beispiel daran hätte nehmen können.

Ich hob das Tier nach getaner Arbeit in das Fahrzeug, lobte es und kraute ihm den Kopf. Da sah es mit einem solchen Ausdruck von – fast möchte ich sagen – beglückter Dankbarkeit zu mir auf, daß ich schier ergriffen davon wurde. Und es stand nun fest bei mir, daß ich keinen Versuch mehr machen wollte, die Hündin wegzugeben. War sie auch nicht von adliger Geburt, so verstand sie doch ihre Sache so gut, ja besser als irgendeiner meiner Reinrassigen. Ich behielt sie also bei mir und nannte sie »Barbana« nach der Laguneninsel, an der vor Jahren die Hochflut ein absonderliches Gnadenbild sollte angeschwemmt haben, wie mir auch von denselben Wellen dies sicherlich nicht alltägliche Geschöpf zugetragen worden.

Barbana blieb von da ab meine stete Begleiterin auf meinen Jagdausflügen in die Lagune. Ich räumte ihr einen ebenbürtigen Platz an der Seite meiner vornehmsten Jagdhunde ein, und sie hat sich dessen durchaus würdig erwiesen, ja, ich muß gestehen, daß kaum ein andrer von meinen Hunden – ohne dem Waldmann oder gar der Waldine nahetreten zu wollen – die gleiche Fähigkeit besaß, auch meine unausgesprochenen Wünsche zu erraten und mir meine Befehle gleichsam von den Augen abzulesen.

Ich kann den Gedanken nicht los werden, daß sie ihr ganzes Leben lang jenen fürchterlichen Augenblick in der Erinnerung behalten hat, wo sie, den Stein um den Hals, mit dem Tode rang und ich ihr Retter wurde. Dankbarer als mancher Mensch, übertraf sie an Treue und Anhänglichkeit, den Kardinaltugenden des Hundegeschlechts, noch die besten Vertreter der Gattung, die ich in meinem Leben kennengelernt habe.

Wenn ich an sie zurückdenke, so ist mir fast, als erinnerte ich mich eines verstorbenen Menschen, der mir nahestand …

Sie ist auf einem unserer Jagdzüge ums Leben gekommen … Und auch ihr Tod war – wenn ich es aussprechen darf, fast heldenhaft zu nennen. Ich will nicht übertreiben, aber das Ende dieses Tieres hatte wirklich etwas mit dem eines Menschen gemein, der in treuer Pflichterfüllung zugrunde geht.

Ich hatte an einer langgestreckten Sandbank gejagt, zwischen Lagune und offenem Meer. In der Mitte ungefähr befand sich eine tiefergelegene Dünenstelle, über die zur Zeit der Flut die Wogen des Meeres in die Lagune hereindrangen. Und sobald Ebbe eintrat, strömte und stürzte das überschüssige Brackwasser mit großer Gewalt über dieselbe Stelle ins offene Meer zurück.

Nun war von den erlegten Wildenten unglückseligerweise eine gerade in diese Eintiefung der Düne gefallen. Ich gab sie verloren, es ebbte stark, von der Sturzwelle einmal erfaßt, mußte sie ins Meer hinausgespült und von den zurückweichenden Wogen entführt werden. Barbana indessen hatte die Beute erspäht, schon war sie zur Stelle und nahm den erlegten Vogel zwischen die Zähne.

Ich pfiff und rief, was ich konnte, und Barbana hörte mich auch, so wütig der Sturm heulte. Sie blickte zu mir herüber. Es war mir, als ob ein Mensch gesprochen hätte: ›Was liegt an mir? Die Beute ist dein, sie soll dir nicht entgehen!‹ Im nächsten Augenblick sah ich sie mit der erlegten Ente im Maul ins zurückrollende Meer verschwinden. Und dann sah ich Barbana nicht wieder.

Eine neue Sturzwelle hatte sich aus der Lagune über die Düne ergossen und das treue Tier in die immer weiter zurückweichende, gleichsam saugende See hinausgespült.«

Der Freiherr schwieg, erhob sich und warf ein neues Scheit in den Kamin, daß eine Garbe glühender Funken aufstob. Dann nahm er wieder Platz und trank einen Schluck Tee. Waldine, eine der roten, stichelhaarigen Bracken, hatte ihren Kopf auf den Schenkel ihres Herrn gelegt und sah mit großen, aufmerksamen treuen Augen zu ihm empor. Der Freiherr kraute sie hinter dem Ohr.

»Man hört oft«, sagte er noch, »mit der größten Kühnheit allerhand Rassentheorien aufstellen. Aber hinsichtlich der Eigenschaften des Geistes und Herzens sollte man sie mit Vorsicht aufnehmen. Reines Blut war es gewiß nicht, das in den Adern meiner Barbana floß, und doch edles Blut. Seelisch war sie sicher eine hochstehende Vertreterin ihrer Gattung.«

Ein Lächeln glitt über sein Antlitz, und in völlig verändertem Tone schloß er: »Freunde haben mich manchmal aufgezogen ihretwegen und mich gefragt, was für eine Rasse das sei? Dann ließ ich sie blau anlaufen und machte ihnen weis, das sei eine Seltenheit, etwas ganz Besonderes: ein echter, reinrassiger Lagunenhund!«

Artistentragödie

Er hatte Mut, der Seiltänzer Benvenuto, oh, er war ein wahrer Held, wenn er in seinem silberglitzernden Staat hoch oben auf dem Drahtseil stand und der gaffenden Menge seine halsbrecherischen Kunststücke vorführte. Keinen Augenblick zitterte er vor dem gähnenden Abgrund da unten, die Lust am Handwerk ließ ihn jeder Gefahr vergessen, wie ein Feuer brannte in seiner Brust die künstlerische Besessenheit des Artisten, dessen Beruf es ist, lächelnd mit dem Tode ums Leben zu würfeln.

Für gewöhnlich aber, als Mensch, in seinem schäbigen, abgerissenen Alltagsanzug, da fehlte ihm so manches zum Heldentum. Da konnte er sogar kleinmütig werden und in Angst geraten, wenn seine Frau, die das Heft in der Hand hatte und die eigentliche Direktrice der wandernden Zirkusgesellschaft war, ihn mit ihren bösen Launen verfolgte, mit Eifersucht quälte, mit Vorwürfen überhäufte.

Darum erschrak er nicht wenig, als er, knapp vor Beginn der Vorstellung und bereits im Trikot, auf die Plattform des Wohnwagens hinausgerufen wurde und in einer Bauernmagd, die in der landesüblichen Tracht unten, an den Stufen des Wagens, auf ihn wartete, eine Bekanntschaft von alter Zeit her wiedererkannte.

»Du bist es – Anna?« staunte er, den Finger an den Lippen, um sie zu bedeuten, daß sie leise sprechen sollte. »Wie kommst du in diese Gegend?«

»Ist doch mein Dienstplatz hier, schon seit ein paar Jahren«, sagte sie. »Und jetzt sind Zettel angeschlagen, überall im Ort, da hab' ich deinen Namen gelesen: Grein. Aber es steht nicht Ferdinand dabei, Benvenuto heißt es auf den Zetteln. So komm' ich nachschaun, ob du es wirklich bist.«

»Es gibt nur *eine* Kunstseiltänzergruppe Grein. Benvenuto aber nenn' ich mich, weil es besser zieht als Ferdinand, die Leute wollen es einmal so, da muß man ihnen schon den Gefallen tun.«

»Und das achtjährige Wunderkind«, fragte sie gespannt, »der Cesarino, von dem es auf den Zetteln heißt, daß er die beste Nummer der ganzen Truppe sein soll?«

»Das ist natürlich der Karl. Ein Teufelsbub, sag' ich dir, aus dem wird noch einmal ein zweiter Blondin!«

»Ein zweiter – wie meinst du?«

»Der Blondin«, belehrte er sie, »das ist nämlich der großartigste Seiltänzer gewesen, den es je auf der Welt gegeben hat. Und eben so berühmt wie der hat auch der Karl alle Aussicht einmal zu werden, wenn er so fortmacht wie bisher.«

Ach, ein solcher Ruhm schien ihr nichts übermäßig Erstrebenswertes.

»Ist doch ein recht gefahrvolles Handwerk!« meinte sie, den Kopf schüttelnd. Und vorsichtig tastend wagte sie endlich die Bitte: »Darf ich ihn vielleicht sehn?«

»Den Karl? Hm, ich denke ...« Der Mann im Trikot zögerte, er suchte nach Ausflüchten: »Wir haben im Augenblick wenig Zeit, die Vorstellung soll bald beginnen.«

Aber sie flehte so inständig: »Nur ein Bussel geben, gleich geh' ich dann wieder.«

In sichtlicher Verlegenheit und unschlüssig überlegte Herr Grein, daß er sie vielleicht am schnellsten wieder loswürde, wenn er ihr den Wunsch erfüllte. Also winkte er schließlich mit hastiger Hand in den Gang des Wohnwagens hinein, und als ein kleiner Junge, der noch in den schlechten, schmutzigen Kleidern des fahrenden Volkes steckte, zum Vorschein kam, hob er ihn an beiden Händen hoch und ließ ihn auf die Treppenstufen zu ihr hinunter, indem er ihm zuflüsterte: »Das ist deine richtige Mutter!«

Leidenschaftlich schlang sie die Arme um das Kind, zog es an die Brust, und während es befremdet, doch wohlig berührt, sich willenlos den ungewohnten Liebkosungen überließ, bedeckte sie unter Tränen, die ihr über die Wange herabstürzten, seine Stirn, seine Lippen, seine Hände mit inbrünstigen Küssen.

Plötzlich fuhr aus dem auf die Plattform führenden Gang ein braunes Weib mit wildflatternden Haarsträhnen ums Gesicht wie eine Furie hervor, entriß den Knaben den Armen seiner Mutter und stieß ihn schimpfend, während sie ihn mit Ohrfeigen traktierte, ins Innere des Wohnwagens zurück. Aufkreischend taumelte der Bub hinein und blieb verschwunden, sein Brüllen mischte sich mit dem kläglichen Gewimmer greinender Kleinkinderstimmen, das aus den Fenstern drang. Das Weib aber, die Faust gegen ihren Mann geballt, fing wütend zu zetern an, ihn mit Vorwürfen und Drohungen überschüttend: Nun wisse sie, warum man in diesem elenden Neste Halt gemacht, wo die Einnahme der Mühe nicht lohne und die Truppe kaum auf ihre Kosten komme. Nun gehe ihr erst ein Licht darüber auf, daß sie wieder einmal hintergangen und betrogen werden solle, sie, gut genug zum Kinderwarten, Kochen, Scheuern und Schuften von früh bis spät, während dieses Bauernmensch, deren Bankert sie hatte aufziehen müssen, um sich täglich und stündlich mit ihm zu ärgern, vornehm unter den Zuschauern sitzen und ihr nebenher auch noch ihren Mann, den Vater ihrer Kinder, abspenstig machen wolle. Aber das lasse sie sich nicht bieten, das Maß sei voll, die Vorstellung müsse abgesagt werden und dürfe auf keinen Fall stattfinden, wenigstens nicht in Gegenwart dieser unverschämt sich aufdrängenden Person, die eilen möge, nur rasch das Weite zu suchen, sonst werde sie sich noch an ihr vergreifen!

Sie schrie so laut, daß es bis auf den nahegelegenen Rummelplatz hinüberhallte, wo ein Brettergerüste mit vielen Bänken aufgeschlagen und ein Seil von den hohen Silberpappeln, unter denen der Wohnwagen stand, bis zum Dach des nahen Hirschenwirtshauses durch die Luft gespannt war. Die schaulustige Menge, die sich bereits um die Sitzreihen drängte, wurde aufmerksam, die Leute reckten die Hälse und schienen sich über das Gekeife, das von der Plattform des Wagens herüberscholl, zu belustigen, was Herrn Grein peinlich berührte. Aber er wußte aus Erfahrung, daß Widerreden nur Öl ins Feuer gegossen hätten, er schwieg und beschränkte sich darauf, der Bauernmagd mit der Hand zu winken, sie möge sich lieber entfernen.

In dieser aber bäumte sich nun ebenfalls der Zorn. Ihre Eintrittskarte vorweisend, eiferte sie, sie hätte ihren Platz so gut wie jeder andre bezahlt, niemand könne ihr verwehren, der Vorstellung beizuwohnen, und für den Karl, der nun einmal ihr und keiner andern Kind sei, brauche niemand zu sorgen, dem er lästig falle. Sie werde schon selbst für ihn aufkommen und ihn was Ordentliches lernen lassen, man möge ihn nur herausgeben und ihr auf der Stelle ausliefern, so sei sie bereit, ihn gleich mitzunehmen und ihm eine bessere Mutter zu sein als diese Bißgurren von einem Weibsbild, die den armen Buben – sie habe es soeben selbst mitangesehn – wie einen Schuhhadern behandle.

Die Seiltänzersfrau, in höhnender Bereitwilligkeit, ihr den Wunsch zu erfüllen, machte Miene, den Kleinen wieder zu holen, da begriff der Mann, daß er der Sache nicht ihren Lauf lassen dürfe. Die Angst, sein Söhnchen, seinen Liebling, seinen Karl zu verlieren, gab ihm das rechte Wort ein, das einzige, das Aussicht hatte, am Ohr dieses erbosten Weibes nicht wirkungslos abzuprallen.

»So verlieren wir halt unsern Hauptschlager, unsre zugkräftigste Sensation – meinetwegen, mir ist schon alles egal«, sagte er mit scheinbarem Gleichmut, indem er sich eine Zigarette ansteckte. »Gib ihn nur her, den Cesarino, ganz wie es dir beliebt, ich hab' nichts dagegen.«

Da stutzte das Weib und kam zur Vernunft. Der Cesarino hatte der Truppe schon viel Geld eingetragen, man schnitt sich selbst ins Fleisch, wenn man die Hand dazu bot, daß wieder ein Karl aus ihm würde. Nein! Nicht sie, die andere sollte das Nachsehen haben! Und indem sie erklärte, dieses Kind, das längst ihr eigen geworden sei, nie und nimmer freiwillig herauszugeben, stürmte sie unter unflätigen Schimpfworten, die sie noch gegen die Gegnerin schleuderte, ins Innere des Wagens zurück, um nicht wieder zum Vorschein zu kommen.

»So geh' ich halt aufs Gericht!« rief die Bauernmagd ihr nach. »Dort wird sich's schon weisen, ob ich ein Recht auf den Buben habe oder nicht.«

Beschämt vor sich hinstierend blies der Seiltänzer in hastigen Zügen den Zigarettenrauch durch die Lungen.

»Da siehst du einmal, wie es mir geht«, lamentierte er kleinlaut. »Keine gute Stunde hab' ich mehr auf Erden!«

»Und der Karl aber auch nicht!« erwiderte sie, noch immer aufgebracht. »Den muß sie mir ausliefern, ob sie will oder nicht, ich fecht' es durch! Malträtieren laß ich mein Kind nicht!«

Da verlegte Herr Grein sich aufs Bitten. Nein, den Buben müsse sie ihm schon lassen, den dürfe sie ihm nicht wegnehmen, sei er doch das einzige, was ihn noch am Leben halte. Hätte er ihn nicht, so bliebe ihm nichts übrig, als ins Wasser zu gehn. Und auch der Karl seinerseits hänge an ihm, seinem Vater, das wisse er bestimmt. Und was für eine Freude der Bub an seinem Beruf hätte, in dem er von Tag zu Tag Fortschritte mache! Es wäre jammerschade, ihm die glänzende Laufbahn, die ihm winke, mutwillig zu verschütten. Denn es stecke wirklich ein Genie in ihm, wie man es selten unter den Artisten antreffe.

»Wenn wir miteinander arbeiten, er und ich«, sagte er, »dann vergessen wir beide unser Elend und bilden uns ein, wir wären im siebenten Himmel. Und schmieden Pläne, wie wir uns von dem Weib, das das Geld in der Hand hat, freimachen und unser eigenes Unternehmen gründen werden, wenn der Karl seine Ausbildung einmal vollendet hat. Das alles würdest du uns zerstören, Anna, unsre ganze Zukunft wäre beim Teufel, wenn du mir den Buben wegnimmst. Könntest du das wirklich übers Herz bringen?«

Ein Seufzer entrang sich dem Busen der bekümmert dreinsehenden Frau. Sie fühlte sich entwaffnet.

»Wie Gott will«, sagte sie endlich, »so soll der Bub halt bei dir bleiben. Ich bedank' mich, daß ich ihn wenigstens hab' sehen dürfen. Leb wohl, Ferdinand!«

»Und du ebenfalls, Anna, leb wohl! Und tausend Dank auch, daß er bei mir bleiben darf!«

Das Weib des Seiltänzers spähte aus dem Fensterchen des Wohnwagens der vermeintlichen Rivalin nach. Als der Mann eintrat und dem Karl half, das Trikot anzulegen, stellte sie empört fest: »Die ausg'schamte Krot hat sich richtig mitten unter die Zuschauer gesetzt.«

Vom Schauplatz her waren schon seit einiger Zeit die Klänge eines Orchestrions vernehmbar. Die Vorstellung hatte ihren Anfang genommen. Ein Kraftmensch stemmte Gewichte und Lasten. Die vorwiegend bäuerlichen Zuschauer wußten gestählte Muskeln zu schätzen, Beifall schallte herüber. Das Klatschen elektrisierte den Seiltänzer. Was würden die Leute erst sagen, wenn er selbst, Benvenuto, mit seinen Schlagern auftrat, und wenn er ihnen gar den schlanken Cesarino vorführte, der, kühn und behend wie ein Panther, dabei schön wie ein halbwüchsiger Engel war. Mit Händen, die von der durchgemachten Gemütserregung noch bebten, war er dem Knaben behilflich, das von Silberflitter blinkende Höschen auszuziehn, das sie erst nach langem Suchen, unter allerhand Gerümpel vergraben auffanden. Das Weib, in ihrer Verbissenheit, hatte es versteckt.

»Vor so einer werdet ihr euch doch nicht produzieren wollen!« fing sie jetzt neuerdings an aufzubegehren.

Von Wut übermannt, schrie Grein sie an: »Schweig! Oder bist du verrückt? Zum Absagen ist es jetzt zu spät, aber auch wenn's möglich wäre, fiel's mir nicht ein. Im Gegenteil, Festvorstellung ist heut', daß du's nur weißt, alberne Gans, eifersüchtige!«

Wie eine getretene Schlange wand sie sich aus der Tür. Von blinder Leidenschaft besessen, glitt sie die Stufen des Wohnwagens hinunter und lauernd unter den Kronen der Silberpappeln hin. Vom Dach des Hirschenwirtshauses war das Drahtseil mitten über den Platz auf einen hohen Leitermast gespannt und sein Ende in den Zweigen eines dieser Bäume verankert. Man brauchte nur die an der Verankerung angebrachte Klemme zu lockern, so mußte es bei jeder erheblichen Belastung herausschlüpfen und zu Boden schnellen. Knirschend vor Eifersucht stand das Weib jetzt still, sie lehnte sich an den mächtigen Stamm einer Silberpappel, sie zögerte, ihr Herz tobte … Höhnisch gellte es ihr in den Ohren: »Festvorstellung ist heut'! …«

Inzwischen bemerkte der Seiltänzer, während er an sich und sein Söhnchen die letzte Hand fürs Auftreten legte, daß Karls Backe arg geschwollen war. Besorgt erkundigte er sich, ob der Kleine sich sonst ganz wohlfühle und frei im Kopf. Vollkommen wohl, beteuerte der, nur ein bissel duselig noch, von den Ohrfeigen her, aber das gehe vorüber, es habe nichts zu bedeuten.

Der Seiltänzer überlegte, schwankte, entschloß sich. Nein, unter solchen Umständen durfte er es nicht zugeben, daß sein Liebling sich einer Gefahr aussetzte. Wie leicht konnte ihm ein Unfall zustoßen! Lieber sollte die Megäre ihren Willen durchgesetzt haben.

»Ich erlaub' es nicht, hörst du, Karl! Heute bleibst du mir hübsch im Wagen!«

»Zum Absagen ist es zu spät, das war soeben noch deine eigene Meinung.«

»Ich will den Leuten dafür den großen Salto vormachen.«

»Das aber dulde wieder ich nicht, Vater!« rief Karl, ihn ängstlich am Arm fassend. »Ich spüre, wie du noch zitterst, weil das Weib« – er brachte es nicht über sich, sie wie gewöhnlich »Mutter« zu nennen – »so unsinnig loslegte. Wenn einer von uns absagt, so mußt du es sein.«

Wieder tönte Klatschen von außen her. Der Seiltänzer sprang auf und eilte, seinem Söhnchen mit entschlossener Handbewegung das Zurückbleiben anbefehlend, dem Ausgang zu. Der Clown hatte sein dressiertes Ferkel vorgeführt, nun folgte die Glanznummer, Benvenutos Auftreten.

Mit der Leichtigkeit einer Tänzerin eilte er über den freien Platz dahin und stieg im nächsten Augenblick, ohne sich anzuhalten, den

Leitermast empor. Er schwang sich aufs Seil und stand frei in der Luft, hoch oben, mit ausgebreiteten Armen nach rechts und links grüßend. Da bemerkte er erst, daß Karl ihm gegen seinen ausdrücklichen Befehl gefolgt war und plötzlich, Kußhände ins Publikum werfend, knapp neben ihm auftauchte.

Zu spät, Einspruch zu erheben, er dachte auch nicht mehr daran. Die Lust an der Meisterschaft schlug ihn in Bann, die Leidenschaft des Siegens und Bezwingens, Freude und Stolz durchrieselten ihn. Nun würde er den Leuten da unten zeigen, vor allem der Mutter des tapferen Knaben an seiner Seite, die mitten unter den Leuten saß, was sie gemeinsam vermöchten, er und sein Prachtjunge.

Die Musik setzte aus, zum Zeichen, daß es nun gelte, den Atem anzuhalten.

Scheinbar spielend, mit jedem Schritt durch einen Reifen springend, den man ihm von unten zugeworfen, bewegte Benvenuto sich das locker gespannte Drahtseil entlang, Cesarino, mit fünf Kugeln in der Luft jonglierend, folgte ihm auf dem Fuße. Ein Sturm des Beifalls erhob sich, als sie sich so, knapp hintereinander herschreitend, dem Dachgiebel des Hirschenwirtshauses näherten.

Auch Anna, die Bauernmagd, die kaum da hinaufzublicken wagte, wo der einst geliebte Mann und das eben wiedergefundene Kind ihr Leben aufs Spiel setzten, versuchte das heftige Pochen ihres Herzens zu entlasten, indem sie leidenschaftlich in die Hände klatschte. Sie lechzte nach dem Augenblick, wo die beiden ihr nahverbundenen Menschen das Dach erreicht haben würden und wieder in Sicherheit wären. Plötzlich aber war's ihr, als schwänden ihr die Sinne, denn nichts mehr als Luft sah sie dort in der Höhe, nur das Blau des Himmels.

Ein einziger Schrei des Entsetzens hatte aus der vielköpfigen Menge zu diesem Himmelsblau emporgegellt. Der Leitermast war umgerissen worden, das Seil, aus der Verankerung geglitten, peitschte den Boden. Wie der Blitz hatte Benvenuto sich umgewendet und mit bewundernswerter Geistesgegenwart den Knaben in seine Arme gerissen. Rücklings sauste er herunter, seinen eigenen Körper, der mit dumpfen Falle auf die Erde schlug, gleichsam als Puffer für das ihm teure Leben darbietend.

Ein paar Atemzüge lang verharrte alles in starrer Lähmung. Dann stand unversehens eine bäuerlich gekleidete Frau, aus einer der

Bankreihen herbeigestürzt, neben den Verunglückten. Cesarino, der junge Blondin, von einer unförmlich blutigen Masse sich losringend, flog ihr weinend in die Arme.

»Das Kind ist unverletzt geblieben!« lief es aufatmend durch die entsetzten Zuschauer.

Der Kreisarzt aber, der sich zufällig im Publikum befunden hatte, kniete untersuchend neben dem fürchterlich Zerschmetterten auf der Erde. Neugierige, die sich scheu genähert hatten, standen erschüttert still, die abgenommenen Hüte in den Händen. Zirkusleute eilten herbei, sie zurückzudrängen.

Der Umweg

Gut eine halbe Stunde mußten sie suchen, ehe sich unter der Sträflingswäsche ein Hemd fand, das genügende Halsweite für den Jöbstl hatt. Und als sich endlich eins fand und der Jöbstl es anzog, da stellte sich heraus, daß der Kragen immer noch zu eng war. Der Aufseher versuchte den Knopf mit Gewalt zuzumachen, weil es sich für einen Sträfling nicht gehört, daß ihm der Hemdkragen offensteht. Und der Jöbstl hielt still und ließ es sich gefallen. Er schmunzelte sogar, denn er dachte, nützen würd' es doch nichts, und der Knopf halt einfach nicht zugehn. Aber schließlich gelang es doch, und der Knopf war zu. Nur daß jetzt der Jöbstl geschwollene Adern an den Schläfen und auf der Stirn bekam, dick wie Regenwürmer. Rot und blau wie der Kopf eines Truthahns wurde sein Gesicht, und zu arbeiten fing es an in seiner Brust, als ob er die drei Holzsägen, die daheim in seinem Dorfe standen, verschluckt und ins Strafhaus mitgebracht hätte.

»Rochezen tut er – rein wie eine Sau!« sagte der Strafhausaufseher ärgerlich.

»Wenn mich vielleicht«, bemerkte der Jöbstl bescheiden, »zufällig ein Schlagel treffen sollt' – mein Josel, ich kann nichts dafür!«

Jöbstls Tod wollte der Aufseher aber doch nicht auf dem Gewissen haben. Also machen wir lieber den Knopf wieder auf, dachte er. Der Knopf kam ihm zuvor und hüpfte ihm mit einem Freudensprung entgegen. Es war nichts zu machen, das Hemd mußte offen bleiben. Ohnedies zog der Jöbstl nur wie durch einen Strohhalm Luft in sich ein, auch wenn der Hemdkragen sperrangelweit offenstand. Weil er nämlich, um es möglichst schonend auszudrücken, einen etwas dicken Hals hatte.

Gut, so bleibt das Hemd offen, strangulieren darf man einen Sträfling nicht, der nicht dazu verurteilt ist. Der Aufseher drückte ein Auge zu und suchte unter den übrigen Kleidungsstücken etwas Passendes. Das fand sich geschwind; mit Ausnahme des Halses war der ganze Mensch z'nicht. Auch die kleinste Nummer schlotterte noch an ihm, aber zu weit tut nichts, nur zu eng bereitet Verlegenheiten. Also bekam der Jöbstl einen Anzug aus leichtem grauen Drell an, der war so luftig und angenehm in dieser warmen Jahreszeit, wie kein Baron es sich besser wünschen konnte. So nett beisammen war er überhaupt noch nie gewesen, meinte er, in seinem Leben nicht! Nirgends ein Flicken, nirgends ein Loch. Ordentlich ging es zu in der Anstalt – alles, was recht ist. Als er aber unwillkürlich mit gewohnheitsmäßiger Bewegung in die Seitentasche fuhr, um nach der Schnupftabaksdose zu greifen, zog er enttäuscht die leere Hand zurück. Seinen Samprell[1] hatten sie ihm weggenommen! Da wurde er traurig.

»Vorwärts!« sagte der Aufseher und ließ ihm den Vortritt – ein charmanter, ein höflicher Herr! Ins Erdgeschoß führte er ihn hinunter, wo die Werkstätten waren. In der Tischlerwerkstatt arbeiteten ihrer drei, auch Sträflinge natürlich. Ein großer Hobel lag da, das war dem Jöbstl gerade recht. Sogleich fing er an, das Hobeleisen auf dem Schleifstein zu wetzen, und begann zu arbeiten, daß die langen glatten Hobelspäne sich wie Schmachtlocken ringelten.

Die andern drei, die früher miteinander geschwatzt hatten, waren seit Jöbstls Erscheinen stumm geworden wie die Fische. Der neue Kamerad machte sie befangen. Emsig handwerkten sie drauflos. Der Aufseher hatte sich entfernt, kaum der schärfste Beobachter hätte erraten können, daß diese zufrieden aussehenden, schweigsamen Männer, die ihre Arbeit anscheinend mit so viel liebevoller Sorgfalt und Hingebung verrichteten, Kerkersträflinge waren. Nur die schweren Gitter vor den Fenstern, die grauen Drelluniformen der emsigen Schreiner sowie ihre kurzgeschorenen Köpfe hätten es ihm verraten.

Auf einmal fing der Jöbstl an leise vor sich hinzusingen – wenn man es singen nennen konnte; eigentlich hatte er keine Stimme, weil er keine Luft hatte. Aber so ein bißchen Gröhlen und Johlen in der heimatlichen Art, das ging gerade noch, ein Schelm macht's besser als er kann. Und so sang er sich also, während er ruhig weiterhobelte, eine alte Weise aus seiner lieben Heimat. Da hielt der schwere, grobknochige Bursch, der an der Säge stand, ein wenig mit der Arbeit inne und horchte. Er neigte seinen Kürbiskopf, fast war es, als bewegten sich lauschend seine riesigen Ohrmuscheln, dann machte er plötzlich den Mund auf und fiel mit der zweiten Stimme ein, während er gemächlich seine Arbeit wieder aufnahm. Bald spitzte auch der

1   Sanspareille, eine Sorte Schnupftabak.

andre, der Blasse mit dem gedunsenen Gesicht, das wie eine unausgebackene Semmel aussah, die Ohren und lauschte. Seine stumpfen Augen fingen Feuer, im Takt pochte sein Holzschlegel auf den Griff des Stemmeisens, und auf einmal erwischte er die Melodie beim richtigen Zipfel und hielt die dritte Stimme, ganz wie es sich gehört. Da konnte auch der noch übrige, ein langer hagerer Mensch mit silbergrauem Schädel, nicht länger zurückhalten, das Lied verführte und lockte. Sein Organ war breit und wuchtig, wie niemand es ihm zugetraut hätte, es gab dem Ganzen Kern und Körper. Nun bekam der Gesang erst etwas wie ein festes Rückgrat, da der Baß zu den anderen Stimmen stieß und sie auf seine Schultern hob, gleichsam wie der starke Stützpfosten vor einem großen Bauernhaus, der drei kunstvoll übereinandergebaute Holzsölder trägt.

Ein rascher Blick aus Jöbstls kleinen roten Augen schoß aufleuchtend zu den Genossen hinüber, als sich so die ruhiggetragene Weise siegreich über das einförmige Geräusch der Arbeit emporschwang. Es wurde ihm warm ums Herz, er wußte, daß er sich unter Landsleuten befand, nur Kartner (Kärntner) können so singen! Er strengte sich an, die führende Melodie recht laut und gefühlvoll herauszubringen, und wurde rot dabei wie eine Pfingstrose, weil er auch noch hobeln mußte dabei. Aber er lachte vergnügt vor sich hin, er fühlte sich rein wie berauscht, im siebenten Himmel. Kein Ton ging fehl, wie eine Orgel stimmten sie zusammen, daß es eine helle Freude war.

Der Aufseher trat ein. Er hörte ihnen eine Minute lang zu, legte vier Schnitten Kommisbrot hin und entfernte sich wieder, leise auftretend. Sie hatten sich nicht stören lassen und sangen ihr Lied zu Ende. Langsam und feierlich ließen sie den letzten Akkord verklingen, dann erst legten sie die Werkzeuge aus der Hand und bissen ins Brot.

»Tun wir jetzt unsere Jause kropfen«, sagte der lange Hagere, der den Baß gesungen hatte.

Darauf der junge Bursch mit dem Kürbiskopf: »Kropfen tut der Habicht; beim Manschen heißt's fressen ... Alleweil muß er wie ein Jäger reden!«

»Wenn ich kein Wildbratschütz wär'«, sagte der Lange, »so könnt' ich jetzt wo anders sitzen als in dieser Sommerfrischen.«

Der Gesang hatte das Fremde, das anfangs zwischen den drei Erbgesessenen und dem neuen Ankömmling war, aus dem Weg geräumt. Das Band der Landsmannschaft verknüpfte sie, als Kameraden und Leidensgefährten saßen sie beisammen und aßen.

»Wie heißt denn du?« fragte der Baßsänger.

»Jöbstl.«

»Und was hast angestellt?«

Eine Zeitlang kam nichts als ein gesteigertes Rasseln und Keuchen aus Jöbstls Hals.

»Gar nichts!« sagte er endlich. »Nichts, als daß ich einen Weg gegangen bin, der immer ein Weg ist gewesen. Die ältesten Leut' im Dorf wissen ihn schon als an Weg.«

»Wird doch wohl ein Verbotsweg gewesen sein?«

»Das wohl. Ein Verbotsweg schon. Das war nämlich so. Der Weg geht mitten durch den Schloßhof. Beim herentern Tor hinein, beim entern wieder hinaus. Jetzt auf einmal fällt's unserm Baron ein und sperrt alle zwei Löcher zu.«

»War denn eine Tafel da?«

»Freilich war eine Tafel da. Die hat er aber herunternehmen lassen, weil er ein Karniffel ist.«

»Und was ist auf der Tafel aufgeschrieben gewesen?«

»Aufgeschrieben war: Bis auf Widerruf freiwillig gestatteter Weg.«

Der lange Baßsänger lachte.

»Also war der Baron in seinem Recht!« entschied er.

»Freilich war er im Recht«, ereiferte sich der Jöbstl, »aber jetzt haben wir halt nicht mehr durchgehen können, wenn wir vom oberen Dorf in die Kirche haben wollen.«

»War denn kein anderer Weg in die Kirche?«

»Freilich war noch ein anderer Weg. Wer mag, kann auch auf der Straße gehen.«

»Also –?«

»Mein Josel! Das ist aber gut fünf Minuten um!«

»Deswegen also hast barduh wollen durch den Schloßhof gehn?« fragte der Baßsänger.

»Bin auch gegangen!« grölte Jöbstl und spuckte vergnügt aus.

»Wenn das Tor zugewesen ist!«

»Sind ja ihrer zehn, zwölf starke Bursche mit mir gegangen.«

»Aha!« machte der mit dem Kürbiskopf. »Jetzt kenn ich mich aus! Also habt ihr es eingehaut, das Tor?«

»Freilich haben wir es eing'haut. Und mit einem Mordslärm durch den Schloßhof durch und beim entern Tor wieder hinaus.«

»War denn das entere Tor nicht auch zu?«

»Freilich war es zu. Das haben wir auch eingehaut.«

Jöbstl griff in den Hosensack um eine Prise Samprell. Als er die Dose nicht fand, zog er enttäuscht die Hand zurück und seufzte.

»Wieviel haben sie dir denn zudiktiert?« forschte der Baßsänger.

»Stücker fünf Jahrln«, sagte Jöbstl kleinlaut.

»Da ist etwas nicht in Ordnung«, bemerkte der Bursch mit dem Kürbiskopf, der ein Rechtsverständiger war und alles genau studiert hatte. »Dein Paragraph ist Nummer 83: Verbrechen des gewaltsamen Einfalls. Wenn du besserungsfähig und nicht vorbestraft bist, so kannst du höchstens fünf, sechs Monat' kriegen.«

»Freilich wohl, das war schon richtig«, meinte der Jöbstl und kraute sich hinterm Ohr.

»Hat sich der hohe Gerichtshof doch nicht am Ende geirrt?«

»A belei! Aber leider ist halt der Herr Verwalter dabeigestanden.«

»Wo?«

»Beim entern Tor.«

»Und –?«

Jöbstl war ganz still geworden und schnarchte nur mit offenem Mund nach Atem.

»Hast ihn niederg'stochen?« rief frohlockend die unausgebackene Semmel.

»Mein Josel! Nein!« wehrte sich der Jöbstl entsetzt. »Erstochen werd' ich einen haben! Was glaubst denn von mir?«

»Also, was dann?«

»Lei – niederg'haut hab' ich ihn. Mit einem Schwartling.«[2]

»Kommt auf dasselbe hinaus«, sagte die unausgebackene Semmel.

»Gar nit!« wehrte der Jöbstl sich eifrig. »Gar nit auf dasselbe kommt es hinaus! Indem, daß du nämlich ein Messer absichtlich in die Hand nehmen mußt, verstehst? Einen Schwartling aber kannst du zufällig erwischen, und weißt nit wie.«

Da lachten sie alle und erhoben Widerspruch.

---

2   Schwartling, derber Holzspan mit noch anhaftender Baumrinde, wie er zu Zaunstecken verwendet wird.

»Geh, hör mir auf! Jetzt will er sich schönmachen! Als ob er was Feineres wär als unsereins. Das bleibt aber allweg ein Ding: Niederg'schlagen, niederg'stochen, niederg'schossen!«

Jöbstl schwieg.

»Siehst es«, sagte der lange Baßsänger, »jetzt kannst fünf Jahrln Umweg machen. Hättest fünf Minuten Umweg gemacht, wär's g'scheiter gewesen!«

»Freilich wär's g'scheiter gewesen«, sagte der Jöbstl; »aber wenn der Schloßherr schon so ein Karniffel ist – soll einer sich da nicht wehren dürfen, he? Und der Verwalter, das Liatl,[3] daß der gleich umfallen muß, wenn man ihm mit einem g'ringen Zaunstecken ein bissel aufs Dach klopft – das hat doch im voraus niemand wissen können!«

Er hatte sein Brot verzehrt, faßte mit beiden Händen den Hobel und fuhr fort mit mächtigen Strichen über das Holz hinzugleiten. Auch die anderen drei nahmen ihre Werkzeuge wieder zur Hand, und es dauerte nicht lang, so war die kleine Werkstatt mit den vergitterten Fenstern wieder von dem gleichmäßigen Geräusch der Arbeit erfüllt, über dem, wie ein Hauch von Berg und Wald und Freiheit, vierstimmig gesungen das Lied vom »Scheanen Karntnerland« schwebte.

---

3   Liatl, dämlich nichtiges Leutl, das keinen Puffer aushält.

In der Großen Kartause

Das war einer aus der langen Reihe ungetrübt schöner Herbsttage, die ich im südlichen Frankreich zubrachte …

In Saint-Laurent-du-Pont hatte ich die Zweigbahn verlassen, um zu Fuß nach der *Grande Chartreuse* zu wandern. Der Weg war herrlich, die gutgehaltene Fahrstraße stieg durch Felsenschluchten aufwärts, immer dem schäumenden Gebirgsflüßchen entlang. Die Gegend erinnert ein wenig an das Höllental hinter Reichenau, nur daß dort unten im Süden das Laubholz vorherrscht. So flammende Herbstfarben hab' ich nie wieder gesehen, wie sie damals an den Berghängen der Dauphiné loderten.

Das Gebirge wird immer wilder, die Schlucht enger, die Straße muß sich durch einen Tunnel Bahn brechen und dann auf einer hochgeschwungenen steinernen Brücke den Guiers-Mort übersetzen, weil jähe Abstürze ihr am diesseitigen Ufer den Weg verlegen.

Ich hatte die Entfernung unterschätzt, es begann heiß zu werden, und ich war nicht böse, als sich mir ganz unerwartet eine Fahrgelegenheit bot. Ein stattlicher Kraftwagen, den ich hinter mir dreinkommen sah, und dem ich jetzt Platz machte, um ihn vorbeifahren zu lassen, hielt plötzlich an, und der alte Herr, der in den roten Polstern saß, fragte beinahe barsch, ob ich zu ihm einsteigen wolle?«

»Wenn ich Sie nicht störe –?«

»Es ist Donnerstag heute«, sagte er mit einem halben Lächeln; »da ist es sogar den Pères Chartreux erlaubt, miteinander zu plaudern.«

An der Wirtstafel von Grenoble hatten wir einander ein paarmal gesehn, ohne daß es zu einer Annäherung gekommen wäre; der verschlossene alte Herr hatte mir den Eindruck gemacht, als ob er lieber für sich bliebe. Um so dankbarer empfand ich jetzt die willkommene Einladung. Ich nahm an seiner Seite Platz, und der Chauffeur setzte den Wagen wieder in Bewegung.

»Leider werden wir keine Kartäusermönche mehr antreffen«, sagte ich, den Gegenstand festhaltend, den er zur Sprache gebracht. »Wie ich höre, sollen sie sich vor der Staatsgewalt nach Spanien geflüchtet haben.«

»Nach Italien«, verbesserte er mich. »In die Certosa di Farneta bei Lucca.«

»Wird dort jetzt auch der berühmte Likör hergestellt?«

»Die Likörerzeugung haben sie allerdings nach Tarragona in Spanien verlegt. Das sind aber bloß die *Frères donnés*, die sich damit abgeben, Laienbrüder, die keine Gelübde abgelegt haben.«

»Sie sind gut unterrichtet«, bemerkte ich.

Er schwieg einen Augenblick, dann sagte er kurz, ohne mich anzusehen: »Ich bin in dieser Gegend einmal zu Hause gewesen; da fährt man fort, die Dinge im Auge zu behalten.«

Es klang wie ein Schlußpunkt, ich wollte nicht fragen und nahm an, daß er, aus der Dauphiné gebürtig, durch irgendein Schicksal ins Ausland verschlagen worden sei. Ein Deutscher konnte er kaum sein, das ließ sich aus seiner Aussprache erraten, doch hätte ich ihn eher für einen Amerikaner genommen als für einen Franzosen. Auch im Gasthof zu Grenoble hatte man ihn für einen Amerikaner gehalten, und wenn ich mich nicht täuschte, so war erzählt worden, er hätte sein eigenes Auto über den Ozean mit herübergebracht.

Wie dem auch sein mochte – auf alle Fälle hatte ich es mit keinem alltäglichen Menschen zu tun, das sah man auf den ersten Blick. Der Kopf war wie aus wuchtigem Sandstein, das Leben selbst mit seiner gewaltigen Künstlerhand mußte diese Züge gemeißelt haben, die an Charles Darwin erinnerten; es waren dieselben schwerlastenden Augenbrauen, die dem Gesichte einen Ausdruck von schier leidenschaftlichem Ernst verliehen. Aber die wasserhellen Augen blickten milde, fast heiter, und in seinem ganzen Gehaben schien er mir so recht, was man einen Gentleman nennt. Man kommt rasch dahinter, hundert Kleinigkeiten offenbaren diese seltsam zurückhaltende und doch so vertraueneinflößende, ich möchte sagen, kurzangebundene Liebenswürdigkeit, die in starkem Gegensatz zu der Unsitte steht, auf Reisen, im Verkehr mit Fremden und Unbekannten, alles Mögliche für erlaubt zu halten.

Es wurde nicht eben viel gesprochen. Gelegentlich ließ er eine knappe Bemerkung über Land und Leute fallen und machte mich aufmerksam, wenn der Straßenbau sich durch besondere Kühnheit auszeichnete und wir an landschaftlich bedeutenden Punkten vorüber kamen. Weil ich in seinem Wagen fuhr und sein Gast war, so mochte er sich dazu für verpflichtet halten. Dazwischen verfiel er immer wieder in jenes brütende Schweigen, das seinem Wesen gemäßer schien als das Sprechen. Als ich ihn so neben mir sitzen sah, wie in stiller Versunkenheit unter der herben Sonne des Herbstes, durch den wir fuhren, und der seine müden Blätter auf uns niederstreute, da hätte ich ihn in seinem langen weißen Barte beinahe für einen jener Kartäusermönche halten mögen, deren uralte Siedelung in diesen Bergen zu besuchen wir im Begriff standen.

Der Kraftfahrer hatte den Gang des Wagens gemäßigt, der setzt durch eine steile bewaldete Schlucht von überwältigender Schönheit emporkletterte.

»Das ist die Fourvoirie«, sagte der alte Herr. »Der heilige Bruno mit seinen Mönchen hat diese Einöde erst zugänglich gemacht.«

»Der heilige Bruno?« fragte ich, ohne meine Unwissenheit zu bemänteln.

»Der heilige Bruno ist nämlich der Gründer der großen Kartause und Stifter des Ordens gewesen. Hier beginnt das ehemalige Bereich des Klosters. Jetzt ist alles staatlich ...«

Das Gespräch kam auf die Maßregelung der Klöster durch die französischen Behörden, über die er den Kopf schüttelte.

»Mit den Mönchen der *Grande Chartreuse* ist ein gut Stück Poesie aus diesem Lande verschwunden«, sagte er ungehalten.

Ich hatte ihn vorhin mit dem Wagenlenker englisch sprechen hören und mich der Überzeugung zugeneigt, er müsse doch ein Amerikaner sein. Der Anteil, den er dem Kloster der *Chartreuse* entgegenbrachte, befremdete mich. Der Gegenstand schien ihn zu beschäftigen, er blickte mit zusammengezogenen Brauen vor sich nieder. Nach einer kurzen Weile setzte er den Gedankengang fort.

»Es ist ein unerhört parteiisches und gemütloses Vorgehen!« sagte er lebhaft. »Wem haben die stillen, arbeitsamen Brüder, die diesen Urwald rodeten und diese Felsenwüste urbar machten, etwas zu leide getan?«

Plötzlich richtete er sich auf und streckte die Hand aus: »*Voilà!*«

Die Enge hatte sich aufgetan, im Talkessel vor uns lag zu Füßen eines wilden Felskolosses der ziemlich ausgedehnte schmucklose Häuserblock der Großen Kartause.

Es ist etwas Eigenes um geschichtlich denkwürdiges Gemäuer. Den meisten bleibt es tot, sie besuchen es nur, weil es einmal so herkömmlich ist, und empfinden in Wahrheit nichts dabei als Ermüdung. Bei Engländern und Amerikanern wieder findet man nicht selten eine pöbelhafte Neugier, die platte Kuriosität ist es, die sie lockt. An meinem Reisegefährten indessen glaubte ich jetzt etwas wie innere Bewegtheit wahrzunehmen. Ich konnte mich kaum täuschen, ich bemerkte es schon, als wir uns näherten, und noch deutlicher, als wir unseren Fuß über die Schwelle des altersgrauen, verlassenen Gebäudes setzten: er war ergriffen, erschüttert, irgendein rätselhafter Umstand wühlte seine Seele auf, rührte ihm ans Herz.

Wir wurden durch die leeren, frostigen Räume geführt, die von unseren Schritten widerhallten. Wir sahen den Kapitelsaal, aus dessen Wänden die Bilder der Äbte herausgerissen und fortgeschleppt waren, wir sahen das Refektorium, das die gleichen Spuren der Zerstörung aufwies, und die Kapellen mit veröten Altären, des Marmors und allen Schmuckes beraubt. Wir sahen die Zellen der Mönche, von denen jeder seine Schlafkammer und seinen Arbeitsraum besessen hatte, seinen Kreuzgang, in dem das schwarz gestrichene Holzkreuz hing, das dereinst seinen Grabhügel bezeichnen sollte, und sein Gärtchen, in welchem er seine Blumen und seine Gemüse gezogen hatte. Wir sahen die Schubfenster in der Mauer, durch die den stillen Brüdern ihre Nahrung hineingereicht worden war, und wir sahen endlich den Friedhof, den einzigen Ort, der unverändert geblieben, und aus dem man nichts davongetragen hatte, mit den stummen namenlosen Kreuzen auf den Gräbern, die schweigsam waren wie die Mönche, die darin zur ewigen Ruhe gebettet lagen.

Ich hatte an der Stätte etwas länger verweilt, es webte ein eigen wehmutsvoller Zauber um diesen engen, eingefriedeten Raum, über dessen halbverfallene Mauer die gelb- und rotgefärbten Waldberge lugten, um diesen Gottesacker der Vergessenen, die nicht einmal in einer Grabschrift fortlebten.

Als ich mich nach meinem Gefährten umsah, war er verschwunden. In der Annahme, daß er mit dem Führer das Gebäude bereits verlassen hatte, beeilte ich mich, den Ausgang zu erreichen. Da sah ich ihn durch eine offenstehende Tür in einer der Mönchszellen an der Wand lehnen, er hatte den Arm über den Kopf geschlagen und preßte die Stirn gegen die Mauer. Erschrocken, weil ich im ersten Augenblick meinte, ein Unwohlsein hätte ihn befallen, näherte ich mich. Er warf einen halben Blick nach mir herüber, ich sah, daß seine Augen feucht waren; da zog ich mich rasch zurück, befangen und beschämt, und eilte von dannen.

Ich machte einen weiten, einsamen Spaziergang durch die Wälder, dann nahm ich eine Mahlzeit in dem bescheidenen Wirtshause, das schlecht und recht für die Fremden sorgt, um diese Jahreszeit aber nicht mehr eigentlich im Betrieb stand. Ich war der einzige Gast, den Amerikaner hatte ich nicht mehr zu sehen bekommen.

Schließlich blickte ich nach der Uhr. Wenn ich zu Fuß den letzten Zug in Saint-Laurent-du-Pont erreichen wollte, so war es Zeit, aufzubrechen. Ich hielt es für unpassend, länger zu zögern, weil ich den fremden alten Herrn dadurch genötigt hätte, mich abermals in seinem Wagen mitzunehmen. Und ob er dies gern tun würde, war schwer zu erraten. Der Kraftfahrer, der mit einem Speisekorb den Berg herunterkam, riet mir, noch ein wenig zu warten; sein Herr befinde sich in den Wäldern, werde aber voraussichtlich bald zurückkehren. Ich blieb indessen bei meinem Vorhaben, trug dem Burschen auf, meine Grüße zu bestellen, und machte mich auf den Weg. Da wurde ich angerufen, der Amerikaner kam rüstig und aufgeräumt den Waldpfad herabgeschritten.

»Sie machen mir doch wieder das Vergnügen, meinen Wagen zu benützen?«

Es war unmöglich abzulehnen. Das Auto fuhr vor und wir stiegen ein. Kaum hatte der Wagen sich in Bewegung gesetzt, so wendete der alte Herr sich zu mir herum und sagte: »Es war diesen Morgen etwas wie Selbstsucht dabei, als ich Sie einlud, mit mir zu fahren. Ich hoffte leichter meiner selbst Herr zu bleiben, wenn ich mich in Gesellschaft befände. Nun hat es mich dennoch übermannt. Ich bin Ihnen eine Erklärung schuldig. In der Zelle, in der Sie mich heute Vormittag überraschten, habe ich zehn Jahre meines Lebens hingebracht.«

Ich sah ihn an, mein stummes Staunen stellte hundert Fragen.

»Da kamen nun alle alten Erinnerungen über mich«, sagte er. »Sollten Sie es glauben, daß ich an diese einsame stille Zelle wie an eine traute Heimat zurückdenke?«

»Wie waren Sie zu dem Entschluß gelangt, sich in ein Kloster zurückzuziehen?« fragte ich verwundert.

»Als junger Mensch«, sagte er, »war ich, einer ursprünglich deutschen Familie aus Chicago entstammend, übers große Wasser gekommen, um an der *École des ponts* in Paris zu studieren. Ich war nicht gerade leichtsinnig, aber doch ein Weltkind, die unvergleichliche

Stadt, die große Verführerin, verstrickte mich in ihre Netze. Mit einem gleichgestimmten Freunde, einem prächtigen Jungen, bestand ich manches Abenteuer. Er war gebürtiger Pariser und kannte sich aus, schön, feurig, bezwingend, hielt es ein bißchen gar zu viel mit den Weibern: durch einen unglücklichen Zufall holte er sich den Keim einer schrecklichen Krankheit. Es war entsetzlich mitanzusehen, wie er verfiel, wie er Schritt für Schritt mit fürchterlicher Unerbittlichkeit zerstört wurde. Er war von grenzenlosem Lebensdrange erfüllt gewesen, sprühend von Geist und Laune, ein Liebling der Götter. Nun machte der Gedanke, daß alles aus sein sollte, ihn rasend. Mit wütender Leidenschaftlichkeit kämpfte er gegen den Tod. Er wehrte sich sozusagen bis zum letzten Atemzuge, es war ein grausam schweres Sterben. Die letzten Tage und Nächte wich ich nicht von seinem Bette, die Schreie seiner Todesangst gellen mir noch heute in den Ohren, nachdem fast ein halbes Jahrhundert darüber vergangen ist. Diese Eindrücke sind so stark gewesen, daß sie eine völlige Umwälzung in meinem Innern bewirkten. Ich beschloß der Welt zu entsagen, wurde katholischer Theologe und trat trotz des verzweifelten Widerstandes meiner Eltern in den Kartäuserorden.«

Er schwieg, ich lauschte und hoffte, daß er weiter erzählen würde. Endlich fragte ich: »Hat das Klosterleben Ihr Gemüt beruhigt?«

»Vollkommen!« antwortete er rasch. »Ich betete, ich webte an meinem Webstuhl das weiße Wollzeug für die Kutten der Brüder, ich schwieg. Sie glauben gar nicht, wie heilsam das Schweigen ist, fast all unsere Not stammt aus unserem eigenen Munde. Dreimal täglich bereitete ich mich vor dem schwarzen Kreuze, das für mein Grab bestimmt war, auf den Tod vor. Es sind vielleicht meine glücklichsten Jahre gewesen, die ich in der *Grande Chartreuse* zubrachte. Eine merkwürdige Tatsache: daß das Leben dem am meisten schenkt, der nichts mehr von ihm begehrt.«

»Und dennoch sind Sie nicht dauernd im Kloster geblieben?« fragte ich.

»Sollten Sie es für denkbar halten«, antwortete er lebhaft, »daß man sich täuschen kann, wie ich mich getäuscht hatte? ... Im zehnten Jahre meiner Anwesenheit erkrankte ich an Typhus. Solange das Fieber mäßig war, lag ich im Delirium. Als aber mein Blut wie geschmolzenes Eisen durch meine Adern tobte, da kehrte mein klares Bewußtsein wieder, ja, ich befand mich in einem Zustand des Hellsehens. Und es kam plötzlich ein unsägliches Mitleid mit meinem armen jungen Leben über mich, das eigentlich kein Leben gewesen war, nur eine stete Vorbereitung auf den Tod. Was hatte ich geleistet, was hatte ich gewirkt? Was meinen Nächsten Gutes getan? Was zum Nutzen, was zur Entwicklung der Menschheit beigetragen? Nichts!«

»Aber Sie gestehen selbst, daß Sie glücklich gewesen sind?«

»Gerade das war es! Sind wir geschaffen, unser enges Glück zu pflegen? Sind wir nicht vielmehr geschaffen, Pflichten gegen die Mitmenschen, gegen die Allgemeinheit zu erfüllen? Und ein solches Leben, wie ich es geführt hatte, sollte Gott wohlgefällig sein? All diese Gedanken fingen jetzt an mich zu martern, während ich krank lag.«

Der Kraftwagen fuhr langsam und vorsichtig über eine kühn geschwungene steinerne Brücke, turmhoch unter uns im Abgrund rauschte der Fluß.

»Das ist die Brücke St. Bruno«, sagte der Amerikaner. »Bruno ist auch mein Klostername gewesen, nach dem Stifter des Ordens. Als der Heilige an der Bahre eines Verstorbenen die Tagzeiten betete und die Worte las: *Responde mihi!*, da soll der Tote sich aufgerichtet haben: Aus gerechtem Urteil Gottes bin ich verdammt! So erzählt es die Legende. Das Wort hallte in mir wieder, während ich im Sterben zu liegen glaubte. Die Todesangst, genau so wie mein armer Freund sie durchgemacht hatte, schüttelte mich. Zehn lange Jahre hatte ich mich auf ein sanftes Sterben vorbereitet – aber der gehoffte Erfolg blieb aus, es war nicht anders, als hätte ich die ganze Zeit her ein Leben der Weltlust geführt.«

In Erinnerung verloren, sah er vor sich nieder, die qualvollen Stunden von damals mochten ihm mit wiedererwachter Deutlichkeit vor die Seele getreten sein. Meine Gedanken arbeiteten, sich den seltsamen Fall zurechtzulegen. Und je mehr ich die Sache erwog, um so erklärlicher erschienen mir die Erfahrungen, die er gemacht hatte.

»Es dringt für gewöhnlich aus den Klostermauern keine Kunde«, sagte ich. »Sonst wüßten wir es vielleicht längst, daß auch die strengste Kasteiung die Natur des Menschen nicht bändigt. Der Tod bleibt eben unter allen Umständen der Gegensatz des Lebens.«

»Hierin irren Sie!« sagte er, sich aufrichtend. »Es gibt einen Weg, den Tod zu überwinden, und er läßt sich finden. Aber die Weltflucht führt ebensowenig zum Ziel wie die Weltlust, denn beide, wenn auch durch Abstufungen der Feinheit von einander unterschieden, sind letzten Endes doch ein und dasselbe: Genußsucht! Nur daß wir in dem einen Falle mit den Sinnen, im andern mit den Organen unsrer Eitelkeit und Selbstgerechtigkeit genießen.«

»Und welches wäre der richtige Weg?«

»Die Weltpflicht!«

Er sah mich mit hellen, jugendlichen Augen an.

»Es sind vierzig Jahre hingegangen, seit ich das erstemal gestorben bin. Ich habe diese Zeit nicht ungenützt verstreichen lassen. Ich habe gearbeitet, ich habe geschaffen, ich habe Wohlstand, Bildung und Gesittung verbreiten helfen. Ich habe eine Gattin geliebt und ihr ein glückliches Los an meiner Seite bereitet, ich habe wohlgeratene Kinder großgezogen, tüchtige und freudige Menschen aus ihnen gemacht, die zum Wohl und zum Gedeihen ihres Volkes und ihres Landes beitragen. Mit einem Wort: ich habe gelebt. Gelebt im besten und schönsten Sinne des Wortes. Und wenn heute der Tod an mich heranträte, so hätte er keine Schrecken mehr für mich. Er ist nicht der Gegensatz des Lebens, er ist der natürliche Abschluß – um nicht zu sagen, die natürliche Fortsetzung des Lebens. Aber ein wirkliches Leben muß ihm freilich vorausgegangen sein, nicht ein bloßes Hindämmern in mäßigem Spintisieren, ein besonnenes, werkfreudiges Leben, ein Leben in Sorge, Müh' und Tätigkeit, kein feig verbrochenes Schwelgen in jenseitigen Gefühlen.«

»Und nach einem solchen Leben, meinen Sie, stürbe sich's leichter?«

»Ich halte es jedenfalls für die beste Vorbereitung auf das Sterben, die es gibt. Ich fühl' es an mir selbst. Kein Übersättigter, aber ein natürlich Gesättigter und darum Befriedigter und innerlich Beruhigter, werde ich mich vom Tisch des Lebens erheben, sobald die Stunde ruft. Mein irdisches Werk ist vollbracht, ich weiß meine Aufgabe erfüllt, mein Haus ist bestellt. Ich wiederhole es: jetzt hat der Tod für mich keine Schrecken mehr.«

»Solange wir gesund und froh sind«, meinte ich, »wird uns das Scheiden vom Licht der Sonne niemals ganz leicht fallen.«

»Sie sind um Vieles jünger als ich«, sagte er milde lächelnd. »In meinem Alter ist man vorbereitet. Diesmal, wenn es Ernst wird, hoffe ich meine Prüfung zu bestehn.«

Um dem Gespräch eine andere Richtung zu geben, fragte ich: »Und als Sie damals wieder gesund geworden waren, verließen Sie das Kloster?«

Er nickte.

»Und man ließ Sie ohne weiteres ziehen?«

»Ich habe mich heimlich davongeschlichen. Ich wollte keinen der Brüder in seinen Überzeugungen wankend machen. Sollte jeder nach seinen eigenen Erfahrungen leben und sterben – die meinigen behielt ich bei mir. Ich wendete mich in meine Heimat, ich arbeitete, es glückte mir, was ich anfing. Seit Jahren hegte ich den Wunsch, vor meinem Ende die Stätte wiederzusehn, wo mir die richtige Erkenntnis aufgegangen ist. Die richtige Erkenntnis des Lebens und – des Todes. Nun wissen Sie, warum wir einander heute begegnet sind.«

»Und jetzt werden Sie wieder nach Amerika zurückkehren?« fragte ich.

»Nicht sofort. In wenigen Tagen treffe ich mit meiner Familie an der Riviera zusammen, wo meine jüngste Tochter ihre Hochzeit feiert.«

Er blickte fröhlich drein, es war leicht zu erraten, daß er mit großer Liebe an den Seinen hing.

»Die Tochter eines ehemaligen Kartäusers«, fügte er lächelnd hinzu; »eines Kartäusers, der die Gewohnheit des Schweigens heute einmal gründlich – verleugnet hat.«

»Ich bin Ihnen dankbar dafür.«

Und sogleich wieder ernst geworden, sagte er noch mit seiner früheren Trockenheit: »Sie haben mich schwach werden sehen in der Zelle des Bruders Bruno, darum war ich genötigt zu sprechen.«

Ich muß sagen, daß ich es als Vorzug empfand, Einblick in dieses seltene Schicksal gewonnen zu haben. Auf drei verschiedene Wege des Lebens, auf drei verschiedene Möglichkeiten, sich mit den letzten Dingen abzufinden, warf es ein unerwartet klares Licht. Wie lautete doch die Formulierung, die der Amerikaner den ewigen Gegensätzen gegeben? Weltlust – Weltflucht – Weltpflicht … Es war das alte, allerdings sonst mehr der deutschen als der angelsächsischen Seele eingeborene Bedürfnis, in die Tiefe zu schürfen, die Dinge begrifflich zu verdichten und zuzuspitzen. Und das reizvollste schien mir dabei, daß dieser Mann, der den zeitgemäßen Weg der rüstigen Pflichterfüllung und freudigen Arbeitsamkeit für sich erwählt hatte, doch seine stille Neigung für die Poesie des mittelalterlichen Ideals der Weltentsagung noch immer nicht ganz verleugnen konnte und nach seinem eigenen Geständnis an die verträumte Klosterzelle wie an eine traute Heimat zurückdachte.

Bald aber sollte ein unvorhergesehener Zufall mich belehren, daß ich selbst – so wenig wie mein merkwürdiger Reisebekannter – noch nicht am Ende aller Erfahrungen angelangt sei.

Wir fuhren die letzte Schleife der steilen Gebirgsstraße hinunter, plötzlich gab es einen Knall, ein Radreifen mußte geplatzt sein. Der Wagen wurde aus seiner Richtung geschleudert, stieß gegen einen Baum und schlug um. Ich weiß nicht, flog ich kopfüber heraus oder wurde ich sanft abgeleert, es war alles das Werk eines Augenblicks, vielleicht bin ich auch eine kurze Spanne Zeit nicht ganz bei klarer Besinnung gewesen. Als ich mich aufraffte, lag der Wagenlenker auf der Straße, er blutete an der Stirn, bewegte sich aber und stand gleichfalls auf. Den Amerikaner sahen wir nirgends. Entsetzt beugte ich mich über das Geländer, da lag er an einer abschüssigen Stelle, hing mehr, als er lag, hilflos fast über dem Abgrund schwebend. Zum Glück hatte sein Mantel sich im Rad des Kraftwagens verfangen, das ihn festhielt, sonst wäre er unrettbar in die Tiefe gestürzt. Er bewegte die Arme und rief mit schreckverzerrter Miene: »Helft mir!«

Der Chauffeur hatte in fliegender Eile den Werkzeugkasten geöffnet, wir warfen ihm eine starke Leine zu, zogen ihn nicht ohne Mühe und Gefahr herauf und lösten ihn endlich aus seiner Verstrickung, die ihm zum Segen geworden war; denn ohne sie wäre er unrettbar verloren gewesen. Wir trugen ihn auf den Rasen, betteten und labten ihn. Er war angegriffen, halb ohnmächtig, aber unversehrt.

Wir konnten von Glück sagen, daß der Unfall so glimpflich abgelaufen war. Keiner von uns hatte eine erhebliche Verletzung davongetragen. Schon war der Fahrer an der Arbeit, den Schaden am Wagen wieder gutzumachen. Er hämmerte und schraubte, ersetzte den geplatzten Gummireifen und lud uns ein, einzusteigen.

Bleich und finster saß der Amerikaner an meiner Seite, in tiefes Schweigen gehüllt. Es fing leise zu dämmern an, als wir uns schließlich vom Gebirge lösten und in die Ebene hinausfuhren. Der Wagenlenker, ingrimmig über den erlittenen Unfall, an dem er doch keine Schuld trug, schien von dem Ehrgeiz beseelt, seinen Ruf wieder herzustellen.

Mit unvergleichlicher Tollkühnheit jagte er über die glatten Fahrstraßen der Niederung dahin.

Einmal, bei einer jähen Wendung um die Ecke, während wir beinahe herausflogen, rief der Amerikaner ihm zu: »Langsamer fahren!«

»*Dinner is ready!*« antwortete der trutzige Lenker und sauste weiter.

Mir wäre es lieber gewesen, wir hätten die Abendmahlzeit versäumt und die Fahrgeschwindigkeit dafür gemäßigt. Aber da sahen wir schon die ersten Lichter von Grenoble, das zu Füßen seiner hohen Berge und Rebhügel hingebettet lag.

Wir fuhren an unserem Gasthof vor und stiegen aus. Ich bedankte mich, und wir trennten uns. Weniges später begab ich mich in den Speisesaal zur Abendtafel. Gleichzeitig mit mir trat auch der Amerikaner ein, der noch immer bleich und angegriffen aussah. Er mußte einen gehörigen Schreck durchgemacht haben. Schließlich war es auch keine Kleinigkeit gewesen, ein paar Augenblicke lang hatte er in wirklicher Lebensgefahr geschwebt. Besorgt erkundigte ich mich nach seinem Befinden. Aber er beteuerte, während er mir gegenüber Platz nahm, daß er sich vollkommen wohl fühle. Der Unfall hatte gottlob keinerlei üble Folgen hinterlassen.

Die Mahlzeit schien ihm gut zu munden, doch blieb er einsilbig, wie es wohl sonst seine Gewohnheit gewesen, ein Kartäuser in Frack und weißer Halsbinde.

Zwischen Fasan und Kompott sagte er plötzlich zu mir herüber: »*Well* – Sie haben recht!«

»Inwiefern?«

»Man mag sich noch so gut darauf vorbereiten – man erlernt es doch nicht!«

»Sie meinen –?«

»Niemals erlernt man es!« wiederholte er, den Kopf schüttelnd. »Nie!«

Ich glaubte zu verstehen und schwieg.

Die hohen und breiten, bis auf den Fußboden herabreichenden Fenster nach dem Garten standen weit offen, das tausendfaltige Glitzern der milden Herbstnacht wetteiferte mit dem Glanz der elektrischen Lichter, mit dem Blitzen des Kristalls, mit dem milden Scheine des Tafelsilbers.

Fahrende Musikanten hatten sich draußen aufgestellt, nun setzten sie plötzlich ein und ließen auf drei oder vier Lauten und Mandolinen eine schmachtende Melodie erklingen, über die sich eine helle jubelnde Männerstimme wie eine Lerche emporschwang:

Je suis né pour le plaisir,
Mais je ne puis le choisir;
Bien fou qui s'en passe.
Souvent le choix m'embarrasse.

Aime-t-on, j'aime soudain:
Boit-on, j'ai le verre en main.
Je tiens partout ma place.

Bin zur Lust da, nicht zum Leiden,
Doch wie schwer ist's, sich entscheiden,
Töricht, wer entsagt!
Oft macht mich die Wahl verzagt.

Liebe, wo man liebt und singt!
Trinke, wo der Becher klingt!
Tausendfach gewinnt, wer wagt.

Mit gesteigertem Lebensgefühl lauschten wir dem leichtbeschwingten Gesang. Es war eines jener provencalischen Lieder voll Glut und südlichem Zauber, die trunken machen. Und indem wir von dem öligen, goldgelben Wein in unsere Gläser gossen und schweigend miteinander anstießen, empfanden wir dankbar, nach all dem vielfältigen *Memento mori*, die Schönheit dieser rätselvollen Erde.

Das Konzert

Wie eine dunkle Frauenstimme sang das Cello durch den Saal, wie ein reifer Alt, in dem alle Erkenntnisse des Lebens zittern. And dann wieder ganz anders, wie die eherne Stimme eines Jünglings, der von Kampf und Taten singt. Und wiederum anders, nicht wie Mann noch Weib – Urlaute des Alls, Töne aus dem Chaos gärend, die stöhnend das letzte sagen, das niemand auszusprechen vermag, weil es keine Worte dafür gibt.

So reich war die Welt auf einmal geworden, so voll Mut, Kraft, Sehnsucht und Erfüllung, so voll Glanz und so voll Dunkelheiten, daß man sich die Kleider vom Leibe reißen und alle zehn Finger ins Haar hätte vergraben mögen, um darin zu wühlen – und wußte doch nicht, ob vor Seligkeit oder vor Weh.

Ein tausendstimmiger Jubel brauste auf, als ob die Schloßen eines Hagelschauers von der Decke prasselten. Die Wände bebten und die Luft schütterte. Unzählige Hände in Bewegung, ein Winken und Sichneigen, glatte Scheitel, Locken und Glatzen, Smokings und nackte Frauenschultern wirr durcheinander. Hochgehende Wogen, von Begeisterung aufgepeitscht.

Übermütig hüpfte das Licht der Kronleuchter über den Aufruhr, glitt lachend über blendendweiße Herrenhemdbrüste, schaukelte sich glitzernd in Juwelen und balgte sich mit dem Wirbel der auf und ab flirrenden weißen, perlgrauen und fleischfarbenen Hände, die wie wahnsinnig klatschten. Und schließlich sammelte es sich auf einem rötlichblonden Frauenhaupte, das wie ein Bild war, so schön, so unbeweglich, und machte sich ein weiches Kissen von gesponnenem Golde darauf zurecht und rastete aus. Aber es liegt nicht in seiner Art, lange zu verweilen. Rasch schnellte es wieder empor, huschte tändelnd die schön geformten Schultern und Arme hinab und spielte zärtlich und liebkosend um die stillen, schmalen Hände, die in langen schneeweißen Handschuhen wie ermattet in den jugendlichen Schoß heruntergesunken waren und darin ruhten.

Weil der Lärm kein Ende nahm, so zeigte der Künstler sich noch einmal, kam heraus und machte Verbeugungen. Aber er lächelte nicht wie eine Tänzerin oder ein Varietéturner auf dem Trapez. Sein junges bartloses Gesicht war bleich, seine Augen blickten finster und sprühten, seine Bewegungen waren unbeholfen wie die eines trotzigen Knaben. Wild und scheinbar grollend schaute er in die Menge und maß die tausendköpfige Bestie da unten mit einem Zucken um die Mundwinkel, das fast wie Hohn aussah. Ist er ungehalten, weil der Beifall eine Zugabe zu fordern scheint? Oder dröhnt ihm dieser noch immer nicht laut genug? Hat er die weißbehandschuhten Hände erblickt, die sich nicht regen und gefaltet im Schoß liegen? Wartet er nur darauf, daß auch sie sich heben und ihm ein Zeichen geben, noch weiter zu spielen?

Ja, bei Gott, der Wann da oben ist taub für den Jubel der Menge, blind für den wahnwitzigen Eifer der tausend hingerissenen Menschen! Scheint es nicht, als suche sein Auge nur die Eine, die in einer der vordersten Reihen sich von dem Fieberschauer der Begeisterung ausschließt und keine Hand rührt, als könnte sie nicht mit einstimmen in den allgemeinen Beifall, vor Erschöpfung, vor tiefster Ergriffenheit? Oder als *wollte* sie nicht mit einstimmen, um ihm ihre Anerkennung zu versagen? Rütteln seine verzweifelten Blicke nicht an ihr wie in stummer Wut, als wollten sie diese säumigen Hände emporreißen vor ihrer wonnigen Ruhestatt? Ist es nicht sie, auf die seine düsteren Augen ihre sengenden Pfeile schießen wie in wortlos heißem Flehen: »Nur dir allein ertönt mein Lied, und du bleibst unbewegt?«

Jetzt könnte man vielleicht ein Herz pochen hören, wäre das Tosen durch den aufgewühlten Saal nicht so ohrenbetäubend. Ein Herz, das bis zum schlanken Hals heraus schlägt in atembeklemmendem Schrecken. Hat er denn wirklich unter den zahllosen Menschen nur sie allein ins Auge gefaßt, nur Sinn und Gedanken für sie?

Mit Blut übergossen, im strahlenden Heiligenscheine, den die Wogen des Lichtes um ihr goldiges Haar weben, sitzt sie wie versteint mit stockenden Pulsen inmitten des forttobenden Beifalls, der wie kreisende Windräder flitzt und schwirrt. In den Boden sinken möchte sie vor Scham und Glückseligkeit. Und langsam hebt auch sie endlich die behandschuhten Hände, die schwer sind, als wären sie schneeweißer Marmor, und klatscht damit ineinander, einmal, zweimal, bis sie ihr wieder niedersinken.

Da legt sich plötzlich der Sturm, totenstill wird's im Saal, man könnte eine Stecknadel fallen hören. Schon hält der Künstler sein Instrument im Arm, schon steigen die Töne wie Lerchen in den blauen Himmel hinein. Und alles lauscht …

Was er spielt? Weiß Gott! Weiß Gott, was er spielt! Aber er spielt für sie. Den ganzen Abend schon hat er nur gegen sie hin gespielt, den ganzen Abend schon hat er nur für sie allein gespielt. Längst hatte sie es bemerkt, aber sich's nicht eingestehen wollen. Und wer hätte auch daran glauben dürfen? War es nicht wie ein Wunder? Ahnte er denn, daß niemand im weiten Saal die Seele seines Bogenstriches verstand wie sie? Ahnte er denn, daß keiner ihn so begriff, keiner so dankbar, so hingerissen war, so erfüllt von seiner Musik, keiner von den vielen, die ihre Hände hatten arbeiten lassen, die ihre Begeisterung in Kraftleistungen äußerten? Ahnte er es? Gleichviel! Er spielte für sie und hatte für sie gespielt, jetzt wußte sie es.

Und nun erst sagte er das allerletzte, das ein Mensch zum Wünschen sagen kann, das Tiefste, das sich überhaupt gar nicht mehr sagen, nur seufzen und jauchzen läßt. Das Unausgesprochene und ewig dazu Verurteilte, unausgesprochen zu bleiben, weil es kein Organ der Mitteilung hat und keine Sinne gibt, die es fassen, weil es vermenschlich und außermenschlich ist wie der Wind, der zum Wasser kommt, wie die Luft, die den Weiher kräuselt, während sie über ihn hinstreicht, so naturalltäglich und so rätselvoll …

Und dann war das Ende. Nein, es mußte längst gekommen sein. Hatten die Leute nicht abermals Beifall geklatscht? Länger und wütender als früher? Hatten sie nicht geschrien und gestampft, mit jenem aufdringlichen Eifer, mit dem sie Gnaden auszuteilen, Lorbeerkränze zu verleihen glaubten? Noch immer gab es da und dort ein paar Vereinzelte, die sich wie toll gebärdeten, mitten im allgemeinen Aufbruch. Aber endlich erstarb doch der letzte Ton dieses widerlichen, possenhaft übertriebenen Klatschens.

Alles stand, schob sich vorwärts, drängte gegen den Ausgang und plauderte und schwatzte dabei geschäftig durcheinander, sofort in den Alltag zurückgekehrt, während Staub die Luft erfüllte. Die Sitzreihen leerten sich. Bloß sie allein saß noch immer auf ihrem Platz, wie gebannt, wie verzaubert.

Ganz allein saß sie da, im goldigen Schein ihres Haars, rein vernichtet, mitten unter lauter leer gewordenen Sesseln.

Und plötzlich gewahrte sie an einer Tür hinter der Vortragsbühne den Kopf des Künstlers, der sie zu beobachten schien. Das Herz wollte ihr stille stehn, denn jetzt stieg er die Stufen hinauf und kam über den erhöhten Platz gegangen, geradenwegs auf sie zu. Immer mehr näherte er sich, halb zögernd, aber immer dieselbe Richtung einhaltend und ohne sie aus den Augen zu lassen. Da erhob sie sich, von fürchterlicher Angst gejagt, und eilte gegen den Ausgang.

Als ob Feuer ausgebrochen wäre, stürzte sie nach der Tür, halb besinnungslos vor Schreck, sie wußte nicht warum. Vielleicht peitschte der entsetzliche Gedanke hinter ihr her, er könnte anders sein als sein Spiel, gewöhnlicher, alltäglicher. Dann wäre dieser hohe, einzige, unvergeßliche Eindruck zerstört, die Wirklichkeit hätte die holden Luftgebilde der Schönheit in alle Winde zerblasen. So ungefähr mochte es ihr in der Geschwindigkeit durch den Sinn geflogen sein. Aber recht deutlich wurde ihr wohl nicht viel mehr, als daß sie Angst hatte. Es war nichts Überlegtes, nichts, was sie hätte rechtfertigen können. Nur davonlaufen wollte sie vor ihm, nur ein Zusammentreffen mit ihm vermeiden!

Und Hals über Kopf flüchtete sie sich in die Kleiderablage, ließ sich den Pelzmantel um die nackten Schultern schlagen und stolperte blindlings die Treppe hinab, daß sie beinahe gestürzt wäre. Ein Wagenschlag wurde aufgerissen, halb entseelt sank sie in die Kissen, eine Hupe trompetete, der Wagen rollte davon …

* *
*

Die ganze Nacht lag das schöne, junge, blonde Mädchen – oder war sie eine Frau? – ich weiß es nicht – wach, und unzählige Male schrak sie am darauffolgenden Tag zusammen, so oft die Flurglocke tönte.

Aber es kam niemand. In der Abendzeitung las sie, der große Künstler sei schon am Morgen wieder abgereist. Sie wollte es nicht glauben, aber schließlich mußte sie daran glauben, denn in der Zeitung stand, er befinde sich auf einer Kunstreise und sei bereits diesen selben Abend für die nächstgelegene größere Stadt verpflichtet.

Am zweiten Tage brachte der Postbote eine Ansichtskarte aus eben jener Stadt, wo er das nächste Konzert gegeben hatte. Die Karte zeigte eine Abbildung des allbekannten Gemäldes, wo zwei Frauengestalten, eine prächtig gekleidete und eine himmlisch nackte, aber beide von gleicher Schönheit, einander am steinernen Bord eines Brunnens gegenübersitzen. Am untersten Rande, in einer krausen, ungelenken Schrift, die ihr gar nicht zu ihm zu passen schien, stand gekritzelt: »Du hattest recht. Kein Wort und kein Wiedersehen! So leuchtet diese Stunde durch ein ganzes Leben!«

Als sie es gelesen, hoben ein paar stürmische Atemzüge ihre Brust, und ihr Batisttüchlein hervorholend, drückte sie es an die Augen. Dann erhob sie sich, trat an ihren zierlichen Schreibtisch ans Rosenholz und warf mit ihrer großzügigen, festen Schrift die Antwort auf eine ihrer zartfarbigen Briefkarten, denen ein ganz eigener süßer Wohlgeruch entströmte: »Wir haben einander verstanden!«

Christl

Was eine richtige »Perfekte« ist, die läßt sich nichts dreinreden, aber auch schon von keinem Menschen; alle sind ihr Untertan, das ganze Haus zittert vor ihr. Und Resi, die Köchin, war eine richtige »Perfekte«, im Guten wie im Schlimmen. Jede ihrer Dienstgeberinnen war zuerst davon überzeugt, daß sie eine »Perle« sei, aber nur während der ersten vierzehn Tage. Dann kam es gewöhnlich zu einem Auftritt, und der süße Wahn riß entzwei.

Es gibt Naturen, die nichts weniger zu ertragen imstande sind als das Einerlei des Alltags. So schien auch die Resi darauf erpicht, sich eine möglichst reichhaltige Sammlung von Abgangszeugnissen anzulegen. Und nur ein einzigesmal wurde sie durch eine Kündigung unangenehm überrascht, zu einem Zeitpunkt nämlich, wo sie aus bestimmten, deutlich mahnenden Gründen gewünscht hätte, sich ein paar Schillinge zurückzulegen. Aber die Hofrätin, bei der sie damals bedienstet war, nahm Ärgernis an ihrer äußeren Erscheinung und erklärte, daß sie sie in ihrem ehrbaren Hause nicht länger dulden könne.

Anfangs war die Resi starr vor Staunen, daß eine »Gnädige« es wagte, *ihr*, der Resi, den Dienst aufzusagen. Bald aber faßte sie sich, suchte von den üblichen Szenen so viel wie möglich nachzuholen, sagte der Hofrätin tüchtig ihre Meinung und schwur hoch und heilig, sie habe ohnedies schon längst kündigen wollen und reiße sich nicht darum, ihre vierzehn Tage zu machen in einem Hause, wo man nicht einmal in Kupfer koche.

Damit packte sie ihre Siebensachen zusammen und verließ, während der Braten in der Herdröhre anbrannte, angetan mit ihrem schönen Federhute, in dem sie selbst aussah wie eine »Gnädige«, stolzen Schrittes diese schnöde Stätte.

* *
*

Christl erblickte das Licht der Welt in jenem gewissen großen, düsteren Gebäude, wohin in ihrer schweren Stunde so manche mittellose Mutter ihre Zuflucht nehmen muß.

Niemand sehnte sich nach der Ankunft des jungen Weltbürgers, niemand freute sich darauf. Im Gegenteil: Wenn ein bloßer Wunsch sein Dasein in aller Stille hätte austilgen können, so hätte es überhaupt keinen Christl gegeben. Darum getraute er sich im Anfang nicht, auch nur das geringste Lebenszeichen von sich zu geben. Und da er fürs erste nicht einmal zu atmen, geschweige zu weinen wagte, so nahm man ohne weiteres an, daß er darauf verzichtet hätte, dies irdische Jammertal überhaupt zu betreten. Als er sich aber wider alles Erwarten schließlich doch dazu entschloß, ein klägliches, fadenscheiniges Stimmchen hören zu lassen, da richtete die Mutter in ihrem Bette sich auf und fragte enttäuscht: »Lebt er wirklich?«

Ja, er lebte, und da er nun sogar schrie, mußte die ganze Welt daran glauben. Er lebte und unterschied sich nicht sonderlich von anderen Altersgenossen; höchstens, daß er vielleicht ein bißchen schwer von Begriffen war. Denn die Kunst des Weinens, die man sonst eigentlich als selbstverständlich voraussetzt, hatte er erst erlernen müssen.

Das Lachen aber sollte er niemals lernen.

* *
*

Für eine Dienstmagd, auch wenn man sie Hausgehilfin nennt, ist es keine Kleinigkeit, von ihrem Monatslohn mehr als die Hälfte an Kostgeld für ihr Kind zu entrichten. Aber Mutter bleibt Mutter, und was sollte sie schließlich tun? Der Vater hielt sich im Hintergrunde, so sollten die Leute sehen, daß eine »Perfekte« auch noch allein etwas vermag. Darum sollte der Christl nicht nur einen Kostplatz, er sollte sogar einen »besseren« Kostplatz haben.

Ein besserer Kostplatz, wie ihn die Mutter sich vorstellte, mußte vor allem in der Stadt sein, denn auf dem Lande verbauert man, und für den Bauerndienst war der Christl denn doch zu gut.

Seine Zieheltern waren Hausmeistersleute und wohnten eine Treppe tief auf einen engen Hof hinaus, der durch hohe Feuermauern gegen die Sonne geschützt war. Durch die knapp über dem Erdboden gelegene Fensterluke drang freilich nicht viel Luft in das kellerartige Wohnzimmer, das zugleich als Küche diente. Aber das ist gesund für ein Kind; die Luft ist ohnedies im Winter zu kalt, im Sommer zu heiß, im Frühjahr und Herbst »giftig«. Die Hauptsache blieb doch die Kost. Und wie gut hatte es Christl da! Seine Ziehmutter stopfte in ihn hinein, was möglich war. Und am Feierabend, wenn der Ziehvater bei seinem Biere saß, versäumte er selten, dem Kinde etwas davon einzuflößen. »Damit er recht stark wird«, sagte er in seiner gutmütigen Art.

Der kleine Christl sah aber vorderhand nicht darnach aus, als sollte jemals ein Kraftmeier aus ihm werden. Mit sechs Monaten steckte er noch ebenso schmächtig und verhutzelt in seinem Kissen wie am ersten Tage. Und als er ein Jahr alt geworden war, konnte er noch kaum aufrecht sitzen, geschweige auf seinen dünnen Beinchen stehen.

Die Bankdirektorsgattin, die im ersten Stock wohnte und sich in alles mischte, was sie nichts anging, sagte: »Was macht Ihr denn mit dem Kinde, gute Frau, daß es sich nicht erholen kann? Wird es denn ordentlich genährt?«

»Oh, der kriegt g'nug z'essen«, erwiderte die Ziehmutter etwas gekränkt. »Wir vergunnen ihm alles, was wir selber haben: Knödel und Salat, Fleisch, Bier, Kaffee … Wurst und Speckgrammeln sind ihm das Allerliebste. Nur g'rad Milli mag er halt keine.«

Daß Christl keine »Milli« mochte, erfüllte seine Mutter mit Stolz. Sie stimmte mit der Hausmeisterin überein: der Christl war viel zu gescheit, um Milch zu trinken; der wußte, was gut ist.

* *
*

Die Bankdirektorsgattin aus dem ersten Stock ließ es sich nicht ausreden, daß das blasse, schwächliche Geschöpf, das unten im Keller hinkümmerte und oft schrie wie am Spieß, ohne daß man gewußt hätte warum, seiner widersinnigen Ernährungsweise zum Opfer fallen müsse. Aber Christl hielt den Kopf hoch und mauste sich immer wieder heraus, so oft er auch am Verlöschen war. Er schien es sich in den Kopf gesetzt zu haben, einen neuerlichen Beweis für die bemerkenswerte Tatsache beizubringen, daß die menschliche Seele mit dem Leibe zäher verwachsen ist, als man gemeiniglich annimmt, und daß es manchmal recht schwer fällt, sie auszutreiben.

Als Christl endlich auf die Beine gekommen war, begann er sich im Hause nützlich zu machen. Der Ziehmutter half er das Grünzeug putzen und das Kochgeschirr säubern. Wenn sie die Stiege scheuerte, schleppte er Schaff und Zuber, wenn sie in der Waschküche hantierte, überwachte er die Feuerung und schleifte Kohlen herzu. Gab es nichts Dringenderes zu tun, so beschäftigte er sich damit, im Hofe die Katzen zu scheuchen, welche die Sperlingsnester beschleichen wollten.

Lachen und Springen, wie andere Kinder es treiben, lag nicht in seiner Natur. Alles strebte nach einem Zweck, schien wie eine ernste Pflichterfüllung. Freudlos war er wie ein Alter, aus sich heraus ging er fast nie. Nur wenn seine »Muatta« nach ihrem alle vierzehn Tage erneuten Besuch wieder Abschied von ihm nahm, da konnte es geschehen, daß er sie plötzlich überfiel und stürmisch umhalste; daß er sich an sie klammerte, sie nicht fortlassen wollte, oder inständig bat, ihn mitzunehmen. Bei solchen Gelegenheiten konnte man sehen, daß in dem kleinen, lichtlosen Arbeitstierchen mit den alten, faltigen Gesichtszügen doch kindliche Gefühle und Leidenschaften lebten.

Einmal, als sie ihm Gutnacht sagte und ihn küßte, brach er sogar in bittere Tränen aus.

»Muatta, warum därf i' denn net bei der Muatta bleiben?«

Die »Perfekte« wurde beinahe gerührt.

»Weißt, Christl, mir ham halt kein' Vattern. Dein Vatter is ein … Na laß gut sein, wenn i' einmal ein' Terno g'winn', nachher nimm i' mir a möbliertes Zimmer und wir ziehn uns z'samm – gell? Und jetzt hör' amal auf mit deiner Weinerei, dalketer Bua!«

* * *
*

Im Winter, als viel Schnee gefallen war, schleppte Christl seinem Nährvater alles Nötige auf die Straße, den Gehsteig zu säubern, und half ihm auch selbst eifrig dabei. Seine Gönnerin, die Bankdirektorsgattin, hatte ihm zum Heiligen Abend allerhand Geräte geschenkt, in verkleinerter Ausgabe. Die gute Dame hatte gedacht, ihm Spielsachen zu schenken; aber sie hatte ihm Arbeitszeug geschenkt.

Während Christl mit seiner kleinen Harke die Schneekruste lockerte, sah er am Nachbarhause einen glänzenden Kraftwagen vorfahren und anhalten. Ein vornehm aussehender Herr stieg aus dem Auto, warf den Wagenschlag zu und verschwand im Hausflur.

Der Hausmeister hatte ehrerbietig seine Kappe gelüftet, während Christl mit offenem Mund zur Seite stand.

»Herr Pölzl«, sagte er schüchtern; »Herr Pölzl? ... Der hat aber eine schöne Eklipasch!«

»Ja, das ist der Herr von Wolf, der erst neuli' ein'zogen is in sein neuches Pala-is. Du, der ist dir reich!«

»Hat er mehr als – hundert Schilling?«

»Ui je! Hunderttausend!«

»Hat er ein' Terno g'macht?«

»Nein, es heißt, er hat si' auffig'arbeit'. Jetzt wohnt er im eigenen Haus mit seiner alten Mutter, die soll eine ganz arme Person g'west sein. Aber der Bua, das heißt der Herr von Wolf, wie er noch ein Bua war, der war immer der Erste in der Schul, und nachher ist er halt Baumeister worden und hat's auch richti' zu was 'bracht.«

Christl schwieg und überlegte. »Kann's jeder zu was bringen, wenn er viel lernen tut?« fragte er endlich.

»Freili'! Kannst's auch einmal zu was bringen, wennst fleißig lernen tust.«

Herr Pölzl sagte dies im Scherz, mehr obenhin, ohne viel dabei zu denken. Er nahm seinen Pfeifenkopf vom Rohre, ließ das Wasser herausträufeln und steckte ihn wieder an. Dann setzte er gemächlich seine Arbeit fort.

In Christls Seele aber war ein Samenkorn gefallen.

*　*
*

Das Jahr darauf schenkte die Bankdirektorsgattin aus dem ersten Stock dem Christl einen Schulranzen und einiges Geld für Bücher und Hefte. Er war überglücklich, daß er nun zur Schule gehen durfte, und wachte jeden Morgen vor fünf Uhr auf, aus Angst, zu spät zu kommen. Jede Viertelstunde, die er sich von seinen häuslichen Geschäften absparen konnte, benutzte er für seine Aufgaben, und abends mußte man ihn zwingen, zu Bette zu gehn, er fand immer noch einen Buchstaben, den er nicht genügend geübt, ein Wort, das er nicht oft genug in sein Heft gemalt hatte.

Das Lernen wurde ihm furchtbar sauer. Die einfachsten Dinge, die seine Kameraden sofort begriffen, wollten ihm durchaus nicht in den Kopf.

Zu Hause saß er oft in einem dunklen Winkel und weinte. Er wollte so gerne recht viel lernen, es sollte etwas Rechtes aus ihm werden. Dann brauchte seine Mutter nicht mehr bei anderen Leuten in Dienst zu gehn. Dann würde er ihr ein eigenes Zimmer nehmen und bei ihr wohnen. Sie würden immer beisammen sein, und sie würde ihn lieb haben und herzen, was sie so selten tat. Es war eine dumpfe, unausgesprochene Sehnsucht nach Liebe in ihm. Und dabei ein beklemmendes Gefühl, als ob er doch nichts Gutes verdiene, denn er spürte es aus mancher Bemerkung, die die Mutter fallen ließ, daß er ihr zur Last war.

Nur lernen, etwas werden, etwas verdienen – das schwebte ihm als einziges großes Ziel vor Augen. Und nun ließen die Fähigkeiten den Willen im Stich! Auch im Sommer, wenn Ferien waren, gönnte er sich keine Erholung. Immer gab es nachzuholen, Lücken auszufüllen, oftmals des Nachts träumte er von Fehlern, die er gemacht, von Strafen, die er dafür eingeheimst hatte. Und erwacht, betete er dann mit demselben sorgenvollen Gesichtchen, mit dem er eingeschlafen war, pflichtschuldig das Morgengebet, das der Katechet ihn gelehrt: »Wie fröhlich bin ich aufgewacht, wie hab' ich geschlafen so sanft die Nacht, hab Dank, du guter Vater mein ...«

Während des folgenden Schuljahres kam auch noch die Rechtschreibung hinzu, und im Rechnen drohte das Bestimmen des Stellenwertes. Waren das Probleme! Er verzehrte sich förmlich in Lerneifer, verlor alle Eßlust und blieb völlig stecken in seiner ohnedies unzulänglichen körperlichen Entwicklung.

»Geh, Christl«, sagte der gutmütige Pölzl, »plag' dich net so. Du hast halt kein' Kopf zum Lernen. Das macht nix. Ich bin auch immer mehr für's Praktische g'west, und es is doch was 'worden aus mir.«

Er ahnte nichts von den ehrgeizigen Plänen Christls, oder unterschätzte dessen hochfliegende Absichten. Auch hätte ja Christl selbst kaum ausreichende Auskunft erteilen können, was er sich eigentlich vorstellte. Aber der Traum seines sehnsüchtigen Kindergemüts, die Fata Morgana einer möglichen Zukunft, die in seiner Einbildungskraft webte, stand immer in einem gewissen unlöslichen Zusammenhang mit dem im Nachbarhause wohnenden Baumeister Wolf.

Er hatte ihn öfters wiedergesehen seit jenem Tage und beobachtete ihn jetzt mit großen, sehnsüchtigen Augen. Einmal, als er aus der Schule nach Hause ging, sah er auch die alte Dame aus dem Tore treten, am Arm des Baumeisters. Herr Wolf führte sie gewissermaßen behutsam, wie man etwas Zerbrechliches und sehr Wertvolles betreut, geleitete sie an den Kraftwagen, der bereit stand, half ihr hinein und hüllte sie liebevoll in warme Decken. Das war also die Mutter, von der es hieß, daß sie einst arm gewesen, und daß sie jetzt behaglich und sorglos bei ihrem reichen Sohn lebe! Wie fein und vornehm sie aussah! Die Begegnung machte auf Christl einen tiefen Eindruck. Es war für ihn ein Erlebnis.

* *
*

Eines Abends, als die Pölzls sich eben zum Abendbrot hinsetzen wollten, erklärte Christl, er könne nichts zu sich nehmen, es sei ihm übel. Seine Wangen glühten, während ein eisiger Fieberschauer seinen schmächtigen Körper schüttelte.

Die Schule war an eben diesem Tage wegen einer ausgebrochenen Massenerkrankung an Scharlach in behördlichem Auftrag geschlossen worden. Schwer zu erraten war es also nicht, was dem Christl fehlte.

Kaum war er zu Bett gebracht, so begann er auch schon im Fieberwahn wirrzureden. Er rief und weinte nach seiner »Muatta« und hatte es wiederholt mit einem Brief zu tun, den er an sie geschrieben haben wollte, glaubte in der Schule zu sein und bekam eine Strafaufgabe nach der anderen, so sehr er auch beteuerte, seine Sache fleißig gelernt zu haben. Und beständig hatte er es mit dem Baumeister Wolf zu tun und mit einem Auto, in das die »Muatta« einsteigen sollte.

In aller Frühe eilte Pölzl ins Spital, um zu bitten, daß man das kranke Kind abhole. Auf dem Rückwege begab er sich in das Haus, wo Resi bedienstet war, und berichtete ihr von der Erkrankung Christls.

»Wär' eh' am besten, wenn ihn unser Herrgott glei' zu sich nehmet … Na ja, was kann ma' machen? I' wer'n halt besuchen …«

Aber der Christl befand sich auf der Abteilung für ansteckende Krankheiten, da gab es keine Besuche, nur der Torwart gab Auskunft. Die Konstitution des Kleinen hieß es, sei wohl allzusehr untergraben, sonst hätte sich schon etwas machen lassen.

* *
*

Wochenlang war Christls Lebenslichtlein am Verlöschen. Schließlich wurde der Resi eröffnet, der Bub habe sich gegen alle Voraussicht doch wieder erholt, der Scharlach wäre jetzt überstanden, bloß eine Folgekrankheit sei noch da. Das nächste Mal könne sie ihn schon sehen, er werde in einigen Tagen aus der Infektions- in die Chirurgische Abteilung übertragen werden.

Sie erbat sich von ihrer Herrschaft eine freie Stunde, machte im Vorbeigehen in einer Spielwarenhandlung einen kleinen Einkauf und begab sich bangen Herzens ins Spital. Eine barmherzige Schwester kam ihr mit fragendem Blick entgegen und wies sie mit stummer Gebärde nach einer seitlichen Fortsetzung des Saales, wo etwas abseits von den übrigen zwei kleine Betten standen.

»Kann ich ihn sehen?« fragte die Mutter.

»Er schläft jetzt, ich möchte ihn nicht gerne wecken; er kann ohnedies so wenig Schlaf finden.«

»Auch nicht in der Nacht?«

»Gerade des Nachts kommen die ärgsten Schmerzen. Erst heute früh bat er mich, ihn ein anderes Morgengebet zu lehren. Das, was er sonst gebetet, passe nicht mehr auf ihn.«

»Was ist das für ein Gebet, das nicht mehr auf ihn paßt?« fragte die Mutter.

»Kennen Sie es nicht? Es beginnt mit den Worten: Wie fröhlich bin ich aufgewacht, wie hab' ich geschlafen so sanft die Nacht ...«

Die Resi weinte. Inzwischen begann etwas sich zu rühren in der Ecke, wo die beiden kleinen Betten standen. Die Krankenschwester winkte der wartenden Frau, sie möge näher treten.

»Sie können ihn sehen, er ist aufgewacht.«

Die Mutter erblickte zwei Geripplein, mit matten, traurigen Augen und erschreckend wächsernen Wangen. Sie zweifelte, daß eines davon ihr Christl sein sollte, und wußte jedenfalls nicht welches. Da ertönte aus einem der Betten ein schwaches »Muatta!«.

Sie schrak förmlich zusammen, daß Geripplein auch sollten reden können, im nächsten Augenblick aber lag sie schon an der Seite des Bettes auf den Knien und hielt ihr Kind in den Armen, seine fahlen Wangen mit Küssen und Tränen bedeckend. Es war, als wollte sie in dieser einzigen Minute alles wieder einbringen und gutmachen, was das Leben, was widrige Verhältnisse, was der Vater, was sie selbst verabsäumt und gesündigt hatten an diesem liebedurstigen kleinen Kinderherzen.

Die barmherzige Schwester, die zur Seite stand, berührte sie leise an der Schulter und bedeutete ihr, daß sie an sich halten möge, sowohl wegen des Kindes selbst wie auch wegen der übrigen Kranken. Sie erhob sich, ihre Tränen trocknend, und reichte Christl das Spielzeug, das sie ihm mitgebracht hatte. Es war ein »Werkl«, eine kleine runde Dose, die, wenn man drehte, eine niedliche Melodie orgelte. Die Töne perlten hervor gleich fallenden Tropfen, es klang fein und gemessen wie ein winziges Glockenspiel.

»Geh', spiel' was, Christl«, ermunterte die Krankenschwester.

Er drehte ein paarmal die Kurbel, ließ aber bald wieder davon ab. Ein Seufzer hob seine eingefallene Brust. Er blickte traurig und teilnahmslos vor sich hin, die kleine Drehorgel gleichsam pflichtschuldig in den abgemagerten Händen haltend.

»Freut di' die Musi' net, Christl?« fragte die Mutter sanft. »Willst vielleicht was anderes? Soll i' dir was anders bringen, Christl?«

»Bittschen, Muatta?«

»Was willst denn, Christl, sag' was d' willst? Was soll dir denn die Muatta bringen?«

»Bittschen, mei' Rechenbuach!«

»Aber geh', Tschapperl, wirst do' net lerna wollen?«

Er sah ihr traurig in die Augen, als hätte er sie nicht verstanden. Dann wiederholte er: »Bittschen, Muatta, mei' Rechenbuach?«

Sie konnte der Bitte nicht widerstehen. »Ja freili', Christl, wennst willst, bring' i' dir's schon. Soll i' 's gleich holen geh'n?« Er nickte stumm.

Sie dachte an nichts mehr, als daß sie ihm einen Wunsch erfüllen konnte. Und da er nun einmal nach seinem Rechenbuch verlangte … es war das einzige, was sie noch für ihn zu tun vermochte …

»Wart' nur ein bissel, Christl, glei' bin i' wieder da, i' bring' dir's geschwind!«

Sie gab ihm noch einen Kuß und eilte fort. Mit fliegendem Atem jagte sie durch die Straßen, um nur ja rechtzeitig wieder zurück zu sein, bevor die Besuchsstunde im Spital zu Ende ging. Sie traf Frau Pölzl zu Hause, suchte und fand das gewünschte Buch und kehrte zurück, mehr laufend als gehend. Es fehlten fünf Minuten auf drei Uhr. Man ließ sie noch ein.

An der Tür des Krankensaales trat die Schwester ihr entgegen, ruhig wie immer, aber mit einer gewissermaßen feierlichen Miene. Sprachlos vor Schreck hing die Mutter an ihrem Mund.

»Unser Herrgott hat ihn zu sich genommen.«

* *
*

Als Herr Pölzl nach der Beerdigung die wenigen Siebensachen Christls zusammenkramte, um sie seiner Mutter zu bringen, fand er in einem Schulheft jenen freilich recht unorthographischen Brief, von dem der Knabe am Abend seiner Erkrankung gefaselt, und den er, wie sich jetzt herausstellte, wirklich geschrieben hatte.

Er lautete:

»Liebe Muatter ich bin sehr grang bittschen kumm und bring mir eine Medazin ich muß bald wieder gsund wern weil ich lernen muß und zu etwas bringen wihl das ich dir nacher ein sebrates Zimmer nimm und mich zu dir zieh Christoph.«

Der Salto mortale

In einer Herrengesellschaft lenkte sich das Gespräch auf eine gerade damals viel erörterte Gerichtsverhandlung, in der ein angesehener Mann, ein Fabrikdirektor, zu einer schweren Gefängnisstrafe verurteilt worden war. Er hatte im Drang der Geschäfte oder aus Unachtsamkeit es unterlassen, in seinem Betrieb eine Schutzvorrichtung anzubringen, die ihm vom Gewerbeinspektorat vorgeschrieben worden. Das Versäumnis erstreckte sich eigentlich nur auf wenige Tage, dann wäre er dem behördlichen Auftrag ohne Zweifel nachgekommen. Aber das Unglück wollte es, daß gerade in diesen Tagen zwei Arbeiter, die sich übrigens der Anbringung jener Schutzvorrichtung hartnäckig widersetzt hatten, weil sie überflüssig und nur hinderlich sei, in die Maschine gerieten, wobei der eine von ihnen eine schwere Verstümmelung erlitt, der andere seine Unvorsichtigkeit gar mit dem Leben büßen mußte.

Indessen gab es, wie sehr man diese Opfer immer beklagen mochte, doch solche, die auch dem Fabrikdirektor ihre Teilnahme nicht versagten. Insbesondere nahm in jenem engen Kreise ein Großkaufmann in mittleren Jahren, der, schon von Haus aus wohlhabend, durch geschäftliche Tüchtigkeit hoch hinaufgekommen war, ihn lebhaft in Schutz, indem er die Ansicht vertrat, der Fabrikdirektor sei zwar gewiß nicht ganz ohne Schuld gewesen, dennoch aber kaum schuldiger als unzählige andere, die sich in nichts von ihm unterschieden, als daß sie weniger Pech gehabt hätten.

Ein höherer Beamter, der für ein Muster von Tadellosigkeit galt und sich ebenfalls in der Gesellschaft befand, widersprach.

»Und selbst wenn Sie recht hätten«, sagte er mit einem Anflug von Ungeduld: »Daraus, daß mancher Leichtfertige durchrutscht, läßt sich doch nicht folgern, daß ein der Leichtfertigkeit Überwiesener straflos ausgehen soll? Oder gehören Sie zu denen, die Schuld überhaupt leugnen, und wollen Sie für alles Geschehen statt der Menschen den bösen Zufall verantwortlich machen?«

»Durchaus nicht!« wehrte sich der andere. »Aber die gesellschaftliche Ächtung, wie sie eine Gefängnisstrafe mit sich bringt, sollte nach meinem Gefühl nur da verhängt werden, wo die Absicht keine einwandfreie war. Ein Versehen, ein vorübergehendes Sichvergessen muß nicht notwendig eine Leichtfertigkeit, ein Versäumnis noch lange keine Gewissenlosigkeit sein. Wohl mancher unter uns hat in seinem Leben einmal einen schwachen Augenblick gehabt, in welchem er irgend etwas tat oder unterließ, worüber er, wollte es das Unglück, hätte straucheln, vielleicht sogar den Hals brechen können … Ich selbst«, sagte er nachdenklich geworden, »erinnere mich einer kitzlichen Sache, deren Folgen gar nicht abzusehen gewesen wären, wenn – ja, wenn sie eingetreten wären. Sie blieben aus, und ich kam mit dem Schrecken davon. Aber es wäre pharisäisch, wollte ich nicht offen bekennen, daß ich damals mindestens ebenso schuldig – nein! – viel schuldiger gewesen bin als jener Fabrikdirektor.«

Er lächelte, indem er hellen Auges um sich blickte, von einem zum andern.

»Bloß mehr Glück hatte ich in jenem Falle. Das ist alles!«

* *
*

Jahre sind es her, ich diente zu jener Zeit bei der Feldartillerie und war als Reserveoffizier eingerückt, um das feldmäßige Schießen mitzumachen, als unsere Batterie an einem fast unerträglich heißen Spätsommerabend in einem armseligen Dorfe nahe der ungarischen Grenze ihren Einzug hielt. Die Unterbringung der Pferde und Mannschaft in den nicht zahlreichen und fast durchweg dürftigen Gehöften machte nicht geringe Schwierigkeiten, und der Quartiermacher hatte sich nicht anders zu helfen gewußt, als indem er die einzelnen Teile des zusammengehörigen Truppenkörpers trennte und fast jedes Paar der Bespannungspferde bei einem anderen Bauer einstellte. Der Quartierzettel, den ich für mich selbst in Empfang nahm, wies mich nach einem herrschaftlichen Schlosse, das etwa zwei Kilometer vom Dorfe entfernt lag.

Mein Pferd war übermüdet, aber es mochte ahnen, daß es nun endlich zur Krippe ging, und nahm seine letzten Kräfte zusammen. Eine Viertelstunde später ritt ich in den Schloßhof ein. Ein herrschaftlicher Stallbursche, der bereits auf mich gewartet zu haben schien, übernahm mein Tier und rief ein paarmal in den Flur hinein nach dem »Herrn Haushofmeister«. Darauf erschien ein Mann mit pechschwarzem Krauskopf und scharf ausgeprägten bartlosen Zügen, der eigentlich aussah wie ein Schmierenschauspieler, den man in eine feine Livree mit silbernen Knöpfen gesteckt hatte. Er forderte mich mit großer Würde auf, ihm in den ersten Stock zu folgen, wo mein Zimmer bereitstünde. Ich ließ mir das nicht zweimal sagen, denn ich hatte eine wahre Sehnsucht nach Waschwasser und einem Ruhebett, um meine müden Glieder darauf auszustrecken. Mein erster Blick, als ich das geräumige Zimmer betrat, galt diesen Dingen, und mit Befriedigung bemerkte ich auf dem marmornen Waschtisch ein Becken, das jedem Goliath recht gewesen wäre, nebst einem Krug von der Höhe einer römischen Amphora, nur daß er bedeutend dickbauchiger war. Wer jemals Scheinkrieg spielend eine Woche lang in sengender Hitze auf staubigen Landstraßen umhergeritten ist, um abends in den verschiedenen mangelhaften Unterkünften ein Waschschüsselchen vorzufinden, das in der Regel kaum viel größer war als eine Kaffeetasse, der begreift mein Entzücken. Auch ein Diwan befand sich in meinem Zimmer, so lang und breit, wie ich es nur wünschen mochte.

»Es ist gut, ich danke«, sagte ich zu dem Haushofmeister in der Absicht, ihn zu verabschieden.

Er verneigte sich und bemerkte mit einem eigentümlich steinernen Lächeln, das mich an das Lächeln der Zirkusleute erinnerte, wenn sie für Beifall danken: »Die Frau Baronin lassen um sieben Uhr zum Diner bitten.«

Ich gestehe, daß ich über diese Einladung nicht eben erfreut war; ein paar Beefsteaks mit Spiegeleiern auf mein Zimmer serviert, und zwar so bald als möglich, sowie ein tüchtiger Krug Bier dazu, das wäre mir in der Verfassung, in der ich mich befand, willkommener gewesen. Indessen behielt ich Lebensart genug, meine Gedanken vor dem sonderbaren Haushofmeister verborgen zu halten, und indem ich ihm meine Karte überreichte, beauftragte ich ihn, bei der Baronin anzufragen, wann ich mir die Freiheit gestatten dürfe, meine Aufwartung zu machen.

Er nahm die Karte in Empfang, stellte sie mit einer Ecke aufrecht auf die Spitze seines Zeigefingers, wo sie merkwürdigerweise ruhig stehen blieb wie eine Kerzenflamme, und sagte mit demselben steinernen Lächeln von vorhin: »Um halb sieben, vor dem Diner«, worauf er sich abermals verneigte und mich allein ließ. Meine Besuchskarte trug er auf dem Zeigefinger mit fort, ohne daß sie heruntergefallen wäre oder auch nur gewackelt hätte, gerade als sei dies die natürlichste und einfachste Art, eine Visitenkarte zu tragen.

Mir konnte es schließlich gleichgültig sein, wie er sie trug, ich legte die verstaubte Bluse ab und tauchte meinen Kopf ins Waschbecken, wobei mir zumute war wie einem Fisch, der nach langem Zappeln auf dem trockenen Sande durch einen glücklichen Sprung den Weg in die Flut zurückgefunden hat. Nachdem ich mich genügend erquickt und aus dem Gepäck, das mein Bursche inzwischen gebracht, einen funkelneuen Waffenrock hervorgesucht und angelegt hatte, streckte ich mich wohlgemut auf den Diwan und ließ den Rauch einer Zigarette zur weißen Decke steigen, die mit lustigem Rokokostuck ausgefüllt war. In dieser Tätigkeit wurde ich bald durch ein Klopfen an der Tür unterbrochen, ein mir befreundeter Dragoneroffizier trat ein, Oberleutnant von Höchstorff. Meine Batterie war eine reitende, und wir manövrierten gemeinsam mit der Kavallerie. Ich hatte aber nicht gewußt, daß außer mir noch andere Offiziere in diesem Schlosse einquartiert waren.

»Liegt ihr ebenfalls hier?« fragte ich.

»Bloß meine Schwadron«, sagte er, »aber diesem Hause ist Heil widerfahren: die Gottobersten wohnen unter seinem Dache.«

Wer alles da sei? wollte ich wissen. Und er eröffnete es mir: »Das ganze Oberkommando und der Stab der dritten Brigade.«

Der Gedanke, mich in so glänzender Gesellschaft zu befinden, war mir nicht ganz behaglich, ich wäre lieber mit meinen engeren Kameraden allein gewesen. Aber die lagen eine halbe Stunde entfernt in einem andern Herrensitz, dessen Name mir entfallen ist. Ich wußte, daß Höchstorff den Gotha'schen im kleinen Finger hatte, und erkundigte mich nach der Baronin, die unsere Wirtin war, und ob auch der Baron anwesend sei?

»Der alte Herr ist schon gestorben«, sagte er, »und mit seiner Witwe, der Freifrau, sind das so eigene Geschichten ...«

Was für eine Geborene sie sei? Er lachte; die sei überhaupt keine Geborene, behauptete er.

»Wenigstens nicht adlig, kapierst du?«

Er näherte sich meinem Ohr, und hielt die Hand an den Mund: »Eine vom Brettl ist sie gewesen.«

Eine Ahnung ging mir auf: »Und der komische Haushofmeister, der da herumspaziert?«

»Mit dem soll sie einst gearbeitet haben, wie die Artisten sagen. Ein ehemaliger Kollege – du verstehst? Ich bin gespannt, sie kennen zu lernen.«

Jetzt bemächtigte sich natürlich auch meiner eine gewisse Neugierde. Es war an der Zeit, uns zum Empfang einzufinden, der in einem großen, ebenerdig neben dem Speisesaal gelegenen Salon stattfand. Es glitzerte darin bereits von Orden und goldenen Kragen, ich wurde der Hausfrau vorgestellt und prallte fast zurück. Ein flüchtiges Aufleuchten ihres Auges sagte mir, daß sie mich wiedererkannt hatte wie ich sie. Ich beugte mich nieder und küßte ihre Hand. In demselben Augenblick riß ein Lakai die Flügeltüren auf und meldete, daß serviert sei. Sie erhob sich und rauschte am Arm einer kahlköpfigen Exzellenz in den Speisesaal, wo eine lange glänzende Tafel unter gläsernen Kronleuchtern gedeckt stand, an denen unzählige Wachskerzen brannten.

Als Subalterner von der Reserve saß ich natürlich am untersten Ende und konnte sie nur über Blumenaufsätze hinweg und zwischen Weinflaschen hindurch erblicken, wenn ich mich vorneigte. Sie unterhielt sich lebhaft mit ihren Nachbarn, sah verführerisch aus und schien kaum älter geworden, obgleich sechs oder sieben Jahre verstrichen waren, seit ich sie gekannt hatte, und sie schon damals in der Mitte der Zwanzig gewesen sein mochte. Das reich aufgesteckte glänzende Haar schimmerte unter den vielen Lichtern wie rotes Gold, und von den reizenden Ohrmuscheln wie im tiefen Ausschnitt des Kleides blitzten prächtige Solitärs bis zu mir herüber, funkelnden Tauperlen auf den Blütenblättern einer bleichen Rose vergleichbar – jener unbeschreiblich zarten, mattweißen Haut der Rotblonden. Nicht überflüssig übrigens zu bemerken, daß sie die gewandten Umgangsformen einer vollendeten Dame hatte.

Das Essen war auserlesen und die Weine suchten ihresgleichen. Meine Nachbarn, gleichgültige Truppenoffiziere, deren Gesichtskreis über den alltäglichen Dienst nicht weit hinausreichte, nahmen mich wenig in Anspruch, ich konnte meinen Erinnerungen nachhängen.

Das war auf dem Lido gewesen, da ich sie zum erstenmal gesehen hatte, bei einem Konzert auf der großen Veranda der Badeanstalt. Sie befand sich in Gesellschaft eines hochgewachsenen und vornehm aussehenden alten Kavaliers, dem ein prächtiger weißer Bart bis in die halbe Brust reichte. In meiner Unschuld hatte ich sie zuerst für seine Tochter gehalten. Aber von Zeit zu Zeit traf mich ein seltsamer Blick, einer jener wissenden, auf Abenteuer ausziehenden Blicke, die bereit scheinen, Verrat zu üben. Ich saß ihr gegenüber an einem Tischchen im Anblick des Meeres, während unten die Wogen rauschten und die Badenden Lärm schlugen, und beobachtete sie, wie sie eine Erfrischung zu sich nahm. Nebenbei bemerkt, war ich jung und noch unverheiratet. Sie werden von mir nicht verlangen, meine Herren – na, ich denke, es kann mir niemand übelnehmen, daß ich mich für die Dame interessierte. Sie war damals – ich will nicht gerade sagen eine Schönheit ersten Ranges, aber jedenfalls eine auffallende und pikante Erscheinung.

Ich sah sie dann noch öfter, und einmal, an einem Abend, sah ich das Paar auf der Riva in ein Hotel treten. Von da ab richtete ich es so ein, daß ich manchmal in diesem Hotel speiste. Der Zufall war mir gleich das erstemal günstig, ich kam in ihrer Nähe zu sitzen. Gelegenheit zu unscheinbaren kleinen Gefälligkeiten ergab sich wie von selbst. Der stattliche alte Herr war ein ungarischer Magnat und trug einen klangvollen gräflichen Namen. Er plauderte gern und war leicht zugänglich, ich machte seine Bekanntschaft. Sie galt für seine Frau und ließ sich Gräfin nennen. Ich wurde natürlich auch mit ihr bekannt. Unser Gespräch war oberflächlich und heiter, hie und da blieb ich noch nach dem Essen, und wir saßen im Gesellschaftsraum des Hotels oder auf dem Balkon, oder gingen noch gemeinsam auf dem Markusplatz spazieren, oder fuhren in einer Gondel – kurz, wir hatten uns bald alle drei aneinander gewöhnt und verbrachten manchen harmlosen Abend zusammen, indem wir uns die Zeit vertrieben, wie man es eben als Fremder in Venedig tut.

Einmal war der Graf nicht ganz wohl und zog sich bald nach der Abendmahlzeit auf sein Zimmer zurück. Ich saß mit ihr im Damensalon, da sagte sie unvermittelt: »Haben Sie eigentlich daran geglaubt, daß ich seine Frau bin?«

Ich war ehrlich und verneinte.

»Also brauchen wir uns kein Blatt vor den Mund zu nehmen«, meinte sie wie erleichtert.

Und sie erzählte mir allerlei aus ihrem Leben.

Der Graf hatte sie »ausbilden« lassen. Seit er Witwer geworden, reiste sie manchmal mit ihm, natürlich nur im Ausland.

»Er ist Gentleman durch und durch und ein charmanter Mensch«, sagte sie, »ich hab ihm viel zu verdanken. Sie müssen nicht glauben, daß bei mir etwas zu holen ist – o nein, so eine bin ich nicht! Höchstens wenn mich einer heiraten wollte – dann könnte aber auch mein Graf nichts dagegen haben. Aufrichtig gesagt, möcht' ich für mein Leben gern in geordnete Verhältnisse kommen. Mit der Gymnastik ist es nicht gar so weit her, und mit dem bissel Singen und Tanzen steckt man schon gar nichts mehr auf – überhaupt die Kunst! … Und was für eine Konkurrenz heutzutage!«

Sie machte eine wegwerfende Bewegung mit der Hand.

»Wissen Sie, das ist so«, sagte sie: »Wenn man nicht was kann, das sonst keiner kann, so ist die Kunst ein brotloses Vergnügen. Im Orpheum habe ich einmal einen Kollegen gesehen, der ist in ein ganz enges Faß hineingekrochen, das war so hoch wie der ganze Mensch. Ein zweites, ganz gleiches Faß wurde in einiger Entfernung davon aufgestellt. Und jetzt ist der Kerl mit einem großartigen Salto aus seinem Faß ins andere hinübergesprungen. Sehen Sie, das war sensationell, das war eine Attraktion! Es ist aber auch jedesmal vor seiner Nummer eine Tafel ausgehängt worden, darauf stand geschrieben, daß er der einzige Mensch auf der Welt sei, der aus einem engen Faß in ein anderes enges Faß springen könne, und die Leute applaudierten wie nicht gescheit. Weil er eben wirklich der einzige war. Ja, wenn man so etwas kann, dann ist man freilich aus dem Wasser. Ich wollt', ich hätt' auch so eine Spezialität. Aber das ewige Reckturnen und die Luftakrobatik, das wird ja den Leuten schon fad. Und das Singen und Tanzen erst recht – ich bitt' Sie! So ein bißel Stimm' hat bald eine, und die Beine schon gar! …«

»Dafür besitzen Sie wenigstens einen richtigen Mäzen«, sagte ich belustigt.

»No ja, das ist freilich auch etwas wert«, meinte sie naiv, »man muß halt zufrieden sein. Übrigens hätte er mich ohnedies geheiratet, aber seine Kinder, die schon erwachsen sind, wollen es halt durchaus nicht zugeben, und das begreif' ich auch ganz gut. Überhaupt – Unfrieden stiften in einer Familie, das mag ich nicht; geht's nicht, so geht's nicht, da läßt sich einmal nichts machen. Vielleicht findet sich gelegentlich ein anderer, der anbeißt.«

»Das wäre eigentlich auch so eine Art Salto aus einem Faß ins andere hinüber«, meinte ich.

»Warum?« fragte sie. »Was hat das mit dem Faß zu tun?«

Ich erklärte ihr, wie ich es meinte.

»Der Einzige zu sein auf der Welt, darauf kommt es an – sagten Sie nicht so? Also! Wenn einer sich in Sie verliebt, so sind Sie die einzige für ihn auf der Welt. Und wenn das ein vornehmer oder wenigstens reicher Herr ist, so springen Sie mit der größten Leichtigkeit vom Brettl in den Ehestand und in die gute Gesellschaft hinüber.«

Sie lachte.

»Auf so einen Glücksfall darf man sich halt nicht verlassen«, meinte sie, »inzwischen muß ich schon schauen, daß ich mir auch irgendeine Spezialität zuleg'. Denken Sie einmal darüber nach, wenn Sie Zeit haben, ob Ihnen nichts einfällt. Etwas recht Apartes müßt' es sein, ein Trick, der wirklich Aufsehen macht.«

Ich wußte nicht, wie weit es mit ihrer Kunst her sei, und meinte, ein Salto mortale werde aber darin nicht vorkommen dürfen?

Da maß sie mich ganz gekränkt von oben herab: »Warum denn nicht? Soviel werd' ich doch noch zusammenbringen! Was glauben Sie denn von mir?«

Das alles kam mir jetzt in die Erinnerung zurück, wie ich sie als vornehme Dame und liebenswürdige Wirtin an der Spitze der glänzenden Offizierstafel sitzen sah. Ich hatte seither nichts mehr von ihr gehört und wußte nicht, was sie inzwischen erlebt haben mochte. Nur den Tod des Grafen erinnerte ich mich einmal aus den Tageszeitungen erfahren zu haben. Er war so unglücklich gewesen, bei einem Sturz vom Pferde das Genick zu brechen. Das hatte sich bald nach unserem Zusammensein in Venedig ereignet. Sie selbst war mir ganz aus den Augen entschwunden, ich kannte auch weder ihren richtigen, noch ihren Künstlernamen. Daß es ihr nun wirklich gelungen schien, in den ersehnten Ehehafen einzulaufen, machte mir Spaß. Freifrau war sie geworden, anscheinend sehr wohlhabend und – was unter den gegebenen Umständen vielleicht auch zu den Errungenschaften zählte – Witwe. Eine Exzellenz rechts, eine Exzellenz links machten ihr den Hof. Ich hätte so gern die Bekanntschaft wieder aufgefrischt und mich mit ihr unterhalten. Aber wie fern war ich ihrer Pracht, ich, der Niemand in diesem von Orden strotzenden Kreise! Indessen hoffte ich auf später; nach aufgehobener Tafel wollte ich versuchen, mich ihr zu nähern.

Eben knallten die ersten Schaumweinpfropfen, da rief ein Diener mich ab. In den Flur tretend, fand ich einen Kanonier auf mich warten, der mir das Befehlsbuch überbrachte. Warum er nicht früher gekommen sei? fragte ich. Er entschuldigte sich, er hätte in der Dunkelheit den Weg nach dem Schlosse verfehlt und sei irregegangen. Beim Schein eines Handleuchters, den der Diener hielt, durchflog ich den Befehl und erfuhr, daß ich zum Aufführen der Warnungsposten für das morgige Schießen kommandiert war. Das sind, wie die Herren wissen, jene Posten, die dazu bestimmt sind, Straßen und Wege abzusperren. Denn wenn in einem Gelände scharf geschossen wird, noch dazu auf Entfernungen, wie es die Artillerie tut, so muß natürlich jeder Verkehr davon ferngehalten werden. Jeder Fußgänger, der den verbotenen Raum beträte, jedes Fuhrwerk, das hindurchführe, würde sich der größten Gefahr aussetzen.

Ein ausführliches Verzeichnis aller Punkte, wo Posten aufgestellt werden sollten, lag bei, ich steckte es zu mir, unterschrieb den Befehl und begab mich in den Speisesaal zurück. Ich war entschlossen, diese Nacht überhaupt wach zu bleiben. Die Kanoniere, die unter meinem Kommando zum Postendienst befohlen waren, hatten um drei Uhr morgens im Dorfe drüben unter Führung eines Feuerwerkers bereitzustehn. Ich überschlug, daß ich um halb, spätestens dreiviertel im Sattel sitzen mußte, wollte ich mich rechtzeitig an ihre Spitze stellen. Von der Gasterei bei der Baronin versprach ich mir aber, daß sie gegen Schluß, wenn die hohe Generalität sich zurückgezogen hätte, erst recht fröhlich werden und Mitternacht lange überdauern würde. Um auf keinen Fall zu verschlafen, war es das Klügste, ich ging gar nicht mehr zu Bett. So blieb mir auch noch genug Zeit übrig, die Generalstabskarte zu studieren, bevor ich ausritt. Denn ich kannte Gegend und Gelände nicht und mußte mir unbedingt die Stellen, wo Posten aufzuführen waren, mit Zuhilfenahme der Karte noch gut einprägen, ehe ich an die Ausführung meiner Befehle schreiten konnte.

Als ich wieder den Saal betrat, erschollen gerade stürmische Hochrufe auf die Hausfrau. Alle Offiziere hatten sich erhoben und zogen an ihr vorüber, einer nach dem andern, um mit ihr anzustoßen. Ich ergriff rasch einen Kelch und stellte mich in die Reihe. Als unsere Gläser zusammenklangen, verneigte ich mich leicht, sah ihr fest in die Augen und sagte, so daß nur sie es hören konnte: »Gnädigste Baronin – meinen herzlichen Glückwunsch!«

Sie stutzte, stieß an meinen Kelch und nippte aus dem ihrigen, sagte aber nichts, und ich kehrte auf meinen Platz zurück.

Mit Neid beobachtete ich, wie am oberen Ende der Tafel, rings um die Baronin herum, die Unterhaltung immer angeregter wurde. Die Exzellenzen stießen wiederholt mit ihr an und dachten gar nicht daran, sich zur Ruhe zu begeben. Es wurden ungeheure Mengen Moët und Chandon vertilgt. Schließlich, nach aufgehobener Tafel, begab man sich in den anstoßenden Salon zurück, wo der schwarze Kaffee gereicht wurde. Sie war beständig von einem dichten Kreise goldener Kragen belagert, unmöglich für mich, an sie heranzukommen. Träge schlichen die Viertelstunden hin, bis endlich der Kognak seine Wirkung tat und die Generale anfingen, sich auf ihre Zimmer zurückzuziehen. Mir fiel jedesmal ein Stein vom Herzen, so oft wieder einer verschwunden war.

Jetzt verloren auch die Stabsoffiziere sich nach und nach, und Höchstorff fand, daß es hoch an der Zeit sei für die älteren Herrn, die eine schlaflose Nacht gleich umwerfe. Er war jung wie ich und hoffte ebenfalls noch auf eine kleine Fidelität mit der Baronin. In diesem Alter haben einem durchwachte Nächte noch nichts an, vorausgesetzt, daß sie lustig sind. Für die Herren mit den goldenen Kragen aber war es wirklich schon spät geworden, denn am andern Morgen hatten sie ja alle früh auszurücken, wenn auch nicht gerade so früh wie ich. Ich war am schlimmsten daran, ich war der Pechvogel, denn die Warnungsposten mußten natürlich bis zur Stunde, wo der Beginn des feldmäßigen Schießens angesetzt war, längst aufgestellt sein. Aber gerade ich dachte am allerwenigsten daran, unserer liebenswürdigen Wirtin jetzt schon Gutnacht zu sagen, ich sah Zeit genug vor mir, hatte ich doch beschlossen, gar nicht erst zu Bett zu gehen.

Es fing nun wirklich an, unterhaltsam zu werden. Die meisten Herren hatten sich zurückgezogen, schließlich hielten nur noch fünf oder sechs von den leistungsfähigsten Kameraden mit mir aus, durchweg schneidige Kavalleristen. Es ging toll zu, ein Rittmeister setzte sich an den Flügel und sang Bänkel, die ein bißchen auf der Schneide hintänzelten. Das regte die Baronin sichtlich an, sie gab Chansons zum besten, die immer graziös blieben, wenn sie auch, wie ich zugeben muß, reichlich gewürzt waren.

Sie war ganz nüchtern geblieben, wurde, obgleich oder weil sie so gut wie nichts getrunken hatte, immer aufgeräumter, und als der Rittmeister die Klavierbegleitung übernahm, tat sie sich als Tanzsängerin auf; es war reizend, wie sie das Kleid hob und ihren entzückenden Fuß sehen ließ, und manchmal auch das prachtvoll geformte Bein. Sie tanzte mit großer Anmut, wenn auch etwas wild, und was sie, ich glaube in spanischer Sprache, dazu sang, klang oft kaum wie ein Singen, sondern erinnerte mehr an jene kurzen befeuernden Schreie, welche Zirkusreiterinnen ausstoßen, wenn sie auf einem Nudelbrettschimmel durch brennende Reifen springen.

Bald wurden wir alle von einem förmlichen Wirbel ergriffen, schlugen den Salonteppich zurück und walzten wie die Wahnsinnigen. Die Baronin flog von Arm zu Arm, ihr Atem sengte wie Feuerhauch, ihr Gesicht strahlte vor Glückseligkeit, ihre Augen jauchzten förmlich in toller Lust. Abwechselnd trommelte einer von uns aufs Klavier, die übrigen drehten sich wie verrückt im Kreise, Offizier mit Offizier, wenn es nicht anders ging; bis die, welche es satt hatten, ohne Dame zu tanzen, übereinander herfielen und sich gegenseitig die Baronin aus den Armen rissen, der es ganz gleich war, mit wem sie tanzte. Wie die Weiber in den Urzeiten folgte sie dem Stärkeren und schmiegte sich an jeden, dem es gelungen war, sie den andern abzujagen.

Wie gerade ich wieder einmal dieser Glückliche war, spürte ich auf einmal ihre ganze süße Last in meinen Armen, sie ließ sich einfach fallen, und ich mußte sie halten. Unter fortwährendem Lachen stöhnte sie: »Genug, genug, ich kann nicht mehr, ich kann nicht!«

Ich trug sie zu einem Diwan, setzte mich ihr knapp gegenüber in einen weichgepolsterten Armstuhl und betrachtete sie. Sie kam mir jetzt geradezu schön vor mit ihren geröteten Wangen und den vor Vergnügen feuchtglänzenden Augen. In der Hand bewegte sie einen großen Schildpattfächer mit schwarzem Straußfedernbesatz, während ich mir mit dem Taschentuch Kühlung zuwehte.

»Warum haben Sie mich vorhin, als Sie mit mir anstießen, eigentlich beglückwünscht?« fragte sie jetzt unvermittelt.

»Weil Ihnen der große Salto so gut gelungen ist.«

Sie begriff sofort, wie ich es meinte, und zeigte lachend ihre prachtvollen Zähne.

»Ach, mein Gott, ich bitt' Sie! Es war eigentlich viel lustiger – früher ... Ich hätt' es auch gar nicht mehr notwendig gehabt, das Heiraten. Mein Trick hat immer wieder gezogen, und das Geschäft ist gut gegangen.«

»Sie hatten sich also wirklich eine Spezialität ausgedacht?« fragte ich.

»Ja und ob! Etwas ganz Sensationelles! Das hat ja meinem Baron so imponiert. Glauben Sie, der hätt' mich sonst geheiratet? Sie, das war ein Kenner! Oh, ich hab' mir den Ehestand ehrlich verdient, das können Sie mir glauben!«

Ein Husarenleutnant trat auf sie zu und sagte ihr viel Artiges über ihren spanischen Tanz.

»Da ist gar nichts dabei«, sagte sie, »da kann ich schon noch andere Sachen!«

Ich fragte, worin ihr Trick eigentlich bestehe?

»Das werd' ich Ihnen doch nicht auf die Nase binden?« lachte sie ... »Übrigens – wenn es Ihnen Spaß macht, geb' ich Ihnen einmal eine Sondervorstellung. Ihnen ganz allein, weil wir alte Bekannte sind. Sonst kriegt jetzt niemand mehr etwas von mir zu sehen, es würde sich auch für eine Baronin nicht schicken. Aber zu meinem Privatvergnügen arbeite ich noch immer; man kommt sonst ganz aus der Übung.«

Der Husar, der etwas von einer Sondervorstellung aufgeschnappt hatte, schlug Lärm: »Die Baronin will die Gnade haben, uns eine Vorstellung zu geben – bravo, bravo!« Und alle Offiziere begannen in die Hände zu klatschen.

»Was Ihnen nicht einfällt«, meinte sie lachend, »und heute doch nicht mehr –?«

»Natürlich, natürlich! Heute noch! Wenn Sie nicht zu müde sind? Bitte, bitte!« riefen alle wie aus einem Munde und das Klatschen wurde immer stürmischer.

Sie lauschte lächelnd dem Beifall und sagte mit einem fast wehmütigen Zucken um die Lippen: »Es klingt doch ganz eigen.«

Plötzlich erhob sie sich.

»Also, weil wir schon so lustig beisammen sind! Wenn es euch Spaß macht, meinetwegen – daß keiner sich einbildet, solch kleiner Exzeß werfe mich gleich um. Lang bitten hab' ich mich nie lassen, und eigentlich bin ich auch gerade in der richtigen Stimmung.«

Sie rauschte zur Tür und wendete sich noch einmal gegen uns um: »Bloß Toilette muß ich erst machen, das dauert eine Weile. Also ein bissel Geduld, wenn ich bitten darf. Und dann, meine Herren, selbstverständlich: Diskretion – Ehrensache!«

Darauf verneigte sie sich mit unnachahmlicher Anmut und ließ uns allein. Wir ergingen uns in den abenteuerlichsten Mutmaßungen, was jetzt kommen würde, und waren natürlich furchtbar gespannt. Die Baronin ließ uns so lange warten, daß wir schon zu argwöhnen anfingen, sie hielte uns zum besten. Aber gerade wie unsere Ungeduld ihren Höhepunkt erreicht hatte, erschien ein Diener und meldete, die Frau Baronin lasse sagen, es werde gleich losgehen. Zugleich reichte er uns vorzügliches frisches Pilsner Bier. Wir wurden wieder zuversichtlich, das kühle, prickelnde Getränk regte unsere Lebensgeister an, und wir begannen sechs-, acht- und zehnhändig Klavier zu spielen und ebenso vielstimmig, als wir Offiziere waren, dazu zu singen.

So verging uns die Zeit leidlich rasch, und der Lärm, den wir schlugen, war so groß, daß wir einen Mann, der in den Salon getreten war und sich uns näherte, eine gute Weile gar nicht bemerkten. Es war der Haushofmeister, der Herr in der eleganten Livree mit den Silberknöpfen, dessen Bekanntschaft zu machen ich schon bei meiner Ankunft die Ehre gehabt. Er lud uns ein, ihm zu folgen, und führte uns in einen großen hellerleuchteten Saal, der völlig schmucklos und ähnlich wie ein Turnsaal eingerichtet war. An der einen Schmalseite stand eine Reihe Sessel, auf denen Platz zu nehmen er uns mit jenem steinernen Lächeln, das ich schon an ihm kannte, und einer herablassenden Handbewegung aufforderte.

Kaum saßen wir, so trat hinter einem samtenen, mit Silber durchwirkten Purpurvorhang, der das andere Ende des Saales unseren Blicken entzog, die Baronin hervor. Sie war in weißem Seidentrikot, trug hochgeschnürte weiße Atlasschuhe, Pagenhöschen und Jäckchen aus weißem Atlas, der von Silberflitter glitzerte, und warf uns Kußhände zu. Der Haushofmeister reichte ihr die Hand, sie neigte sich zurück, sprang auf seinen eingekrümmten Arm, seine Schulter und schwang sich im nächsten Augenblick in ein paar Ringen, die hoch an der Decke hingen.

Es folgte nun ein sehr gewandt ausgeführter Luftakt. Sie steckte die Beine durch die Ringe und saß darin, sie ließ sich plötzlich in die Kniekehlen fallen und schwang mit dem Kopfe abwärts hin und her, glitt noch tiefer herab und hing nur mit den Zehen der Füße in den Ringen, schließlich bloß mit den Zehen eines einzigen Fußes. Jetzt zog sie sich wieder empor, hielt die Ringe mit den Händen, ließ im Schwung eine Hand los, ließ beide Hände los und trug die ganze Last ihres Körpers mit dem Kinn. Und dann faßte sie wieder mit den Händen zu, drehte sich wie ein Rad, schwang sich fast bis an die Decke, ließ plötzlich beide Ringe los und flog durch die Luft auf ein anderes Paar Ringe hinüber, ließ im Rückschwung auch diese los und durchschnitt abermals die Luft, um rücklings zu den Ringen zurückzufliegen, auf denen sie sich zuerst geschwungen hatte.

Jedermann kennt die verschiedenen Überraschungen der Luftgymnastik, jedermann hat sie im Zirkus oder in Rauchtheatern von mehr oder minder geschickten Artisten ausführen sehen. Diesmal gewannen sie für uns einen ganz besonderen persönlichen Reiz, wir glaubten nie etwas so Hübsches, so Graziöses, so Halsbrecherisches gesehen zu haben. Die Baronin war unerschöpflich. Von den Ringen ging sie zur Stange über, von der Stange zum Seil, vom Seil zum Schwebereck, auf dem sie die kühnsten Wellen ausführte. In gewissen Zwischenräumen sprang sie aus der Höhe, fast von der Decke des Saales, mit einem kleinen aufreizenden Schrei herunter und stand auf den Schultern des Haushofmeisters, der ihr als sachverständiger Gehilfe bei allen Übungen die nötigen Handreichungen leistete. Dann lächelte sie uns bestrickend zu und sandte mit den etwas gezierten Armbewegungen der herkömmlichen Gebärdensprache Kußhände nach allen Seiten aus. Und im nächsten Augenblick stemmte sie ihre Handballen wieder gegen die emporgehobenen Hände ihres Gehilfen, stand ruhig wie eine Flamme, die Fußspitzen nach oben, erwischte mit der Ferse irgendeinen Halt in der Luft und zog sich wieder an die Saaldecke empor.

Wir kargten nicht mit unserer Bewunderung und klatschten rasend Beifall. Sie saß jetzt hoch oben auf dem Schwebereck still und schaukelte nicht mehr. Der Haushofmeister zog einen länglichen Gegenstand aus der Brusttasche, ließ ihn wie zufällig fallen und schnellte ihn mit einer kaum merklichen Bewegung der Fußspitze aufwärts, daß er wie ein Pfeil gerade in ihre Hand flog. Es war eine niedliche silberne Pistole. Sie spielte lässig damit, zog den Hahn auf, zielte in die Luft hinaus und ließ die kleine Waffe schließlich auf der

Spitze ihres rechten Zeigefingers wie einen Kreisel sich drehen, während sie mit der anderen Hand kokett an ihrem Haar ordnete. Sie schien eine kleine Weile ausruhen und neue Kräfte sammeln zu wollen. Der Haushofmeister hing inzwischen eine Tafel aus. Es stand mit großen roten Lettern darauf geschrieben: »Welt-Unikum!«

Wir wußten, daß jetzt das Ganzgroße kam, das Sensationelle. Einer jener Tricks, die auf der Überbrettlbühne die Musik verstummen machen, daß das ganze Haus mit angehaltenem Atem erwartungsvoll lauscht. Und wir saßen gespannt und lautlos, man hätte eine Stecknadel fallen hören.

Jetzt klatschte der Haushofmeister in die Hände. Er war einen Schritt vorgetreten und stand gerade unter der Baronin, die wie erstarrt auf dem Schwebereck saß. Er hatte die Augen emporgerichtet, die aufmerksame Spannung eines Menschen, der Verantwortung trägt, malte sich auf seinen Zügen. Wir sahen, wie die Baronin sich langsam, langsam rückwärts überneigte, sie hob die silberne Pistole behutsam über die Augen und zielte nach hinten gegen den roten Sammetvorhang, der das Ende des Saales abschloß. Plötzlich ein scharfer Knall, der Vorhang rauschte nieder. Sie hatte die Pistole abgedrückt und die Schnur durchschossen, an der er befestigt gewesen, eine reich gedeckte Tafel stand da, von Armleuchtern mit brennenden Wachskerzen bestrahlt, mit Blumen geschmückt, glitzernd von Silber, Porzellan und geschliffenem Glas.

Und wie mit einem Schlag, fast zugleich mit dem Knallen des Schusses und dem Sinken des Vorhangs, hatte die Baronin sich rücklings herabgestürzt. Irgendwie bekam sie die ausgestreckten Hände des Haushofmeisters zu fassen, der die schlanke, geschmeidige Gestalt über seinen Kopf hinweg nach rückwärts schwang. Sie überschlug sich in der Luft und stand im nächsten Augenblick hoch über dem glänzend gedeckten Tisch auf einem Tafelaufsatz, der sich in mehreren Stufen übereinander aufbaute. Es war eines jener Geräte aus zierlich durchbrochenem Porzellan, wie man sie, mit Süßigkeiten und Naschwerk gefüllt, zum Nachtisch herumreicht. Die Kerzenflammen an den Armleuchtern flackerten im Luftzug, und eine leise Erschütterung klirrte durch den Saal, aber nicht ein einziges Glas war umgefallen. Als wären die Gesetze der Schwere aufgehoben, stand die Baronin, ein Figürchen aus Tragant, inmitten der zerbrechlichen Pracht. Sie warf uns, indem sie die Hände mit den herkömmlichen

Bewegungen der Tänzerinnen zu den Lippen führte, Küsse zu, und wir brüllten vor Begeisterung.

Plötzlich höre ich den Oberleutnant von Höchstorff neben mir sagen: »Teufel!«

Ich blicke hin und sehe, daß er seine Uhr in der Hand hält, und daß es bald halb fünf am Morgen ist. Wie ich ins Freie gekommen bin, weiß ich nicht. Es war heller Tag, auf einer Wand des Schlosses lag die volle Sonne. Im Hof bereits reges Treiben, Pferde wurde gestriegelt, Sättel und Riemenzeug geputzt. Mein Tier stand gezäumt, mein Zorn entlud sich über meinen Burschen, der behauptete, mich vergebens gesucht zu haben, überall sei er auf versperrte Türen gestoßen. Diesmal traf ihn in der Tat keine Schuld.

Ich sprang in den Sattel, meinen Tschako hatte ich bei mir, aber keine Kartusche und keinen Säbel. Der Bursche rannte auf mein Zimmer und brachte mir beides. Während ich den Säbel umschnallte und den goldenen Riemen der Kartusche über die Schulter warf, galoppierte ich bereits auf der Landstraße hin, in der Richtung gegen das Dorf.

Die Geschütze meines Zuges standen unbespannt neben dem Dorfbrunnen und sahen mit dem festgeschnallten Pfropfen im Maul so friedfertig als nur möglich aus. Die durften heute vom Kriegshandwerk ruhen, ihre Bedienungsmannschaft sollte ja die Warnungsposten stellten. Ein Kanonier war zur Bewachung zurückgeblieben und stand »Hab Acht«, als ich anritt. Ich fragte nach dem Feuerwerker und der Mannschaft. Was ein Feuerwerker sei, wußte er und deutete mit der Hand ins Gelände hinaus. Auf alle anderen Fragen aber erhielt ich nur jene Antwort, die schon Jahrzehnte vor Ausbruch des Weltkriegs in der österreichischen Armee immer häufiger geworden war: »Nix deutsch!«

Ich war erst seit acht Tagen eingerückt und kannte den Feuerwerker noch nicht genauer. Insbesondere, inwieweit auf seine Umsicht und Verläßlichkeit zu vertrauen wäre, darüber hatte ich kein Urteil. Fort war er mit der Mannschaft, das sah ich. Ich wußte nicht, sollte ich zornig darüber sein, daß er mein Eintreffen nicht abgewartet hatte, oder sollte ich die Hoffnung daraus schöpfen, daß er aus eigenem Antrieb nach dem Rechten sehen würde. Diese altgedienten Unteroffiziere, die in derselben Gegend Jahr für Jahr dieselben Übungen mitmachten, wußten oft viel besser, was zu geschehen habe, als unsereins. Sie benötigten, um Avisoposten auszustellen, kein Verzeichnis der dafür in Aussicht genommenen Punkte, wie ich es in der Tasche trug. War mein Feuerwerker ein solches Juwel? Jedenfalls blieb mir nichts anderes übrig, als ihn zu suchen, um, wenn das Nötige nicht vorgekehrt sein sollte, wenigstens noch das Mögliche zu veranlassen.

In rasender Eile sprengte ich dem Übungsgelände entgegen. Zu spät kam ich auf alle Fälle, denn die ganze Postenlinie zu umreiten, deren Sicherheit mir anvertraut war, dazu benötigte man gut zwei bis drei Stunden. Aber zu meiner eigenen Beruhigung hätte ich mir wenigstens durch eine Stichprobe gerne die Gewißheit verschafft, daß die Posten trotz meiner Nachlässigkeit aufgeführt waren. Ich schonte mein Pferd nicht und mäßigte seine Gangart nur, wenn ich zu fürchten anfing, daß seine Kräfte sich vorzeitig erschöpfen könnten. Wo es steil bergauf ging, sprang ich aus dem Sattel und zog das Tier am Zügel hinter mir nach.

Trotz des frühen Morgens begann es schon heiß zu werden, ich war in Schweiß gebadet, die Sonne glühte am Himmel wie ein über-heizter Ofen, dessen man sich nicht erwehren kann. Ich hatte die Straße verlassen und Flurwege eingeschlagen, um rascher ans Ziel zu gelangen. Bald ging es an Feldern entlang, bald durch einen Eichen-busch, bald durch Ried und Torfgegend in moorigen Niederungen und jenseits wieder steil hinan in ausgedehnte Föhrenschonungen. Ich hatte eine gewisse Ahnung, ein Gefühl dafür, wo der Bezirk lag, in dem das Schießen stattfinden sollte. Jetzt wurde ich auf einmal unsicher, griff in die Brusttasche, die Generalstabskarte hervorzuholen, und – hatte sie nicht bei mir!

Zu Hause, in meinem Zimmer, lag sie auf dem Tisch, das wußte ich ganz genau.

Auf gut Glück ritt ich weiter, konnte mich aber nicht mehr zurecht finden. Es war eine ganz einsame, waldig-sumpfige Gegend, in die ich geraten war, nirgends ein Gehöft, nirgends ein Ausblick in die Ferne, nach dem ich mich hätte richten können. Ich sah nach der Uhr, es ging auf halb sieben. Um sechs Uhr begann in der Regel das Schießen. Die dienstliche Meldung, daß die Warnungsposten ausge-stellt seien, werde manchmal gar nicht abgewartet, hatte ich mir sagen lassen, man nahm als selbstverständlich an, daß es geschehen sei. Die Meldung mochte fast zur Formsache herabgesunken sein, weil es noch nie vorgekommen war, daß ein Postenkommandant seine Pflicht so gröblich vernachlässigt hatte wie ich heute.

An einem seichten Bachlauf, aus dem mein Gaul zu trinken begehrte, hielt ich mit klopfenden Pulsen an und überlegte. Wie leicht konnte ein Bauernwagen, wie leicht irgendein Wanderer sich in das bedrohte Gebiet verirren! Auch die Baronin fiel mir ein. Ich hatte es mit eigenen Ohren gehört, wie sie nach dem Gastmahl mit einem General über das feldmäßige Schießen sprach und dann einen Diener beauftragte, früh am Morgen den Jagdwagen für sie einspannen zu lassen. Sie wollte von einer Höhe herab zusehen, und der General hatte sie noch halb scherzend gewarnt und hinzugefügt, der Angriff würde sich voraussichtlich gerade gegen die hochgelegenen Straßen richten.

Mein Pferd sog in gierigen Zügen das Wasser in sich, ich klopfte ihm den schaumbedeckten Hals und blieb dabei mit der Hemdstulpe am Riemenzeug der Revolvertasche hängen. Ich schnallte auf, nahm meinen Armeerevolver heraus und ließ die Trommel umlaufen, die leer war. Darauf füllte ich sie mit sechs scharfen Patronen aus meiner Kartusche und versorgte die Waffe wieder in der Satteltasche. Es war einfach selbstverständlich, daß ich es nicht überleben würde, wenn heute durch meine Schuld Menschen zugrunde gingen.

Plötzlich glaubte ich Schüsse fallen zu hören. Der Ton kam ganz aus der Ferne, aber ich war sicher, mich nicht getäuscht zu haben. Jenseits eines bewaldeten Höhenrückens, an dessen Fuß ich mich befand, mußte geschossen worden sein. Ich zog die Zügel an, ritt durch den Bach und auf der anderen Seite eine abgeholzte Schräge hinan. Es war nicht gerade ein Weg da, aber doch eine abgeschliffene Eintiefung, durch die man gefällte Stämme herabgeschleift haben mochte. Nach einer Viertelstunde hielt ich auf einer mäßigen Höhe, die mir einen Blick in eine ganz neue Welt gewährte. Ich sah jetzt ein weit ausgebreitetes Gelände, das wellig auf und ab ging, Hügel und Mulden, Felder, Hutweiden und Wiesen, von hellen und dunkleren Waldschachen durchschnitten. Ein Trompetensignal schlug an mein Ohr.

Und in diesem Augenblicke sah ich tief unter mir und in ziemlicher Entfernung etwas aufblitzen und erkannte eine größere Artilleriemasse mit ihren in der Sonne funkelnden Geschützrohren. Wie lange Käfer krabbelten die Bespannungen mit ihren vielen, vielen dunklen Beinen auf einer fast weißen Landstraße, die sich etwas bergan und näher zu mir herauf zog, und auf einmal schwenkten sie ab und warfen sich in die Stoppelfelder zur Seite. Ich erkannte, daß es reitende Batterien waren. Im rasenden Galopp fuhren die Geschütze auseinander. Von meinem erhöhten Standpunkt aus sah ich sie in musterhaft eingehaltenen Abständen in die Gefechtslinie auffahren, nett und ordentlich ausgerichtet wie kleine Bleikanonen, die ein Knabe zum Spiel auf einer Tischfläche aufmarschieren läßt. Die Bespannungen der Geschütze, je drei Pferdepaare vor einem jeden, schienen fast zu fliegen und den Erdboden kaum zu berühren, die Geschütze selbst, als hätten sie gar kein Gewicht, sprangen wie Kinderwägelchen über die breiten Schollen, die Bedienungsmannschaften, in mächtige Staubwolken gehüllt, aber in strengster Ordnung trotzdem, stoben, ihrer sieben Reiter nach jedem Metallrohr, hinter ihnen drein. Und so Geschütz um Geschütz wie ein riesiger, todbringender Fächer, der sich über das ansteigende Gelände unter mir ausbreitete.

Jetzt hörte ich deutlich Kommandorufe erschallen: »Protzt ab! Kehrt euch!«

Wie eine ganze Reihe von Hampelmännern an einem einzigen Faden, so sprang die Bedienungsmannschaft von den Rücken der Pferde, die in einzelnen Koppeln zu den Munitionswagen zurückgeführt wurden, und hob die Geschütze aus den Protzkästen. Ich hörte ein kurzes, scharfes Krachen, das mich bis ins innerste Mark erbeben machte.

Das mir so wohlbekannte Schnurren und Pfeifen ging durch den wolkenlosen Himmel, dann schnalzte ein fernerer, minder scharfer Knall durch die Luft, und über der jenseitigen Höhe, auf der ich eine breite Landstraße hinziehen sah, stand eines jener heimtückischen grauen Rauchwölkchen, die das regelrechte Krepieren eines Schrapnells anzeigen.

Ein Windstoß trug deutlich die grelle Stimme des Kommandanten zu mir herauf: »Nummer zwei – Feuer!«

Und unmittelbar darauf ein neuer Krach und wiederum das Seufzen und Wimmern wie vom Himmel herunter und dann abermals das Schnalzen der krepierenden Granatkartätsche, die in der Luft platzend ihren Hagel von Stahlkugeln und Sprengstücken über die auf der Höhe hinziehende Chaussee streute.

»Nummer drei – Feuer!«

Wie wahnsinnig stieß ich meinem Pferde die Sporen in die Weichen, daß es gleich einem Vogel dahinschoß. Es war nur mehr ein Gedanke in mir: ich mußte jenen Batterien Einhalt gebieten, ihnen meine Schuld entgegenschreien, daß die Warnungsposten nicht aufgestellt seien, daß jeder Schuß arglose Menschen gefährdete, wertvolle Menschenleben kosten konnte!

Im Hinsprengen bohrte und marterte es in meinem Hirn: Die Folgen, die Folgen! Ich war ja militärisch ehrlos nach dieser Meldung – selbstverständlich! Aber hier gab es kein Bedenken mehr. Menschenleben schwebten in Gefahr!

Wie ich an einem Föhrenwäldchen entlang in die unter mir hinziehende Landstraße einbiege – wer kommt mir da in gemächlichem Trab entgegengeritten? Mein Feuerwerker!

Ich reiße mein Pferd herum, er pariert das seine, tut schnell die Zigarre aus dem Mund, legt die Hand an den Tschako und sagt: »Herr Leutnant, ich melde gehorsamst, die Avisoposten sind aufgestellt.«

Wenn wir beide in diesem Augenblicke nicht zu Pferde gesessen, sondern einander zu Fuß gegenübergestanden hätten, ich glaube, ich wäre ihm um den Hals gefallen und hätte ihn geküßt. Der pockennarbige häßliche Mensch mit der eingequetschten Hunnennase und dem lächerlich sich sträubenden Roßbusch, der wie ein Tüncherpinsel an der linken Seite seines Tschakos in die Luft starrte, hatte für mich das Aussehen eines gottgesendeten Himmelsboten, der mir die Erlösung aus unsagbarer Seelenqual verkündete.

Indessen faßte ich mich rasch und erinnerte mich, daß ich der Vorgesetzte war. Sehen Sie, so ist der Mensch …

Und indem ich zwei Finger an den Rand meines Tschakos legte, sagte ich gemessen: »Ist gut!«

Der Spitzenschleier

Als Edgar Berndt aus der Spiegelgasse in den Graben einbog, tanzte ihm ein riesiger Maikäfer, der mit den blechernen Flügeln schlug, über den Weg. Er blieb stehen und kaufte das Spielzeug.

»Geben Sie mir noch einen«, sagte er.

Er nahm die zwei Pappschachteln, in denen die Maikäfer verpackt waren, unter den Arm und setzte seinen Weg fort. Nach zwanzig Schritten drehte er um und kehrte zu dem Händler zurück, der seinen Maikäfer wieder aufgezogen hatte und ihn neuerdings über den Asphalt tanzen ließ.

»Haben Sie noch einen?« fragte er.

Erfreut öffnete der Mann die große Ledertasche, die er umgehängt trug, und händigte ihm noch eine Pappschachtel ein. Edgar Berndt bezahlte und trug seine drei Maikäfer unter dem Arm davon.

Wenige Minuten später trat er in ein mit erlesenem Geschmack eingerichtetes Empfangszimmer. Frau Lyda, die jugendliche Herrin des Hauses, die allein war, erhob sich und ging ihm bis unter den venezianischen Kronleuchter entgegen, in dessen geschliffenem Kristall die elektrischen Lichter sich hundertfältig widerspiegelten.

»Kann ich die Kinder sehen?« sagte er; »ich habe ihnen etwas mitgebracht.«

Sie lächelte, drückte auf den Klingelknopf und befahl dem eintretenden Diener: »Ich lasse das Fräulein bitten, die Kinder herüberzubringen.«

Mit einer Handbewegung lud sie ihn ein, am Kamin Platz zu nehmen, in dem ein mächtiges Buchenscheit gloste, und setzte sich ihm gegenüber. Sie hatte vor, in die Oper zu fahren, und befand sich in großer Abendtoilette.

»Was haben Sie für herrliche Spitzen!« sagte er.

Sie hob ein Ende des zierlich durchbrochenen, mit Blumen und Ranken übersäten Schleiers, der sich um ihren Nacken und die entblößten Schultern schmeichelte.

»Es ist Brabanter Arbeit. Ein altes Familienstück, das wieder modern wird.«

»Ein Gedicht!« sagte er bewundernd und hob vorsichtig mit zwei Fingern das spinnwebenzarte Kunstwerk gegen das Licht. »So etwas wird heute gar nicht mehr gemacht.«

»Im Museum, wo sie sich auf dergleichen verstehen, bezeichnete man mir das Stück als ein Unikum.«

»Darum paßt es so gut zu Ihnen«, bemerkte er.

»Das meint auch mein Mann«, sagte sie lächelnd; »und von seiten eines Gatten hat solch ein Urteil noch ungleich größeres Gewicht als aus dem Mund selbst des besten Freundes.«

Die Kinder tollten ins Zimmer und begrüßten ihn. Sie hatten Zutrauen zu ihm, sie sahen in ihm etwas wie einen älteren Kameraden. Fröhlich umringten sie ihn, das Kleinste nahm er auf den Schoß, und dann zog er seine Maikäfer auf, einen nach dem andern, setzte sie auf den Boden und ließ sie tanzen. Mit gespreizten Beinen arbeiteten sie sich über den Teppich hin und schlugen mit den blechernen Flügeln. Einer marschierte geradeaus, die andern gerieten aneinander, verstrickten sich, drehten sich im Kreise oder purzelten um, indem sie fortfuhren, die Beine und Flügel zu bewegen. Die Kinder jubelten und lachten, es war eine ganze Maikäferschlacht. Belustigt sahen die Erwachsenen dabei zu und freuten sich über die drei strahlenden Augenpaare unter dem goldigen Lockengeringel.

»Nun aber genug und zu Bett!« mahnte die Mutter endlich.

Die Kinder sagten gute Nacht, jedes trug beglückt seinen Maikäfer in den kleinen Händen mit sich fort.

»Sie verstehen es immer, den Kindern Spaß zu machen«, sagte Frau Lyda dankbar.

Er sah nachdenklich vor sich hin und schien verstimmt.

»Wissen Sie, was mir gerade eingefallen ist?« sagte er. »Daß ich eigentlich auch so ein Maikäfer bin. Er schlägt mit den blechernen Flügeln und kann doch nicht fliegen. Er schlägt so lange mit den blechernen Flügeln, immer matter und matter, bis das Räderwerk abgelaufen ist. Dann ist es aus. Und was ist dabei herausgekommen? Nichts! Alle sind wir so – hier! – in dieser scheinbar lebenslustigen, in Wahrheit aber müden Stadt. Es ist bloß ein beständiges Weiterwursteln – auf allen Gebieten. Aufgezogene Maikäfer sind wir, die ein bißchen mit den blechernen Flügeln klappern ...«

Er blickte auf und betrachtete sie aufmerksam.

»Wenigstens die meisten von uns sind so«, sagte er, seine Äußerung von vorhin einschränkend. Und in ihren Anblick versunken, fuhr er fort: »Der Spitzenschleier um den Nacken läßt Ihr Haar dunkler erscheinen, als es ist. Überhaupt sind Sie heute schöner als je.«

»Ein wahrer Freund sollte nur sagen, was fördert, nichts, was uns in unseren kleinen Eitelkeiten bestärkt.«

Der Diener trat ein und meldete, daß das Auto bereit stehe.

»Es soll warten!«

Edgar Berndt hatte sich erhoben.

»Bleiben Sie!« befahl sie. »Ich habe die Manon oft genug gehört, und der erste Akt ist langweilig. Womit haben Sie sich heute beschäftigt?«

»Ich war im Freien«, sagte er, wieder Platz nehmend. »Draußen im Wiener Wald. Der Vorfrühling kündigt sich an. Es war eine jener Stimmungen, wo jedes grüne Moos an einem Baumstamm, jede zarte Flechte an einem dürren Holze eine Ahnung von überquellender Liebe in uns weckt. Die nüchternsten Dinge umkleiden sich mit Poesie, das unscheinbarste wird Offenbarung. Ich stand an einem Teich, der zu den Eiswerken gehört. Die gelblichen Wiesen und die kahlen Bäume zitterten in seinem dunklen Spiegel. Ich kann nicht sagen, wie es mich ergriff, daß das Wasser die Gegenstände so getreulich nachbildet. Sie lächeln? Dann verstehen Sie das Leid nicht, das dem Naturgefühl des Großstädters beigemischt ist. In einer Wiesenrinne sprudelt ein junges Wässerlein. An der Stelle, wo es sich in den Weiher stürzt, stiegen Tausende von Luftperlen auf, vergingen und erneuten sich, hasteten und drängten und rieselten immer wieder aus der Tiefe empor wie aus einem unerschöpflichen Born. Das alles war wie ein Wunder, ich staunte darüber und war bewegt.«

»Ich achte Ihre Eindrücke, weil sie rein sind«, sagte ernst und besinnlich Frau Lyda. »Aber Sie sollten sich nicht in Lyrik verlieren, in Stimmungsseligkeiten. Sie sind jung, voll Fähigkeiten. Sie müßten – die Not kennen lernen.«

»Sie haben kein Verständnis für meine Art«, erwiderte ein wenig verletzt Edgar Berndt.

»Kein Verständnis für Ihre Art? Kann sein. Und doch fühle ich eine Pflicht. Ich kann Sie nicht hinträumen sehen. Des Weichlichen gibt es ohnedies genug bei uns. Was wir Frauen an euch erziehen können, das sollen wir nicht versäumen. Wir tragen auch eine Verantwortung.«

»Nein, Sie haben wirklich kein Verständnis für meine Art!« wiederholte Edgar Berndt ungehalten. »Sie sind häßlich zu mir! ... Die Not kennen lernen! ...«

»Ja, die Not, sage ich! Die schon manchem zum Segen wurde. Die Not mit allem, was drum und dran hängt!«

»Die Not, sagen Sie! Als ob der Hunger die einzige Triebkraft wäre!«

»Wer die Entbehrung nicht kennt, der schafft sich wenigstens eine Herzensnot. Jeder braucht sie, der etwas leisten will!«

»Und glauben sie denn«, fragte er aufgebracht, »daß ich keine Herzensnot kenne?«

»Soviel vielleicht, als nötig ist, um solch einen Maikäfer in Bewegung zu setzen, daß er ein bißchen mit den blechernen Flügeln schlägt. Sind Sie denn ein Uhrwerk? Sind Sie nicht ein Mann, der es in der Gewalt hat, seinen Weg zu bestimmen? Die Wehleidigen, denen die Hühner das Brot wegfressen, sind gottlob überzählig geworden im jungen Österreich. Sehen Sie meinen Mann an! Er ist Ihr Freund. Begnügt er sich etwa damit, mit den Flügeln zu klappern? Warum gelingt es denn ihm, sich vom Boden zu erheben und durch die Luft zu fliegen wie ein wirklicher Maikäfer?«

»Er ist ein ganz anderer Charakter«, sagte Edgar Berndt. »Ich liebe ihn, weil er mein Gegensatz ist. Er ist wie das Eiswerk da draußen, das einem Zwecke dient. Ich aber bin der Weiher, der es widerspiegelt.«

»So greifen Sie hinein ins volle Menschenleben und spiegeln Sie es wider, wo es am bedeutendsten ist!«

»Und wo wär' es bedeutend?« fragte er müde: »Hier bei uns vielleicht?«

»Und warum nicht hier bei uns?« fragte sie dagegen.

»In diesem Chaos von Meinungen und Parteiungen«, rief er bitter, »wo die kleinlichen Vorteile des Tages alles feinere Empfinden verschlingen? Wo stete Hemmungen aller Art sich hartnäckig jedem fröhlichen Gelingen widersetzen? Wo nichts vom Flecke kommt und ein fortwährendes Um-den-Brei-gehen, Leisetreten und Unterducken allen Antrieb und allen Schwung vernichtet? In dieser Stadt der aufgezogenen Maikäfer, die ein bißchen mit den Flügeln klappern, damit es halbwegs nach Leben aussieht, und deren dürftiger Mechanismus abschnurrt und matt wird, lange bevor etwas Fruchtbares dabei herausgekommen ist?«

»Da haben wir den echt österreichischen Raunzer!« sagte sie empört. »Und Sie wollen ein moderner Mensch sein? Packen Sie doch an, wenn Ihnen was nicht recht ist! Seien Sie wer, so wird auch Ihre Umgebung etwas sein! Meinen Sie, anderswo bestünde die Menge aus lauter erlesenen Geistern? Was sich in dieser Stadt in einem einzigen Jahr ereignet, ist so viel und groß, daß es in keiner Göttlichen Komödie Platz fände. Hat es in Florenz zur Zeit Dantes vielleicht keine Parteiungen gegeben, keine Gewalttätigkeiten, kein Unrecht, keine Kämpfe, keine Verleumdungen, keine Ränke und Schliche? Sehen Sie die Dinge bedeutend statt kleinlich, frei statt mit Scheuklappen, tätig statt leidend – so spiegelt sich die Ewigkeit in diesem Wassertropfen wie in jedem andern!«

»Wo allen Kraft fehlt«, sagte er, »kann auch der einzelne nicht stark sein.«

»Gerade umgekehrt! Wo der einzelne schwach ist, muß Stärke allen fehlen.«

Sie stützte den Kopf in die Hand, und sah ihn spöttisch lächelnd von der Seite an.

»Sie sind ein großes Kind, Berndt«, sagte sie, »verzogen durch die Verhältnisse, verzärtelt durch die Frauen, durch Kunst, Literatur und Übermaß des Ästhetischen, durch Breittreten von Nichtigkeiten, wie es hier üblich ist, gewöhnt, Gefühlchen zu pflegen, wie alle, die sich für die Geistigen halten in dieser Stadt. Verfeinerte Gefühlchen natürlich, zarte, geistreiche und reizende Gefühlchen – aber doch kein richtiges, wahres, heißes Gefühl! Vielleicht können Sie wirklich nichts dafür. Es liegt so in der Luft.«

»Sie bemitleiden mich förmlich«, sagte Edgar düster.

»Weil Sie bemitleidenswert sind! Weil Sie am Boden kleben und mit blechernen Flügeln klappern ... Besser noch, Sie hätten überhaupt keine Flügel!«

»Das wäre Ihnen lieber? Nun verstehe ich, wie Sie mich möchten: Gewöhnlich, schwunglos, alltäglich!«

»Sie irren!«

»Und wie sonst?«

»Wie es Ihren reichen, künstlerischen Gaben, Ihrem reinen Willen entspräche. Wie Sie zu sein verdienen würden!«

»Und das wäre?«

»Groß!«

Ein Schauer überlief ihn.

»Groß?« rief er berauscht. »Lyda! Und Sie halten es für möglich –?«

»Ich *hielte* es für möglich – wenn ...« sagte sie kühl. »Aber wissen Sie, was zur Größe gehört? Verzichten können! Opfer bringen! Vieles hingeben, was einem lieb ist, um nur *eines* zu lieben, nur *eines* zu wollen. Gerade das aber ist es, wovor Sie zurückschrecken.«

»Opfer bringen?« sagte er enttäuscht. »Niemand opfert gern, woran sein Herz hängt, auch Sie dürften davon keine Ausnahme machen.«

»Wenn ich überzeugt wäre, daß ich ein Beispiel dadurch geben könnte? Wenn ich wüßte, daß es ein hohes Ziel gilt?«

»Wer bürgt uns dafür, daß wir es erreichen?«

»Der Glaube daran.«

Sie hatte sich erhoben, plötzlich stand sie mit nackten Schultern in blendender Schönheit am Kamin und ließ ihren Spitzenschleier mit ausgestreckter Hand ins Feuer gleiten.

»Was tun Sie!« schrie er aus.

Man sah das kostbare Zeug sich wie unter Schmerzen winden, eine Flamme schlug daraus empor, einen Augenblick leuchteten die zarten Blumen und Ranken wie aus roter Glut gebildet, dann war alles zu Asche zerfallen.

Er wankte einen Schritt auf sie zu, mit gefalteten Händen, wie entgeistet, bestürzt und hingerissen. Er wäre am liebsten in die Knie vor ihr gesunken, aber das spöttisch überlegene Lächeln, das ihre Lippen kräuselte, hielt ihn davon zurück. Schweigend standen sie einander gegenüber. Endlich langte Frau Lyda ihre langen weißen Handschuhe von einem Mahagoni-Tischchen und begann sie anzuziehen.

»Was haben Sie getan!« stammelte er fassungslos. »Weshalb dies herrliche Stück Spitzenwerk hingeopfert, das Ihnen lieb und teuer war? Wozu? Ist es nicht Wahnsinn?«

»Es *wäre* Wahnsinn«, sagte sie langsam, während sie sorgfältig das weiche, zarte Leder über ihre Finger streifte; »und es *bliebe* Wahnsinn, wenn nicht Sie – Sinn daraus machen, Edgar Berndt!«

Und indem sie anmutig das Haupt gegen den Freund neigte, rauschte sie aus dem Gemach.

Die Tonnara

An Sommerabenden, ehe die Sonne hinter dem Monte Maggiore versinkt, ist es oft still über dem weiten blauen Golf, daß man nichts vernimmt als das eintönige Ächzen der Ruder in den aus Weidenruten geflochtenen Kränzen, in denen sie sich bewegen, und das leise Rauschen des von den eintauchenden Ruderflächen zurückgeschobenen Wassers. Dann gleitet die Barke wie über geschmolzenes Glas hin, und in der azurnen Tiefe des Grundes erblickt, wer sich über Bord neigt, versunkene Wälder von Seetang, die sich lautlos wie im Winde bewegen, und abenteuerlich geformte Lebewesen, die lauernd in den Schluchten einer unterseeischen Felsenlandschaft kauern. Ein wonniges Gefühl von Reinheit und Frische scheint aus der kristallklaren, salzduftenden Flut aufzusteigen, aus jenem keuschen, makellosen Element, das allen Staub und Moder der Erde, die es umspült, gleichsam entpestet und zur Unschuld und Lauterkeit eines jungfräulichen Urstandes zurückführt.

Es ist etwas eigen Ergreifendes um das rätselvolle Schweigen des Meeres, ein Schweigen, das wie mit Zungen von Abgeschiedenen flüstert. Unwillkürlich erhebe ich, stumm Einhalt gebietend, die Hand – da läßt Vlado, mein Barkenführer, die Ruder sinken. Die Bewegung des Bootes erstirbt allmählich. Das Kinn in die aufgestützte Hand geschmiegt, sitzt der prächtig gewachsene, bildschöne junge Mensch mir gegenüber und läßt sein schwermütig dunkles Auge über die weite Wasserfläche hinstreichen …

»Bonaccia! …«

Meeresstille! Etwas wie ein Ahnen all der Dinge, die der Verstand nicht faßt, ein Ahnen von der Ewigkeit der Zeit und der Unendlichkeit des Raumes, eine leise Ahnung des Unbekannten sogar, das sich in Erscheinung kleidet, will uns umschleichen, wenn das sonst so rastlos arbeitende Meer wie lauschend den Atem anhält und sein Puls zu stocken scheint, als wär es eingegangen in den ewigen Frieden. *»Bonaccia«* nennen sie dieses stumme, erhabene Naturspiel, aber in der kindlich bilderreichen Sprache bezeichnet das Wort auch den Zustand einer Seele, die stilles Glück und Frieden gefunden hat …

Langsam kriechen die breiten, trägen Abendschatten die verkarstete Steile des kroatischen Küstenlandes hinan. Schon verblich der warme

Schein, der über Kraljevica lag und auf den massigen Mauerflächen und Rundtürmen des alten Kastells der Fraukapan. Nun kommen die weißgetünchten, grellblinkenden kleinen Häuser der auf halber Höhe klebenden Flecke Fara und Hreljin an die Reihe und löschen aus, eines nach dem andern. Und schließlich beginnen auch die Trümmer der verfallenen Burg Gradina, hoch über allen bewohnten Orten, sich zu verfärben und werden fahl und grau wie gebleichte Gebeine eines riesigen vorsintflutliches Tieres, das in diesen unwirtlichen Felsen verendete. Bloß über dem langgestreckten nackten Rücken des Kapelagebirges glüht und zittert noch ein rötlicher Abglanz von Wärme und auf der trotzig gefurchten steinernen Stirn des Velebit.

Mit einemmal – mitten in die bang-erlösende Stille – Geschrei vom Ufer her, wo auf leicht vorspringender Felsenzunge eine Tonnara liegt. Ich sehe, wie der Wachtposten, der auf dem Wipfel einer schräg geneigten schwanken Leiter, dem landesüblichen Auslug für den Thunfischfang, haushoch über dem Wasser hängt, Steine von seiner Warte ins Meer schleudert. Aus einem notdürftig mit Brettern eingedeckten Schuppen stürzen Männer hervor, treten an wie auf Kommando und beginnen an Seilen zu ziehen.

»Werden sie jetzt einen guten Fang tun?«

Geringschätzig zuckt Vlado die Achsel. In großen Schwärmen wandert der Thun nur, wenn es stürmt.

»Und immer knapp das Ufer entlang zieht die Herde? Und blindlings ins Netz hinein?«

Er erklärt es mir. Aus den Tiefen des Mittelmeeres kommen sie gewandert zu Tausenden und Abertausenden um die Laichzeit. Bis in die bergumgürtete Bai von Buccari hinein, die wie ein Binnensee ist; denn gerade die stillen Buchten lieben sie am meisten. Wenn die Bora bläst und die See hochgeht, dann kann man sie bisweilen beobachten, ganz an der Oberfläche, im wilden Knäuel durcheinander sich fortwälzend, Milchner und Rogner. Dann gewahren sie kein Fangnetz, die sonst so scheu sind, daß jeder Steinwurf sie schreckt …

»Und also wie sinnlos vor Leidenschaft geradewegs in ihr Verderben?«

Schwach und trübselig lächelt Vlado: »*Just like men*«, ganz wie die Menschen.

Wir unterhielten uns nämlich in englischer Sprache miteinander, da ich kein Kroatisch verstehe. Und die Leute dort, die meisten Männer wenigstens, beherrschen außer den paar Brocken Italienisch, die sie an der Küste auffangen, zwar nicht das Deutsche, wohl aber das Französische oder Englische. Denn sie kommen weit herum in den überseeischen Besitzungen der Kolonialreiche und sprechen die betreffende Sprache dann in der Färbung jenes fernen Landes, wo sie in Arbeit standen. Mein Vlado war zwei Jahre lang in Australien gewesen. Ich hatte mich an seine Aussprache bereits gewöhnt und begriff, was er sagen wollte.

»*Just like men*, gerade so wie die Menschen!«

* *
*

Unmittelbar an die ins Meer vorspringende Felsenzunge, auf welcher jene Tonnara lag, grenzte ein vorzüglich gehaltenes Landgut, wo man in langwieriger, beharrlicher Kulturarbeit dem ausgebrannten Kalkboden ein herrliches südländisches Grünen und Blühen abgerungen hatte. Der Besitzer war ein österreichischer Adliger, den sie in der Gegend etwas übertreibend, den »Conte« nannten, obgleich er nur ein einfacher »Herr von« war. Aus leidenschaftlicher Liebe zum Meer hatte er sich vor Jahren hier, etwas unterhalb von Kraljevica, an der Küste angekauft, in der Höhe des Scoglio San Marco ungefähr, jenes langgestreckten, kahlen, ausschließlich von Sand- und Hornvipern bevölkerten Felsenriffs, das sich boshaft vor die Einfahrt in den Kanal di Maltempo legt.

Da ich eine Empfehlung an ihn besaß, so beschloß ich, an einem der nächsten Nachmittage ihm meine Aufwartung zu machen. Es war ein älterer, untersetzter Mann, der sich eine außerordentliche Frische und Jugendlichkeit bewahrt hatte und mit seinem offenen, bartlosen Gesicht ungefähr wie ein Schiffskapitän oder Flottenoffizier aussah. Er trug weiße Flanellbeinkleider, eine blaue Jacke und die goldgestickte Schirmkappe des Flottenvereins und wußte heiter und lebendig von seinen kühnen Seefahrten zu erzählen, die sein ganzes Denken und Trachten auszufüllen schienen. Auf der schneeweißen stattlichen Segeljacht, die ich bei meiner Ankunft in dem sorgfältig ausgebauten, zur Besitzung gehörigen kleinen Hafen hatte liegen sehen, bereiste er nicht nur die näheren und ferneren Gestade des

Mittelmeeres, sondern hatte sie sogar von Hamburg, wo sie gebaut worden war, eigenhändig über den Atlantischen Ozean durch die Straße von Gibraltar gesteuert.

Während ich mit ihm vor dem Hause bei einem Glas dunklen Landweines, den er auf seinem Gute zog, unter einer prachtvollen Celtis saß und mich an der wundervollen Aussicht erfreute, die man von dieser hochgelegenen Stelle über den Golf, den Scoglio San Marco und die gegenüberliegende Insel Veglia genießt, trat eine junge Dame zu uns, ein reizendes schwarzäugiges Mädchen von achtzehn oder neunzehn Jahren, die der Conte mir als seine Tochter vorstellte. Sie sah ebenso gesund und wettergebräunt aus wie er selbst, trug ein milchweißes Flanellkleid mit blau ausgeschlagenem Matrosenkragen und auf dem reichen dunklen Haar gleichfalls eine Seemannskappe, die sie entzückend kleidete. Ihre Züge hatten etwas ungemein Sicheres und Entschlossenes, ihre Bewegungen jene seltene Ruhe und Festigkeit, die sich nur durch ein Leben im Freien, bei gründlicher Durchbildung des Körpers, vielleicht unter sportlichen Gefahren erwirbt. Ich wunderte mich nicht, als ich erfuhr, daß sie ihren Vater auf all seinen Ausflügen zu begleiten pflege und gleich ihm eine leidenschaftliche Seefahrerin sei. »Es gibt nichts, das mir mehr Vergnügen macht«, sagte sie einfach.

»In letzter Zeit hat das freilich etwas nachgelassen«, meinte der Conte in einem Ton, in dem mir ein leiser Vorwurf mitzuklingen schien.

Ich bemerkte, daß sie leicht errötete. Aber indem sie ein paar Blätter von einem Lorbeerstrauch abriß, sie zwischen den Fingern zerdrückte und ihren würzigen Duft einatmete, sagte sie lachend: »Ach, Papa, weißt du, *immer* kann man doch nicht auf dem Wasser liegen!«

»Es ist eigentlich ein Zufall, daß Sie uns angetroffen haben«, wendete der Conte sich an mich. »Für gewöhnlich befinden wir uns um diese Zeit weiß Gott wo unterwegs. Aber ich bin so gewohnt, daß meine Tochter mit mir kommt; allein freut es mich gar nicht mehr.«

»Wir kennen die fremden Ufer fast besser als die einheimischen«, schnitt die Contessina das Gespräch ab, das ihr offenbar nicht angenehm war. »Hättest du nicht Lust, Vater, einmal rund um Veglia herumzufahren – unser Gast wäre vielleicht so liebenswürdig, sich anzuschließen? Ich habe für alle Fälle den Motor bereithalten lassen.«

»Ich bin zur See gekommen«, sagte ich, »nicht auf der Straße. Meine Barke erwartet mich in Ihrem Hafen.«

»Das tut nichts, sie soll leer zurückkehren. Wer rudert sie?«

»Vlado.«

»So, der –?« machte der Conte.

Die Tochter riß abermals ein Lorbeerblatt ab, brach es und sog seinen Duft ein.

»Er wird eben ohne Sie heimrudern. Wir setzen Sie bei der Rückfahrt an der Mole von Kraljevica ab.«

Im Hafen unten hatte ich neben der Segeljacht ein prächtig ausgestattetes kleines Motorboot liegen sehen. Der Gedanke, dieses niedliche Fahrzeug zu besteigen und mich von ihm in so angenehmer Gesellschaft die reizvolle Küste der großen Insel entlang tragen zu lassen, lockte mich, ich nahm mit Freuden an. Wir stiegen langsam den in Felsstaffeln angelegten Garten hinab, während mir der Conte verschiedene Verhältnisse auseinandersetzte, die die Gegend und die Bewirtschaftung seines Gutes betrafen. Es war ein kleines Paradies, das er aus der Steinwüste hervorgezaubert hatte, und mir schien, ich hätte nie ein schöneres Stück Erde gesehen als diesen Garten, wo gerade um diese Zeit ganze Haine süßduftender Oleanderbäume zwischen Myrten, Lorbeerhecken und dunklen Zypressen in voller Blüte standen. Auf eine Stelle machte die Contessina mich besonders aufmerksam. Da stand eine weiße Bank in einer dichten Lorbeerlaube verborgen, die gegen die Seeseite sich auftat.

»Hier war der Lieblingsplatz meiner verstorbenen Mutter«, sagte sie. »Da halte auch ich mich gerne auf, wie Sie sich denken können.«

Man hatte von dieser Stelle dieselbe einzige, unvergleichlich schöne Aussicht auf die umliegenden Gelände der Küste, die nahen Inseln und das weite blaue Meer wie weiter oben unter den Zweigen der großen Celtis …

Als ich, am kleinen Hafen angelangt, meinem Vlado bedeutete, er möge allein heimfahren, gab er mir keine Antwort und machte sich verdrossen, wie mir schien, in seiner Barke zu schaffen. Es fiel mir auf, daß er den Conte und seine Tochter nicht gegrüßt hatte. Bei jedem anderen hätte ich mir ein solches Benehmen aus dem Umstande erklärt, daß der Tarif für eine einfache Fahrt billiger ist, als wenn man die Barke auch zur Rückfahrt benutzt. Ihn aber hatte ich als einen stets genügsamen und in seinen Forderungen überaus maßvollen, ich möchte fast sagen vornehmen Menschen kennen gelernt, dem man eine Kleinigkeit über das ihm Gebührende förmlich aufnötigen mußte. Ich erinnerte mich plötzlich, daß Vlado diesen Nachmittag, als ich seine Barke bestieg, anfangs Schwierigkeiten gemacht hatte, mich überhaupt hierher zu rudern: der Wind sei widrig und die See gehe zu hoch. Nun glaubte ich zu verstehen. Sonst war er keiner von denen, die Wind und Wellen scheuen. Es mochte aus irgendeinem Anlaß einmal Mißhelligkeiten zwischen ihm und dem Conte gegeben haben, die mich nichts angingen, und um die mich zu kümmern ich keine Ursache hatte.

Daß meine Mutmaßung richtig war, wurde mir alsbald durch den Conte selbst bestätigt. Denn während wir über die kleine Mole schritten, an der das Motorboot vertaut lag, faßte er mich vertraulich unter und sagte: »Um den Vlado tut mir's leid, ich mein' immer, der hat eine unglückliche Liebe. Sonst wär' er ein ausgezeichneter Kerl, eine Perle geradezu. Aber ich konnte ihn einfach nicht mehr brauchen, er hatte seine Gedanken immer weiß Gott wo … Er war früher nämlich mein Bootsmann, müssen Sie wissen, mein erster Offizier sozusagen und mein ständiger Begleiter, wenn ich mit meiner Jacht in See stach.«

»Ich glaube, daß Sie recht haben«, versetzte ich nachdenklich. »Ich sah ihn neulich des Nachts auf der Straße mit der rothaarigen Marizza zanken, der man einen liederlichen Lebenswandel nachsagt. Am Ende ist er in dieses Frauenzimmer verschossen? Daß eine Leidenschaft an ihm zehrt, ist auch mir schon wahrscheinlich geworden.«

Wir waren vorausgegangen, der Conte trat an Bord, ich wollte ihm folgen – da entfällt mir zufällig ein blühender Oleanderzweig, den ich in der Hand getragen hatte. Ich will ihn aufheben, wende mich rasch herum und – ich gestehe, daß es mir wie ein lähmender Schreck in die Glieder fuhr – ertappe zwei Augenpaare auf frischer Tat. Ach, es war ja bloß ein Nichts, ein Weniger als nichts, ein Hauch, eine Täuschung wohl gar. Wie leicht täuscht man sich in solchen Dingen! Aber ich hätte in diesem Augenblick darauf geschworen, daß etwas wie ein Einverständnis zwischen den beiden jungen Leuten bestand. Die Contessina war nur wenige Schritte hinter uns zurückgeblieben, mein Vlado stand ziemlich entfernt aufrecht in seiner Barke. Hatten sie einander zugenickt, sich angelächelt? Ich weiß es nicht. Oder war es nur einer jener verräterischen Blicke gewesen, die einem Kuß, einer

Umarmung, einer Hingebung gleichkommen und ganze Schicksale enthüllen, eine Stichflamme verhaltener Leidenschaft, die von ihm zu ihr, von ihr zu ihm gezuckt hatte, kaum den Bruchteil einer Sekunde lang? Ich wüßte es nicht zu sagen und hätte es auch damals nicht zu sagen gewußt. Es ist merkwürdig, daß uns das, was wir einen Menschen selbst bei längerem Umgang sprechen hören und tun sehen, weniger über ihn aufgeklärt als jenes Unwillkürliche und den Sinnen beinahe Unfaßbare, das manchmal ganz zufällig und unerwartet blitzartig in die Seelen leuchtet.

* *
*

Die Fahrt rund um die Insel war unendlich abwechslungsreich und voll von landschaftlichen Reizen. Da der Conte am Steuer saß und das wie ein Pfeil hinfliegende Boot selbst lenkte, so hatte ich reichlich Gelegenheit, mich mit seiner Tochter zu unterhalten. Sie gab sich heiter und frisch, wie es wohl ursprünglich in ihrem Wesen lag, die Seefahrern in ihr erwachte. Aber ich war nun einmal aufmerksam geworden und beobachtete sie scharf. Und da gab es Augenblicke der Ermüdung, wo sie auszuruhen schien von einer schwierigen Rolle, die man zu spielen gezwungen ist. Dann stahlen sich leise Spuren von Kummer in ihre entschlossenen Züge, dann stand in den irrenden Augen, die gleichsam nach einem Ausweg suchten, etwas zu lesen, das mir Mitleid einflößte, und das ich als Angst vor der Zukunft deutete.

Oder bewegte ich mich in Täuschungen von dem Augenblick an, wo ich sie für kein unbeschriebenes Blatt mehr hielt? Möglich gewesen wär' es immerhin, ich kannte sie erst so kurze Zeit. Aber als wir auf der Heimfahrt an jener in der Nähe des Gutes liegenden Tonnara vorüberkamen, da verriet sie sich mir, ohne es zu wollen und zu ahnen, so vollständig, daß all meine Vermutungen wie mit einem Schlage zur Gewißheit wurden.

Das Gespräch war auf den Thunfischfang gekommen, der für die ganze Gegend von größter Wichtigkeit ist. Abermals wunderte ich mich über die ziemlich rohen Vorrichtungen, die dazu dienen, und daß die Fische so töricht wären, in ein festliegendes Netz wie toll hineinzulaufen.

»Die Liebe macht sie verrückt«, sagte sie müd lächelnd; »sie befinden sich auf der Hochzeitsreise, müssen Sie bedenken. Sie können nicht, wie sie wollen, sie müssen einfach. So rennen sie in ihr Verderben – genau wie die Menschen ...«

Es war derselbe Gedankengang, den ich fast mit den gleichen Worten schon einmal hatte aussprechen hören, damals aus Vlados Munde. Zufall schien hier so gut wie ausgeschlossen, es gab keine andere Erklärung, als daß geheime Beziehungen zwischen der Contessina und dem Barkenführer bestehen mußten. Und wenn sie in ihren vertrauten Gesprächen, halb scherzend vielleicht und doch mit einem trostlosen Anklang an den bittersten Ernst, ihr unseliges Schicksal mit dem Thun verglichen hatten, der sich, von übermächtiger Leidenschaft geblendet, im todbringenden Netze verstrickt, so schienen sie sich sogar dessen bewußt, daß ihre Liebe nur ins Verderben führen konnte.

Was für ein Ende sollte das nehmen? Wozu waren diese innerlich stolzen und freien jungen Menschen nicht fähig, in deren Seelen etwas von der Kühnheit und Ungebundenheit des Meeres leben mochte? Die vermutlich das Meer selbst und die Liebe zum Meere einander in die Arme geführt hatte, auf langen, einsamen, sturmbewegten Fahrten?

*   *
*

Wenige Tage später erhielt ich unerwartete Nachrichten, die mich zwangen, meinen Aufenthalt an der See zu unterbrechen. Unaufschiebbare Geschäfte forderten meine Anwesenheit in der Heimat.

Am Abend vor meiner Abreise wurde in der Narodna Kavana zu Kraljevica getanzt. Ich ging einen Augenblick hin, um zuzusehen. Die Tamburizzen zirpten, in dichtem Gedränge drehten die Paare sich im Kreise, Bauern, Bootsleute und Fischer mit ihren Mädchen. Meinen Vlado sah ich an einem Tische sitzen, er machte einen erhitzten Eindruck, tanzte nicht, trank aber reichlich Schnaps.

Als nach einer Pause die Musik wieder einsetzte, schien es eine Art Damenwahl zu geben. Ich gewahrte die rothaarige Marizza, die aus der Schar der Mädchen trat und durch den Saal schritt. Sie war nicht gerade schön von Gesicht, hatte aber eine prachtvolle, nur etwas überschlanke Gestalt und im Hinschreiten jenes eigentümlich Lässige,

Flutende, Hingebende, das manche zeitgenössische Maler lieben. Sie ging geradewegs auf Vlado zu.

Ich sah, daß sie ein Gespräch mit ihm anknüpfte, vermutlich forderte sie ihn auf, mit ihr zu tanzen. Er tat unwirsch und wendete sich ab. Sie ließ nicht locker, es entspann sich ein Wortwechsel, der laut und heftig wurde, ohne daß ich ein Wort verstanden hätte. Schließlich erhob sich Vlado und ging einfach fort, die Tür heftig hinter sich zuschlagend. Die enttäuschte Balldame zeigte keine Spur von Beschämung darüber. Sie schimpfte ihm bloß wacker nach, warf die Arme in die Luft und zeterte noch eine Weile in der robusten Art jener südländischen Naturkinder hinter ihm drein, indem sie sich jetzt an die jungen Burschen hielt, die mit ihm zusammengesessen hatten. Bis endlich einer von diesen sich erhob, sie um die Mitte faßte und mit ihr zu schleifen begann. Nun war nichts mehr zu hören als das eigentümliche zittrige Klimpern der Tamburizzen und das Scharren und Trampeln der schweren Stiefel auf der holprigen Holzdiele.

Früh am anderen Morgen machte ich noch einmal meinen gewohnten Morgenspaziergang über den Gavranic, eine nackte Berghöhe, die sich zwischen die Bai von Buccari und den Golf von Fiume schiebt und einen prächtigen Ausblick auf beide gewährt. Auf dem Rückweg kam ich durch den hochgelegenen Flecken Fara, wo mein Vlado zu Hause war. Vor dem kleinen, reinlich weißgetünchten, mit Hohlziegeln gedeckten Hause saß die »Nonna«, Vlados Großmutter, und spann, wie sie es tagaus, tagein tat, mittels einer freihängenden Spindel, die wie aus Dornröschens Zeiten war. Da die gelähmte alte Frau etwas Italienisch sprach, so unterhielt ich mich manchmal mit ihr. Es war eine stattliche und würdige Matrone, stets in Schwarz gekleidet und sogar an den heißesten Tagen auch den Kopf mit einem schwarzen Tuch bedeckt. Sie tragen noch heute Trauer, sagt man, die kroatischen Frauen dort an der See, um das uralte längst untergegangene volkstümliche Fürstengeschlecht der Frankapan.

Die Marizza hätte diese Nacht an das Fenster gepocht, erzählte mir die Nonna. Es sei eine wahre Schande! Aber der Vlado wolle nichts wissen von dem Frauenzimmer, der gab etwas auf sich und sei auch viel zu gut für so eine.

Für mich bedurfte es längst keiner Beweise mehr, daß mein erster Gedanke, den ich neulich dem Conte gegenüber aussprach, Vlados

Sehnsucht umkreise die Person der Marizza, ein gänzlich irriger gewesen war. Ehe ich mich von der alten Frau verabschiedete, trug ich ihr noch auf, ihrem Vlado zu bestellen, daß er gegen Mittag seine Barke für mich bereithalten möge. Denn der Dampfer, der mich an die Eisenbahn bringen sollte, lief den Hafen von Kraljevica nicht an, er hielt außerhalb des Leuchtturms auf offener See, wo man sich gezwungen sah, über eine herabgelassene Treppe aus dem Boote an Bord zu klettern.

Während Vlado mich hinausruderte, eröffnete er mir, wenn ich wiederkäme, würde ich mir eine andere Barke mieten müssen, er könne mich dann nicht mehr fahren.

»Warum?« fragte ich.

Weil er sich bei der großen Tonnara verdungen hätte, gegenüber dem Scoglio San Marco. Als Wachtposten hoch auf der Leiter, der den Wanderzug der Thunfische beobachte. Dazu brauche man Leute mit besonders scharfen Augen, und die besäße er.

»Das wäre meine Lust nicht«, bemerkte ich. »Tagelang und wochenlang in die Flut hinunterstarren, bis endlich der Zug der Fische sich zeigt. Lieber blieb' ich Barkenführer!«

Er bewegte schweigend die Ruder und schien seinen Gedanken nachzuhängen. Erst nach einer kleinen Weile meinte er, unser Gespräch nachträglich abschließend, ein Vorteil sei doch dabei, wenn man da oben auf der Leiter sitze und den Fischen aufpassen müsse: daß man wenigstens nichts anderes dabei denken könne.

Das Wort ging mir noch lange nach, während ich schon im Eisenbahnabteil saß. Klang nicht etwas wie die dumpfe Hoffnungslosigkeit eines zerstörten Gemütes heraus? Es konnte nur zwei Möglichkeiten geben, sagte ich mir, in den Beziehungen zwischen Vlado und der Contessina. Entweder sie leistete Widerstand und beide erschöpften ihre blähenden Kräfte im aufreibenden Kampfe mit sich selbst, oder ihr Schicksal hatte sie bereits dahin geführt, wohin Gottfried von Straßburg sein unsterbliches Liebespaar gelangen läßt:

»Die Frucht, die seine Eva bot,
Nahm er und aß mit ihr den Tod ...«

* *
*

98

Meine Geschäfte waren nicht in vierzehn Tagen zu erledigen, wie ich gehofft hatte, sie nahmen mich über fünf Wochen lang in Anspruch. Es war Mitte August geworden, ehe ich an die kroatische Küste zurückkehren konnte. Kaum erblickte ich das tiefe Blau des herrlichen Golfes vor mir ausgebreitet, die nackten rauhen Felsgebirge, die ihn umschließen, und die kühngeschwungenen Umrisse der Inseln, die auf ihm schwimmen, als mir auch alle Einzelheiten des gefährlichen kleinen Romans, den ich nicht ohne eine gewisse Beunruhigung sich hatte anspinnen sehen, wieder vor Augen standen.

Schon au einem der ersten Nachmittage beschloß ich, den Conte und seine Tochter auf ihrer reizenden Besitzung aufzusuchen. Mein Barkenführer hieß jetzt Mondo und war ein schnurriges, ausgepichtes altes Kerlchen, das sein halbes Leben in Cochinchina zugebracht hatte und fließend Französisch quasselte.

Es wehte eine heftige Bora, die See ging hoch, und als wir in der Höhe der Tonnara gegenüber dem Scoglio San Marco gelangt waren, bemerkte ich, daß eben der Wachtposten hoch oben von seiner Leiter Steine ins Wasser zu schleudern begann, während unten die Leute durcheinander liefen und sich anschickten, das Netz einzuziehen. Das Wetter versprach eine gute Ausbeute und die Aufregung und Anstrengung, mit der die Fischer an der Tonnara zu arbeiten schienen, deuteten darauf hin, daß ein reicher Fang bevorstand. Ich hatte bis dahin keine Gelegenheit gefunden, einem Fischzug aus der Nähe beizuwohnen, und hieß meinem Mondo ans Land rudern. Der Wind legte die Barke beinahe um, als er sie in die Breitseite zu fassen bekam, und wir mußten beide unsere volle Kraft einsetzen, ehe es uns gelang, das nahe Ufer zu gewinnen.

Als ich mich, über die Felsen der Landungsstelle kletternd, der Tonnara näherte, wurden gerade die ersten Fische aus dem Netz gehoben. Immer ihrer zwei oder drei Männer, die einen von einer bereitgehaltenen Barke aus, die anderen auf den Steinblöcken des Ufers fußend, faßten eines dieser gewaltigen Tiere am Kopf- und am Schwanzende, wiegten es ein paar Augenblicke in der Luft, um ihm einen Schwung zu geben, und schleuderten es dann ans Gestade. Es waren harte, stahlblaue Fische mit riesigen Flossen und silbergrauen Bäuchen, schwere, stämmige Meerungetüme von der Größe eines Kindes etwa – manche so groß wie ein erwachsener Mensch und einzelne sogar noch größer –, die durch krampfhafte Windungen ihres muskelkräftigen Leibes das Netz zu durchbrechen, den Händen ihrer Mörder zu entgleiten versuchten. Ich sah, wie sie auf dem heißen Steinboden des Ufers vergebliche Anstrengungen machten, sich in ihr reines, kühles Element zurückzuschnellen, dem man sie so jäh und unerwartet entrissen hatte, sah die schier mannshohen verzweifelten Sprünge, an die sie ihre durch Todesnot verzehnfachten Kräfte verschwendeten, und hörte das metallische Klingen ihrer gepanzerten Leiber, wenn sie ermattet auf den harten Fels zurückfielen.

Niemand hatte Zeit, sich um sie zu kümmern, niemand erbarmte sich ihrer Qual und gab ihnen den Todesstoß. Man überließ es ihnen selbst, sich umzubringen, sich an den spitzen Steinen des Gestades die Köpfe zu zerschmettern. Die Fischer hatten alle Hände voll zu tun, ihre reiche Beute in Sicherheit zu bringen. Immer wieder flog mit dumpfem Schalle ein neuer zappelnder Leib zu den wie rasend hüpfenden Genossen. Mit unglaublich zäher Lebenskraft ertanzten sie sich ihren Tod. Das ganze Ufer ringsum nahm eine grellrote Färbung an. Die Bora heulte und peitschte das Meer, die Wogen gingen hoch und gischteten über die Wellenbrecher, als wollten sie ihre gemordeten Kinder zurückfordern, das Blut abwaschen und fortspülen, das an den Felsen und Steinen klebte. Das Meer blieb machtlos in seiner Wut, es konnte nicht heran und wich immer wieder zurück, seine ewige Reinheit scheute den besudelten Boden. Nach allen Seiten spritzte das rote Blut der gemarterten Geschöpfe, das felsige Gestade glich einer Schlachtbank.

Endlich war der Fang geborgen. Die glatten, stahlglänzenden Ungetüme, die sich vor wenigen Minuten noch lebensfrisch und liebestoll in der sturmbewegten Mut getummelt hatten, lagen zerschunden auf dem Trockenen, allmählich ermattend, erlahmend, den Kampf aufgebend, mit ausgedörrten Kiemen und stier glotzenden Augen. Noch immer kümmerte sich niemand um sie. Die Fischer beeilten sich, das Netz neuerdings auszulegen, wie leicht konnte dem ersten Haufen ein zweiter folgen! Der Wächter, der von seiner Warte herabgeklettert war, um mitzuhelfen, schickte sich an, seinen Posten wieder einzunehmen. Erst wie er an mir vorbeikam und die Mütze zog, erkannte ich, daß es Vlado war; meine Aufmerksamkeit hatte bis dahin dem blutigen Schauspiel gehört, das sich vor meinen Augen abspielte.

Seine hohe Gestalt schien durch das Spähen in die Tiefe eine etwas vornübergebeugte Haltung angenommen zu haben. Ich fragte, wie es gehe? Er antwortete nicht und sah mich nur verständnislos an, mit einem gleichsam verschleierten, abwesenden Blick. Und indem er mit einer verächtlichen Bewegung des Fußes gegen die Leiche eines mannsgroßen Thunfisches stieß, der in seinem Blute schwamm, sagte er bitter lächelnd in seinem sonderbaren Englisch: »*That's love!* Das ist die Liebe!«

Hierauf kletterte er behend und mit der Kühnheit eines Matrosen die Leiter hinan, die im Sturme schwankte wie der Wipfel einer Birke, und bald sah ich ihn wieder bewegungslos auf seiner Warte lauern, das scharfe Auge in die Tiefe des Meeres gesenkt. Was er hatte sagen wollen mit seinem »Das ist die Liebe«, und wie er es eigentlich meinte, indem er dabei mit dem Fuße gegen den verendeten Thunfisch stieß, der sich im Netz verstrickt und an den Felsen des Ufers den Kopf zerschmettert hatte, das verstand ich leider nur allzu gut. Es war eine Fortsetzung des Gedankens, den er schon einmal hatte anklingen lassen, und den ich dann auch zu meiner Überraschung aus dem Munde der Contessina vernommen …

* * *

Für mich war es nun zu spät geworden, meinen Weg nach der Besitzung des Conte fortzusetzen, und ich wiederholte deshalb am nächsten Tage die Fahrt. Das Wetter war umgeschlagen, der Sturm hatte sich gelegt; wie damals, als Vlado mich das erstemal aus dem Golf gegen den Kanal di Maltempo gerudert hatte, lag die See glatt wie ein Spiegel, und wie damals konnte ich, wenn ich mich über Bord beugte, die versunkenen Wälder in der Tiefe sich bewegen sehen und die seltsam geformten Seetiere, die den Grund bevölkerten: Meeresstille!

Den Conte traf ich mit seiner Tochter unter der großen Celtis vor dem Hause sitzend. Er war ganz der Alte, frisch und heiter, völlig ahnungslos, wie es schien, und begrüßte mich mit offener Herzlichkeit. Die Contessina hingegen kam mir so verändert vor, daß ich Mühe hatte, mein Befremden zu verbergen. Wär' ich ihr irgendwo auf der Straße begegnet, und wär' es nicht ihr eigener Garten gewesen, wo ich sie wiedersah, ich glaube nicht, daß ich sie erkannt hätte. Das Gesicht war magerer geworden und hatte seine gesunde, vom Wetter gebräunte Farbe nur um die Äugen herum behalten, während Stirn und Wangen sich verfärbt hatten; von den Nasenflügeln gegen die Mundwinkel verlief eine unschöne Falte, ein Zug des Leidens, wie ich ihn manchmal bei jung verheirateten Frauen beobachtet habe, die der Mutterschaft entgegensehen. Nur der feste, entschlossene Blick des Auges erinnerte mich noch an die frühere Contessina.

Im Frühling, wenn um die Zeit der Baumblüte rauhes und unfreundliches Wetter einfällt, dann wird einem weh zumute, wenn man merkt, wie rasch es mit dem Verblühen geht. Kaum erschlossen, sinkt der liebliche Blust auch schon wieder dahin, innerhalb weniger Tage welken die zarten, hellfarbigen Blütenblätter über dem schwellenden Fruchtboden. Etwas dem Ähnliches empfand ich jetzt.

Wir redeten dies und das, sie beteiligte sich nur wenig an dem Gespräch, das bald wieder auf das Seefahren kam. Ich merkte nach und nach, daß der Conte in der Tat keine Ahnung davon hatte, was mit seiner Tochter vorging. Durch das tägliche Beisammensein war ihm offenbar ihre veränderte Erscheinung völlig entgangen; auch mochte er, wie die meisten tatkräftigen Menschen, überhaupt kein guter Beobachter seiner nächsten Umgebung sein. Eines nur bekümmerte ihn: daß er seine Segeljacht unbenutzt im Hafen liegen hatte.

»Allein freut es mich nicht, eine größere Reise zu unternehmen«, wiederholte er wie damals. »Und meiner Tochter kann ich jetzt nicht zumuten, mich zu begleiten. Sie hat seit einiger Zeit während der Mahlzeiten kleine Anfälle von Übelkeit, offenbar leidet sie unter der Hitze, wie das bei jungen Mädchen vorkommt.«

Ich sah eine tiefe Röte über das Antlitz der Contessina fliegen, die ihr für einen Augenblick ihr früheres Aussehen zurückgab. Ich glaube, sie hatte das Gefühl, daß ich die Zusammenhänge durchschaute. Bemüht, dem Gespräch eine andere Richtung zu geben, erzählte ich, auf den blauen Golf hinausblickend, vom Thunfischfang, den ich gestern mit angesehen.

»Es ist ein rohes Abschlachten«, sagte der Conte. »Ich bin sonst ein leidenschaftlicher Fischer gewesen, aber das muß mit Feinheit und List betrieben werden. Ich denke, wir werden für einige Zeit ins Hochgebirge gehen, da kann ich wenigstens Forellen angeln. Denn was hat es für einen Sinn, an der See zu sitzen, wenn man nicht segelt – nicht wahr?«

Bald darauf erhob sich die Contessina und schritt langsam die Gartenterrasse hinab. Auch ihre Bewegungen schienen mir verändert, sie hatten ihre ursprüngliche Freiheit und Sicherheit verloren und etwas wie eine edle Müdigkeit dafür eingetauscht. Sie trug ein loses, leichtes Hausgewand aus weißer, anschmiegender Waschseide, das in wunderschönen Falten um ihre Gestalt floß.

Ich muß gestehen, daß ich in diesem Augenblicke, wo wir allein waren, überlegte, ob ich dem Conte gegenüber schweigen dürfe oder verpflichtet wäre, ihn schonend aufmerksam zu machen, und ob meine kurze Bekanntschaft mit ihm mich überhaupt dazu berechtigte. Auf dem Tische lag ein Feldstecher, ich nahm ihn in die Hand und faßte einige ferne Gegenstände ins Auge, ein Segel auf dem Meere, ein Häuschen auf einer der Inseln. Tief unten zu unseren Füßen, etwas weiter gegen den offenen Golf hin, sah ich deutlich die Tonnara liegen. Auf der Spitze der hohen Leiter eine dunkle Gestalt, das mußte Vlado sein. Jetzt war es plötzlich, als ob diese Gestalt eine Fahne oder ein weißes Tuch schwenkte. Ich preßte das Glas heftig an mein Auge, ein Ausruf des Schreckens entrang sich meinen Lippen. Ein Mensch war von der Warte in die Luft hinausgesprungen und blitzschnell zu Boden gefallen, die dunkle Gestalt hatte sich von dem Wipfel der Leiter seitlich gegen die Felsen des Wellenbrechers herabgestürzt.

Im selben Augenblicke fast fiel im unteren Teil des Gartens ein Schuß.

»Um Gottes willen, was ist das?«

Der Conte war aufgesprungen und sah mich mit aufgerissenen Augen an, bleich bis in die Lippen. Dann rannte er, ohne ein Wort zu sagen, die Felsenstaffeln des Gartens hinunter. Verstört und fast taumelnd vor Angst folgte ich ihm.

Er hatte sogleich die richtige Fährte und stürzte nach der Lorbeerlaube, wo der Lieblingsplatz ihrer Mutter gewesen war. Als ich anlangte, sah ich ihn auf der Erde knien, vor etwas Weißem, das am Boden lag.

»Durchs Herz geschossen!« jammerte er.

Von der anderen Seite kamen ein Gärtner und ein Gärtnerbursch gelaufen.

»Ich hole den Arzt!«

Mit fliegendem Atem gegen den Hafen hinunter.

»Vorwärts, Mondo, es gilt größte Eile!«

Wie ein Pfeil schießt unsere Barke über den glatten Wasserspiegel. Wir rudern beide wie die Wahnsinnigen. Als wir in die Höhe der Tonnara kommen, fühle ich, daß meine Kräfte nicht reichen.

»Rasch ans Land!«

Der Wächter auf der Leiter der Tonnara war nicht auf seinem Posten. Schweigend standen die Leute um den mit Brettern eingedeckten Schuppen beisammen.

»Ein Mann her, ein guter Ruderer! Den Arzt aus Kraljevica holen! Bei der Rückfahrt nehmt ihr mich wieder auf!«

Das sind nun freilich andere Arme als die meinen, die sich jetzt in die Riemen legen. Die Barke setzt ihren Weg fort.

Mich selbst führen ein paar Männer ernst und stumm gegen den Schuppen. Seitlich, unter der Tonnarenleiter, bleiben sie stehen und weisen auf den Boden. »Hier war es.«

Die Steine ringsum sind mit Blut besudelt. Ist es Vlados Blut? Ist es das Blut der Thunfische, die gestern hier verendeten?

Ich trete in den Schuppen und neige mich über den Sterbenden.

Er schaut mich groß an, ein schwaches Lächeln gleitet über seine Lippen, und mit einem tiefen Seufzer flüstert er ein einziges Wort: »*Bonaccia* ...«

Das war das letzte Wort, das er sprach.

* * *

Niemand hat den Tod der Contessina, niemand den Tod Vlados sich erklären können. Niemand kam auch nur auf den Gedanken, sein trauriges Ende und das ihrige miteinander in Zusammenhang zu bringen. Sogar der Conte blieb ahnungslos und zerbrach sich vergeblich den Kopf. Ich war der einzige, der die verborgenen Fäden der Leidenschaft sich hatte verstricken sehen, der einzige, den ein Zufall in die Lage versetzt hatte, das zeitliche Zusammentreffen des Schusses im Garten und des Sturzes von der Leiter zu beobachten. Ich war der einzige Wissende, und ich habe allen gegenüber, die sie kannten, geschwiegen. Ich glaube, so wollten sie es. Ihr Sterben sollte ein unenträtselbares Geheimnis bleiben wie ihr Lieben und Leiden. Keinerlei schriftliche Aufzeichnung ist gefunden worden, keine Zeile, kein Wort, kein letzter Wunsch nach gemeinsamer Beerdigung, kein Lebewohl an die Angehörigen, kein Abschiedsgruß an das blaue Meer, das sie zusammengeführt hatte – in rasender Leidenschaft, so frei und gebieterisch wie dieses Meer selbst ist, das ewig ruhelos atmende.

Der Eliteball

Die Klänge der Bundeshymne brausten durch den Saal, dessen mit Blumengewinden geschmückten Wände von Goldstoff flimmerten, unter dem zauberhaften Lichte, das aus den Tausenden und Abertausenden rosenroter Glastulpen der Kronleuchter herniederflutete. Von den Veranstaltern geleitet, bewegten sich die Ehrengäste mit dienstlichem Gefolge durch die dichtgedrängten Reihen von Ballgästen gegen den Ausgang, und an der Spitze des Zuges sah man die vornehme Gestalt des Bundespräsidenten schreiten, der auf der Patronessenestrade eine Stunde lang Vorstellungen entgegengenommen hatte und jetzt, nachdem er den Pflichten seiner Standeswürde Genüge getan, leutselig nach allen Seiten grüßend im Begriffe stand, den Saal zu verlassen. Allmählich kam Bewegung in die unübersehbare Menge weißer Hemdbrüste und entblößter Nacken. Die Förmlichkeiten der Eröffnung waren beendet, das eigentliche Fest konnte seinen Anfang nehmen. Die Bundeshymne setzte plötzlich ab, und die Musik stimmte den Donauwalzer an. Da wirbelten auch schon die Paare im Dreivierteltakt durcheinander.

Ein kleiner, runder Herr, dem die Schweißperlen auf der Glatze standen, eilte die Stufen der Patronessenestrade empor, über der, wie ein Märchentraum, eine riesige Wolke blühender Rosen schwebte. Auf der obersten Stufe stieß er mit einem Ausschußmitgliede zusammen, das eine ganze Kette winziger Orden in Gold und Email auf der linken Frackseite trug, entschuldigte sich verbindlich, indem er ein paarmal »Pardon! Pardon!« stammelte, und schoß weiter.

»Wer ist denn der?« fragte eine der Patronessen, während sie, um ihre Heiterkeit zu verbergen, den Fächer entfaltete.

»Der? Das ist der kleine Fritsch, der Chef des Hauses Schwegel & Fritsch, Metallwarenexport«, sagte der Komiteeherr und lächelte. »Der Präsident hat ihn durch eine längere Ansprache ausgezeichnet, das macht ihm halt eine riesige Freud'.«

»Da muß er aber auch eine Nummer Eins sein?« meinte die Dame.

»Gewiß ist er das«, versetzte der Befragte ernst. »Ein genialer Kerl in seiner Art, wenn man es ihm auch nicht ansieht, am wenigsten im Ballsaal.«

Inzwischen war der dicke kleine Herr behende zwischen den glänzenden Ballkleidern auf der Estrade hindurchgesteuert und hatte sich einer der Patronessen genähert, die, halb in die Ecke gedrückt, zwischen Lorbeerbüschen unter einem goldenen Blumenkorb voll prachtvoller Orchideen Platz genommen hatte und durch ihr Lorgnon eifrig die tanzenden Paare musterte.

»Wie geht's, Liebste? Du hast ja alles aus nächster Nähe mit ansehen können – wie?«

Sie nickte ihm freundlich zu.

»Leider nur sehen. Was der Präsident sprach, konnte ich nicht verstehen. Worüber hat er sich so lange mit dir unterhalten?«

Herr Fritsch strahlte.

»Nach der Firma hat er sich erkundigt und nach der Metallbranche überhaupt. Und ganz paff war er, daß wir soviel exportieren! Du, das ist ein entzückender alter Herr! Und auskennen tut er sich, man sollt's nicht für möglich halten. An dem können wir unsere Freude haben! ... Darf ich vielleicht«, sagte er, sich verschmitzt an ihr Ohr neigend, »eine kleine Erfrischung besorgen – Frau Rat?«

»Nein, danke!«

Sie stutzte, zog die Augenbrauen hoch und blickte zu ihm auf: »Frau Rat?«

»Ganz im Vertrauen: Ich höre, daß etwas in der Luft schwebt.«

»Oho?«

»Es heißt nämlich, daß ich durch den Titel eines Kommerzialrates ausgezeichnet werden soll.«

»Bravo!« sagte sie lächelnd. »Wenn es dir Freude macht, den Kommerz zu beraten, so freue auch ich mich darüber.«

»Persönlich halte ich nicht viel auf solche Dinge, das weißt du. Aber der Firma gibt es immer ein gewisses Ansehen.«

»Ganz recht, das ist es ...« sagte sie müde. Aber sogleich belebten sich die großen, leuchtenden Augen wieder: »Hast du beobachtet, wie reizend Erna als Vortänzerin aussah? Ich glaube, sie ist das hübscheste und anmutigste Mädchen auf dem ganzen Ball.«

Frau Fritsch hatte sich erhoben und war an die Balustrade vorgetreten. Durch ihr Glas suchte sie unter den unzähligen tanzenden Paaren nach ihrer Tochter. Sie war noch immer eine schöne Frau. Die hohe stattliche Erscheinung wurde durch den großartigen Staat aus Silberlamé mit blaßlila Straußfedernbesatz aufs Vorteilhafteste zur Geltung gebracht.

Eine Weile stand das Ehepaar schweigend nebeneinander und blickte auf den Wirbel von Tänzern und Tänzerinnen nieder, von dem der ganze Saal wogte. Ein paarmal bildeten sie sich ein, das strahlende Gesicht Ernas im Gewühl auftauchen zu sehen; dann lächelten sie und versuchten es, ihrem Kinde einen Gruß zuzunicken. Aber schon der Bruchteil eines flüchtigen Augenblicks genügte, die schwankende Erscheinung wieder zu verwischen, daß sie wie für immer verschwunden schien im endlosen Strudel der schwarzen Fräcke und blendenden, manchmal fast den ganzen Rücken entblößenden Kleidausschnitte.

»Ich habe mich zu einem Spielchen verabredet«, sagte Herr Fritsch endlich. »Du entschuldigst mich eine Zeitlang – wie? Später komm' ich natürlich wieder nachsehn, ob du keine Wünsche hast.«

»Leg dir meinethalben nur keinen Zwang auf«, sagte sie liebenswürdig. »Ich werde mir die Zeit auch allein zu vertreiben wissen.«

Sie stand noch einige Zeit an der Balustrade und sah dem fröhlichen Treiben zu. Dann setzte sie sich wieder unter den goldenen Blumenkorb, aus dem, wie gefleckte und getigerte Giftschlangen mit aufgesperrten Mäulern, an leicht geschwungenen Luftwurzeln und Trieben die abenteuerlichen Blüten der Orchideen prangten.

Es war eine kleine Tanzpause eingetreten, die Hunderte und Hunderte von heißen Paaren wandelten jetzt im Saal und schwatzten vielstimmig durcheinander. Frau Fritsch drückte ihr kostbares Spitzentüchlein an die Lippen, ihre Nasenflügel blähten sich kaum merkbar unter einem halbunterdrückten Gähnen. Plötzlich zuckte sie zusammen, ein außergewöhnlich hochgewachsener, bartloser Herr, den sie nicht kannte, stand vor ihr und verneigte sich. »Darf ich Sie vielleicht um einen Rundgang durch den Saal bitten, gnädige Frau?«

Befremdet blickte sie zu ihm auf, in ein Gesicht von jenem sportlich entschlossenen, bronzeüberhauchten Blühen, das es oft so schwer macht, das Alter von Angehörigen der angelsächsischen Rasse richtig abzuschätzen.

»Ich habe nicht das Vergnügen ...«

Aber das Wort erstarb ihr auf den Lippen, zwangsläufig erhob sie sich und legte ihren Arm in den seinen, und im nächsten Augenblicke schritt sie an der Seite des stattlichen Mannes, der ihren hohen Wuchs noch um einen halben Kopf überragte, die Stufen der Estrade hinab.

Unten, als das Gewühl sie aufnahm, kam Frau Fritsch erst recht zur Besinnung. Sie neigte sich seitlich von ihm weg, um ihn besser betrachten zu können. Ihr Herz klopfte, daß man auf der zartgeäderten Haut über der Kante des Ausschnittes seine stürmischen Stöße hätte wahrnehmen können.

»Hab' ich Sie erschreckt?« fragte er ruhig.

»Ich bin förmlich überrumpelt worden«, antwortete sie, nach Fassung ringend. »Beinahe hätt' ich Sie nicht wiedererkannt. Sind Sie es denn wirklich?«

Er beugte sich lächelnd zu ihr nieder.

»Ja, ich bin es wirklich, Artur, wenn Sie die Liebenswürdigkeit haben wollen, sich des Namens noch zu entsinnen.«

Sie fühlte, daß alles Blut aus ihrem Antlitz gewichen war.

»Habe ich mich so sehr verändert?« fragte er.

»Eigentlich nicht«, sagte sie, indem sie sich bemühte, den leichten Ton der Weltdame zurückzugewinnen. »Nur der Bart, den Sie einst trugen ... und an den Schläfen –«

»Spuren von Grau? Mein Spiegel sagt es mir. Wenn ich Sie ansehe, gnädige Frau, so scheint es mir fast unglaubwürdig.«

Sie fühlte sich wie neu belebt und seufzte auf.

»Sie schmeicheln, ich weiß es. Da wir uns all die vielen Jahre nicht wiedergesehen haben, müssen Sie ja beinahe – erschrocken sein?«

»Ein freudiger Schreck, als ich Sie erblickte.«

»Sie haben mich sogleich wiedererkannt?«

»Auf den ersten Blick!«

Er sprach so ruhig und überzeugt, daß es echt klang. Es tat ihr unendlich wohl. Die Musik setzte jetzt mit einem Charleston ein, die jungen Paare unterbrachen den Rundgang und begannen auf dem weiten Parkett nach der kopfzerbrecherischen Regeldetri moderner Tanzkunst sich zu bewegen.

»Wenn Sie nichts dagegen haben und nicht vielleicht selbst tanzen wollen«, sagte er, »so würde ich Sie einladen, in einem der stilleren Nebengemächer mit mir Platz zu nehmen. Ich möchte so gerne erfahren, wie es Ihnen ergangen ist, und von alten Zeiten mit Ihnen plaudern.«

Sie wurde unruhig, aber in der Geschwindigkeit fand sie keinen Vorwand, seine Bitte abzuschlagen.

»Ich tanze längst nicht mehr. Ich bin sogar schon Ballmutter, denken Sie!«

»Sie scherzen!«

»Nein, leider nicht! Es ist der erste richtige Ball, den meine Älteste heute mitmacht. Freilich ist sie noch recht jung – kaum achtzehn.«

»Ja, die Zeit vergeht!« sagte er ... »Sie haben also mehrere Töchter?«

»Zwei Töchter und einen Sohn. Der ist auch schon Mittelschüler.«

Sie hatten ein einsames Plätzchen in einem kleinen, lauschigen Gemach gefunden, das mit Blattpflanzen geschmückt war. Niemand befand sich sonst in dem mild erleuchteten Raume, in den die Musik nur gedämpft aus der Ferne herüberklang. Sie setzten sich einander gegenüber und musterten sich gegenseitig eine Zeitlang stumm, mit aufmerksamen Blicken.

»Und Ihr Leben ist immer nach Ihren Wünschen verlaufen?« leitete er die Unterhaltung ein.

»Ich kann mich nicht beklagen.«

»Das ist schon etwas. Das ist sogar ziemlich viel.«

»Meine Kinder sind gesund und ganz lieb und nett, mein Gatte ein seelenguter Mensch und ein – ich darf fast sagen: hervorragender Geschäftsmann. Seine Tätigkeit nimmt ihn sehr in Anspruch. Er hat keine üblen Launen, keine hervorstechend schlechten Eigenschaften, er liebt mich sogar in seiner Weise. Wir leben ziemlich gesellig, besuchen Theater und Konzerte, im Sommer reisen wir ... Ich hab' es ganz gut getroffen und bin leidlich zufrieden. Und Sie?«

»Ich? Ich bin wieder in Europa, wie Sie sehen. Seit zwei Monaten. Und da will ich die paar Wochen noch bleiben, bis eine neue Arbeit mich ruft. Dann empfehle ich mich wieder. Denn für einen Ingenieur ist drüben doch bedeutend mehr zu holen. Überhaupt ein ganz anderer Zug in der Sache. Nur müde wird man es manchmal ein bißchen. Besonders wenn man kein rechtes Heim hat und tun und lassen kann, was man mag. Dann ist es anstrengend. Dieses ganze geräuschvolle Leben dort und die vielen kühnen Unternehmungen und der Strudel des Vergnügens und diese prachtvollen stolzen, gescheiten Frauen. Großartig und herrlich alles, aber keine rechte Gemütlichkeit, wissen Sie … Übrigens hatte ich sehr schöne Erfolge – in meinem Beruf, mein' ich natürlich.«

»Sie sind unvermählt geblieben?«

»Ja.«

»Und waren die ganze Zeit drüben?«

»Nahe an zwanzig Jahre.«

»Ich hörte damals wohl davon, daß Sie hinübergegangen seien …«

Sie stockte und fragte lächelnd, indem sie sich vorneigte und ihm unsicher in die Augen sah: »Es geschah doch nicht – aus Liebesgram?«

»Aber, gnädige Frau, was denken Sie von mir!«

Sie schwiegen eine kleine Weile, dann sagte er ernst: »Wissen Sie, um aufrichtig zu sein – leicht ist es mir damals nicht geworden, den Gedanken an Sie aufzugeben. Ich hatte Sie ganz verdammt lieb … Aber die eigentliche Ursache, warum ich hinüberging, war es nicht. Ganz einfach: es boten sich mir verlockende Aussichten, meinen Weg zu machen, das war der Anlaß, und ich hab' es nie bereut. Eigentlich bin ich Ihnen nachträglich dankbar gewesen.«

»Dankbar? Nun also, sehen Sie!« stieß sie ein wenig enttäuscht hervor und lachte gezwungen.

»Ja, wirklich und aufrichtig dankbar! Trotz des Schmerzes, trotz der Enttäuschung, trotz der Ernüchterung, die mir die Trennung damals verursacht hatte. Denn im Grunde wäre es doch eine Unklugheit gewesen.«

»Warum eigentlich?«

»Ich war doch überhaupt noch zu unreif, um zu heiraten. Ein grüner Junge war ich, unerfahren!«

»In der Liebe hatten Sie allerdings schon gewisse Erfahrungen hinter sich!« flammte sie plötzlich auf, während eine leichte Röte in ihre Wangen stieg.

Er stutzte, lehnte sich in die Kissen zurück und blickte ihr forschend ins Antlitz.

»Eigentlich wäre ich Ihnen verbunden, gnädige Frau, wenn Sie mich nachträglich darüber aufklären wollten, warum Sie mir damals jenen herzlosen Brief schrieben, der unsere heimliche Verlobung löste.«

»Warum?« sagte sie, sich aufrichtend. »Weil ich mich betrogen fühlte!«

»Das ist ein etwas starker Ausdruck, den Sie da gebrauchen.«

»Ich finde keinen andern, der der Wahrheit näher käme. An dem Tage, bevor unser Verlöbnis öffentlich gemacht werden sollte, erfuhr ich durch einen Brief ohne Unterschrift, daß ich nicht die erste war, die Sie mit Ihrer Neigung beehrten.«

»Also wegen eines anonymen Briefes!« sagte er bitter.

»Ich überzeugte mich davon, daß er die lautere Wahrheit enthielt. Denn ich habe jene Putzmachermamsell selbst aufgesucht, die Ihre Geliebte gewesen war, bevor Sie mich kennen lernten.«

»Also, wenn ich ohnedies mit ihr brach, als ich Sie kennen lernte –?« sagte der Ingenieur. »Was wollen Sie mehr?«

»Sie sind frivol!« brach sie empört aus. »Können Sie nicht begreifen, was da alles in mir zusammenstürzte? Ich war ein junges Mädchen aus guter Familie, das Ihnen in unschuldsvoller Hingabe die Pforten ihres reinen, unberührten Herzens jubelnd aufgetan hatte, ohne zu ahnen, daß Sie – aus den Armen einer andern kamen!«

Er zuckte die Achseln und schwieg. Wie aus weiter Ferne klangen die Rhythmen der »Ballsirenen« in das versteckte Zimmer, in dem sie saßen, halb beschattet unter den riesigen Fächern einer Latania.

Endlich sagte der Ingenieur mit einer Stimme, in der leichter Spott lag: »Die kleine Putzmacherin, die eine so bedeutsame Rolle in Ihrem Leben gespielt hat, wird mich vermutlich wacker verleumdet haben?«

»Verleumdet meinen Sie? Nein, da tun Sie ihr Unrecht. Sie hatte sich längst getröstet, das können Sie mir glauben! Sie lobte Sie sogar über den grünen Klee und redete mir förmlich zu, recht glücklich mit Ihnen zu werden.«

»Und trotzdem?«

»Vielleicht eben deshalb. Gott, wenn Sie wüßten, wie ich geweint habe! Aber ich hatte meinen Mädchenstolz. So einen Bräutigam aus zweiter Hand gewissermaßen – nein, dafür bedankte ich mich lieber.«

»Und Ihren Herrn Gemahl, den bekamen Sie dann natürlich aus allererster Hand?«

»Von seinem Vorleben wußte ich wenigstens nichts. Und dann war ich auch reifer geworden inzwischen … Sie waren meine erste Liebe gewesen. Oh, was für ein Blütenreich träumt sich da ein junges Mädchen, das in einer reinen häuslichen Atmosphäre aufgewachsen ist! Falsch vielleicht – meinetwegen! Aber doch voll Schönheit und Poesie!«

»Kann das Falsche auch voll Schönheit und Poesie sein?«

»Warum nicht, da die Wirklichkeit so leer davon ist? Leider fährt nur allzuleicht der Frost in so einen jungen Frühling, wie es mir geschah. Aber müßte es sein?«

»Nein, wenn man die Mütter unserer künftigen Kinder rechtzeitig daran gewöhnen wollte, Manneswert nicht nach zimperen Jungmädchenbegriffen einzuschätzen.«

»Ich bin nicht für die Aufklärerei. Das Leben, wie es nun einmal ist, lernt man früh genug kennen. Ein junges Mädchen soll ahnungslos sein wie ein Engel. Besteht nicht gerade darin ihr süßester Zauber?«

»Die Mädchen von heute, gleicherweise hüben wie drüben, die dem Leben ziemlich offen ins Auge schauen, verlieren dadurch nicht an Liebreiz.«

»Es kommen auch bei uns allmählich solche Meinungen auf, ich weiß es; aber ich kehre mich nicht daran. Ich habe meine Tochter genau so erzogen, wie ich selbst erzogen wurde.«

»Wird Ihnen dies gelingen sein?« fragte er, ein ungläubiges Lächeln auf den Lippen.

»Warum nicht?«

Er dachte nach.

»Ich bin kein Erzieher und Jugendbildner. Aber soweit ich das Leben kenne, so scheint mir, daß es eigentlich gar nicht die Eltern sind, die die Kinder erziehen, wie sie selbst immer meinen.«

»Das klingt etwas widersinnig!«

»Ich glaube, daß eine jede Generation das, was sie ist, unabhängig von der vorhergegangenen wird, vielleicht sogar im Gegensatz zu ihr.«

»Und Sie meinen, daß sich die jetzige von der früheren wesentlich unterscheide?«

»Es liegt mindestens ein halbes Jahrtausend dazwischen!«

Frau Fritsch lachte und widersprach. Sie redete sich mit Absicht in Eifer. Es war ihr lieb, daß das Gespräch unversehens sich vom Persönlichen entfernte und einen allgemeinen Charakter annahm. Sie sorgte dafür, daß es die eingeschlagene Richtung nicht mehr verließ, und gewann allmählich die gewohnte königliche Ruhe und volle Herrschaft über sich selbst zurück. So gerieten sie vom Hundertsten ins Tausendste und befanden sich mitten in einer ebenso angeregten als harmlosen Unterhaltung, als plötzlich ein hochgewachsenes Mädchen ins Zimmer stürzte, mit in Auflösung begriffenem Haar.

Eine goldschimmernde Strähne war ihr auf der einen Seite bis in den Zwacken hinabgesunken, daß sie fast einer jungen, blühenden Walkürenmaid glich.

»Mama, wo bleibst du, ich suche dich wie eine Stecknadel! Sieh mich bloß an! Was läßt sich da machen?«

»Aber Kind, Kind, wie siehst du aus!«

»Weil du mich immer noch zu diesem lächerlichen Aufbau zwingst!« schmollte die Walkürenmaid mit einem gleichsam hilfesuchenden Seitenblick nach dem fremden Herrn hinüber. »Ich glaube, ich bin die einzige auf dem Ball, die noch keinen Bubikopf trägt!« Die Mama hatte sich erhoben und zog sie eilends mit sich fort in einen Nebenraum, wo für Spiegel und die notwendigsten Putzgegenstände gesorgt war. Der Ingenieur, durch die rasch wieder entschwundene Erscheinung des schönen Mädchens seltsam aufgewühlt, lauschte in Gedanken versunken den Klängen der fernen Musik. Man spielte jetzt einen »Blue«. Er dachte an das Land jenseits des Ozeans, wo man eine sehnsuchtsvolle Schwermut, die einen gelegentlich befällt, »die blauen Teufel« nennt, »*the Blues*«, und fühlte, daß er doch eigentlich fremd geworden sei, hier, in seiner Heimat …

Als die Damen zurückkehrten, trug das junge Mädchen ihr reiches Haar nur ganz lose und einfach aufgesteckt, und ihm schien, daß es so ihren fast klassischen Kopf viel natürlicher und freier kleidete als früher, wo es zu einem gezierten Aufbau verkünstelt gewesen. Er war aufgestanden und bat darum, dem Fräulein vorgestellt zu werden.

»Es ist ganz verblüffend, wie Sie Ihrer Mutter gleichen«, sagte er, von ihrem Anblick bezaubert.

»Wirklich? Das hat mir noch niemand gesagt!«

Sie errötete, und indem sie ihre Mutter zärtlich umfing, meinte sie lachend: »Dann bin ich ja schön!«

»Geh, geh!« sagte die Mutter abweisend und kühl. »Herr Ingenieur Klausen meint es nicht so. Er will sagen, du erinnerst ihn entfernt an mich, wie ich als junges Mädchen aussah.«

»Kennen Sie meine Mutter schon so lange?«

»Es ist nicht so übermäßig lange her, gnädiges Fräulein«, sagte er galant. »Hätten Sie vielleicht einen Tanz frei?«

»Sie tanzen noch?« wunderte sich Frau Fritsch mit leiser Spitze unter einem starren Lächeln.

»Noch? Nein. Wieder! Das heißt, wenn ich keinen Korb bekomme.«

»Einen Korb? Im Gegenteil!« rief die Walkürenmaid, ohne sich im geringsten zu zieren. »Kommen Sie, aber schnell, da hebt eben ein reizender uralter Wiener Walzer an, die ›Rosen aus dem Süden‹.«

»Gott, gibt es die noch immer?« seufzte Frau Fritsch, indem sie den Arm annahm, den der Ingenieur ihr bot. »Dazu hat man ja schon zu unseren Zeiten getanzt!«

Herr Klausen lachte.

»Die Lieder sind noch dieselben, aber die Vögel sind andere geworden.«

Er führte sie in den Saal und auf ihren erhöhten Ehrenplatz zurück, während Erna neben ihnen herschritt, als wäre sie ihre Tochter. Alls er die Stufen wieder herabschritt, wartete das schöne, große Mädchen auf ihn. Er legte seinen Arm um ihre Mitte und wirbelte mit ihr über das glatte Parkett davon.

»Sie sind sicher Wiener, trotz Ihrer fremden Aussprache«, sagte Erna, während sie durch den Saal flogen.

»Warum?«

»Weil Sie's so schön links herum können.«

»Es sind die ›Rosen aus dem Süden‹, die mir ins Blut gehn. Ich habe vor zwanzig Jahren in demselben Saal zu demselben Walzer getanzt.«

»Da müssen Sie ja fast noch ein Knabe gewesen sein! Übrigens blieben Sie wohl immer in Übung?«

»Ich hatte wenig Gelegenheit zum Tanzen – drüben.«

»Wo – drüben?«

»In Cincinnati.«

»Was taten Sie dort?«

»Arbeiten.«

»Davon müssen Sie mir später erzählen!« sagte das junge Mädchen.

»Gerne! Wollen Sie noch eine Runde?«

»Ich bin gar nicht müde!«

»Also, los!«

* *
*

Mittlerweile hatte Herr Fritsch sich bei seiner Frau eingefunden, um sich dienstbeflissen nach ihr zu erkundigen.

»Wie geht's, Liebste, was machst du immer – wie?«

»O danke«, sagte sie mit einem tief heraufgeholten Seufzer, »ich unterhalte mich glänzend.«

Er mußte ein wenig genippt haben, war rot im Gesicht und summte, während er den kurzen Oberkörper im Takte hin- und herbewegte, die »Rosen aus dem Süden« mit: »Dahi dihi, plum plum plum – dahi dihi, plum plum plum – dahi dihi, plum – dihi, plum – dihi, plum plum plum ...«

»Die Melodie kommt mir so bekannt vor«, sagte er. »Ich habe kein Gedächtnis für Musik, aber wenn ich mich nicht sehr täusche, so haben wir selbst schon in unserer Jugend zu diesem Walzer getanzt.«

»Du sprichst, als ob wir Großeltern wären«, sagte sie, ohne aufzublicken.

»Na, das gerade nicht, aber es kann bald werden – wie?« Ein ungehaltener Augenaufschlag streifte flüchtig seine untersetzte, fast lächerliche Gestalt, aber sofort kehrte das gewohnte liebenswürdige Lächeln zurück.

»Das läßt sich freilich nicht leugnen.«

»Dahi dihi, plum plum plum – dahi dihi, plum ...«

»Wenn es dir nicht lästig wäre«, unterbrach sie mit einem leisen Anflug von Ungeduld, »so würde ich dich bitten, mir eine kleine Erfrischung zu besorgen?«

»Aber mit Wonne, dazu bin ich ja da!«

Er schoß davon, indessen Frau Fritsch durch ihr Lorgnon angelegentlich in den Saal hinausstarrte. Und während auch sie ihr stolzes Haupt unwillkürlich im Rhythmus des alten Walzers leise zu wiegen begann und der Blick der schönen, großen Augen sich trübte, verschwamm ihr das flimmernde Gold, das von den Wänden niederfloß, und das ernste Grün der festlichen Gewinde darüber und das Meer von rosig glühenden Tulpen an der Decke und das ungestüme Wogen der unzähligen schwarzen Fräcke und weißen Busen und backen in ein einziges Chaos voll Weh und Sehnsucht ...

* *
*

Der Ingenieur tanzte nicht bloß diesen einen Walzer mit Erna, er wich fast die ganze Ballnacht nicht mehr von ihrer Seite. Und das junge Mädchen verstand sich so gut mit ihm, daß die Mutter mehr als einmal zum Aufbruch mahnen mußte. Es war spät am Morgen, als die Familie sich endlich anschickte, den Ball zu verlassen. Herr Klausen half den Damen noch ihre Mäntel umlegen und bemühte sich bis zum letzten Augenblick gefällig, wenn auch mit einer gewissen freien Gelassenheit, nicht weniger um die Mutter wie um die Tochter. Er verabschiedete sich nicht eher, als bis er sie bis an ihren Wagen geleitet hatte.

»Ein charmanter Mann das«, sagte Herr Fritsch, während sie über den Ring sausten. »Es war mir wirklich ein Vergnügen, seine Bekanntschaft gemacht zu haben. Du hast ihn doch aufgefordert, unser Haus zu besuchen – wie?«

»Leider versäumte ich es«, antwortete die Gattin knapp.

»Na, es läßt sich nachholen. Einen so munteren Gesellschafter hab' ich selten getroffen.«

Frau Fritsch schwieg. Sie kannte die aufreibende Eigenheit ihres Mannes, zu ungelegener Zeit, wenn man schon halb ans Schlafen dachte, auf einmal unendlich redselig zu werden, und mußte jedesmal ihre ganze Selbstbeherrschung aufbieten, wollte sie die gewohnte Haltung darüber nicht verlieren.

»Während des Soupers«, begann Herr Fritsch abermals, »hat er den ganzen Tisch mit seiner sozusagen erotischen Fröhlichkeit angesteckt. Übrigens war es nicht zu verkennen, daß er unsere Erna auszeichnete. Er hat sie nicht nur zum Souper geführt, ich sah ihn auch schon vorher wiederholt mit ihr plaudernd in einem der kosigen kleinen Nebenräume sitzen. Hab' ich nicht recht, Erna? Wie –?«

»Eine Auszeichnung möchte ich das wirklich nicht nennen«, verbesserte die Mama und gähnte.

»Ich meine nur – es ist ja vielleicht nicht der richtige Ausdruck; aber es hat mich gefreut. Denn bei all dem muß man zugestehen, daß er sich tadellos benahm, obgleich er in Cincinnati zu Hause ist. Nach dem Abendessen zum Beispiel – das war entschieden korrekt, daß er zuerst dir den Arm bot und dich auf die Patronessenestrade führte, eh' er mit Erna den Souperwalzer tanzte. Ein junger Mann, der zweifellos *Savoir vivre* hat.«

»Für einen *jungen* Mann kann der Ingenieur wohl kaum gelten«, bewerkte die Gattin, während ihr schon fast die Augen zufielen.

»Es ist schließlich ein jeder so jung oder so alt wie … wie …«

»Wie er eben ist«, ergänzte die Mama nicht ohne Schärfe.

Jetzt fiel es Herrn Fritsch, der stets ein besorgter Familienvater war, plötzlich auf, daß Erna den Eltern die ganze Zeit stumm gegenübersaß, ohne sich am Gespräch zu beteiligen. Er tätschelte zärtlich ihre Handschuhe und fragte beunruhigt: »Dir fehlt doch nichts, Kind? Oder hast du dich am Ende nicht unterhalten?«

»O sehr! Ausnehmend gut, Papa! Es war einfach herrlich!«

Beim flüchtigen Schein einer Straßenlaterne, die an ihnen vorüberflog, sah er für einen Augenblick ihre Augen glänzen, die groß und strahlend waren wie die Sterne in einer dufterfüllten Frühlingsnacht …

Da überkam auch ihn ein jugendliches Gefühl unbestimmten Glückes.

»Bei diesem Walzer«, sagte er zu seiner Frau, »bei diesem alten, weißt du, zu dem wir selbst noch getanzt haben … dahi dihi, plum plum plum … Wie –?«

Frau Fritsch erwachte. Aufgereizt durch sein beharrliches Gerede, herrschte sie ihn an: »Gut, gut, ich weiß, bei diesem Walzer – wie? Und wieder: wie? Und noch einmal wie –? Also, bitte, was ist nun eigentlich mit diesem Walzer? Wie –?«

»Ja, bei diesem Walzer ist mir ganz eigen zumute gewesen. Fast, als ob ich noch was anstellen müßte, eh' es endgültig zu spät ist. Wie –?«

Er lachte aufgeräumt vor sich hin.

»Das fehlte dir gerade noch!« sagte sie empört.

Aber da hielt endlich der Kraftwagen vor dem stattlichen Geschäfts- und Familienhaus von Schwegel & Fritsch.

»Da wären wir!« sagte die Mama aufatmend und versuchte selbst den Schlag zu öffnen, um nur schnell aus dem Wagen zu kommen.

*   *
*

Vor dem Schlafengehen war sie noch eine Zeitlang mit Erna beschäftigt, das Ablegen des Putzes forderte allerlei Handgriffe. Es gab Schleifen zu lösen, Haften aufzunesteln, Stecknadeln herauszuziehen. Auch in der Kleidung hielt Frau Fritsch allzugroße Freiheit der Jugend für unpassend, weshalb sie der Tochter eines jener Stilkleider aufgezwungen hatte, wie sie zum Glück gerade modern waren. Plötzlich fiel das junge Mädchen der Mutter um den Hals und preßte sie an sich, als ob sie sie erdrücken wollte.

»Na – Kind, Kind! Was ist denn?«

»O, Mama, ich bin so glücklich! Wirst du mir nicht böse sein? Ich habe mich verlobt!«

»Um Gotteswillen!«

»Du hast doch nichts gegen ihn einzuwenden?«

»Ja, wer ist es denn? Mit wem denn? So sprich doch!«

»Mit dem Amerikaner!«

»Mit – Artur Klausen?«

»Gott, du siehst so erschrocken drein, Mama! Du wirst doch nicht dagegen sein?«

Frau Fritsch schluckte und schöpfte Atem.

»So laß mich nur erst zu mir kommen!«

»Mama«, rief das junge Mädchen glühend, »er ist ein prächtiger, ein einziger, ein herrlicher Mann!«

»Kind, Kind!« stammelte die Mutter, nach Fassung ringend … »Mit einem so reifen, mit einem so viel älteren Manne!«

»Aber das ist doch gerade das Schöne, daß er schon so viel, so viel gesehen und erlebt hat!«

Die Mama hatte sich setzen müssen.

»Jawohl, erlebt!« sagte sie bitter und mit Tränen in den Augen. »Du armes, unschuldiges Kind! Viel erlebt hat der freilich! Bildest du dir vielleicht ein, daß du seine erste Liebe bist?«

»Nein!« versetzte Erna lächelnd. »Das bild’ ich mir wirklich nicht ein, Mama, dafür kenn’ ich die Welt und die Männer zu gut, das kannst du mir glauben! Seine erste Liebe bin ich sicher nicht, aber vielleicht – seine letzte! Was meinst du? Die müßte dann doch vorhalten?«

»In dieser Angelegenheit«, sagte Frau Fritsch streng, »werden deine Eltern auch noch ein Wort mitzureden haben!«

Sie erhob sich und küßte ihre Tochter auf die Stirn.

»Du bist noch sehr, sehr jung, mein Kind. Eine solche Sache will gut überlegt sein. Dazu haben wir noch Zeit genug vor uns, reichlich viel Zeit. Für heute wollen wir zu Bette gehn.«

»Gute Nacht!« hauchte Erna, die ganz blaß geworden war. »Aber, liebste Mama –«

»Noch etwas?«

»Damit du es gleich weißt: Gar soviel Zeit haben wir wirklich nicht mehr, siehst du. Denn in drei Wochen muß er nämlich nach Amerika zurück ...«

»Nun?«

»Und da haben wir also ausgemacht, daß er gleich heute an die Red Star Line telegraphiert, um Plätze zu belegen.«

»Plätze? So fest beschlossen ist das schon alles?« rief die Mutter starr.

»Sonst könnt' es uns nämlich leicht passieren, daß wir mit einer geringeren Kabine vorlieb nehmen müßten. Und das wäre dann wirklich lästig – das mußt du einsehn, Mama! Es handelt sich doch um eine Hochzeitsreise, nicht wahr, wen sie uns auch zugleich an unseren Bestimmungsort führt.«

Frau Fritsch schlug kopfschüttelnd die Hände zusammen und zog sich stumm in ihr Zimmer zurück. Einen Augenblick überlegte sie, ob sie noch ihren Gatten verständigen und sich mit ihm besprechen sollte.

Als sie an der Tür lauschte, hörte sie ihn in seinem Schlafzimmer hin- und hergehen und die »Rosen aus dem Süden« trällern: »Dahi dihi, plum plum plum – dahi dihi, plum plum plum – dahi dihi plum – dihi plum – dihi, plum plum plum ...«

Da fiel ihr das Wort Klausens wieder ein: »Die Lieder sind noch dieselben, aber die Vögel andre geworden.« Und sie verzichtete darauf, mit ihrem Manne zu sprechen. Hatte er sich nicht in den wärmsten Ausdrücken über den Amerikaner geäußert? Und selbst wenn es ihr gelang, ihn auf ihre Seite zu bringen – würde das entschlossene Paar, das sich auf diesem unglückseligen Balle gefunden hatte, nicht trotzdem seinen Willen durchzusetzen wissen? Zum ersten Male wurde sie der ganzen ungeheuerlichen Größe jener Umwandlung sich bewußt, die Zeiten und Menschen erfahren haben mußten, seit sie selbst ein junges Mädchen gewesen. Wie hatte der Ingenieur, der Grausame, doch gesagt? Mindestens ein halbes Jahrtausend liege dazwischen! ...

So alt war sie also schon? Sie fühlte, daß ihr schließlich nichts übrig bleiben würde, als nachzugeben.

Der taubstumme Börsenkönig

Wo ihrer vier oder fünf Mädel Arm in Arm gehen, auf dem glatten Fahrstraßel neben der schäumenden Ache, da machen sie bunte Reihe, immer eine bäurische und eine herrische, abwechselnd. Dann wehen die lichten Schleier oder Federn oder Stoffblumen auf den fürnehmen Strohhüten der Fräuleins im herben Wind der Rieserferner neben den breiten schwarzen Bändern, die hinter den flachkrempigen Seidenhüteln der »Moidelen«[1] herflattern. Und doch sind, die unter so verschiedenem Kopfputz hinschreiten, Geschwisterte, oder wenigstens Geschwisterkind, oder Gefreundete zum Allermindesten. Das macht, daß die Deferegger, seit hundert Jahren bald, enge Beziehungen zur Stadt pflegen. Kein Hof in dem an die neun Wegstunden langen Hochtal, von der Huben über Hopfgarten, St. Veit und den Hauptort St. Jakob bis zum Talschluß hinter Erlsbach – der nicht den Vater, einen Sohn, eine Tochter, oder gleich mehrere Söhne oder Töchter in die Fremde entsendete, daß sie mithelfen die Heimat halten, da draußen, wo man Geld verdient. Und dieses »Draußen« ist weit weg, eine kleine Tagreise, bis man nur an die Eisenbahn kommt, und war früher noch viel weiter, eh' der nächste Schienenstrang es gewagt hatte, zwischen dem wilden Fluß und den wilden Abstürzen hin sich einen Weg durch das bergige Land zu beißen.

Auf dem zierlich geschnitzten Sölder eines dunkel holzbraunen Bauernhauses sitzt eine kranke Frau, und ich sitze ihr gegenüber. Aber ich bin noch ganz jung, ein fröhliches Studentlein aus Wien, das sich trotzdem im lieben Tirol, soweit der rote Adler seine Fittiche spannt, so gut wie zu Hause fühlt und seine Ferien gern dort verbringt. Denn ein paar Gymnasialjahre hindurch hatten die guten Patres Benediktiner vom Kloster Marienberg im Vintschgau mich in der Lehre gehabt, und in dem Land, wo man einmal zur Schule gegangen ist, da hat man sein Lebtag ein Stück Heimat. Darum sitze ich als eine Art Landsmann neben der kranken Frau, nicht als ein Fremder. Als ein halber Deferegger beinahe. Die schnebbelnden Forellen im Defereggenbach, waren sie nicht stumm gewesen, hätten

---

1   Maid, Tiroler Bauernmädchen.

davon zu erzählen gewußt, wie ich an Geschicklichkeit, ihnen nachzustellen, längst keinem Einheimischen mehr etwas nachgab.

Die leidende Frau, die auch noch ganz jung ist und städtische Kleider trägt, läßt sich die spröde Herbstsonne auf den Rücken scheinen; ihr Gesicht ist wächsern wie das einer Toten fast. Vor zwei Jahren erst hat sie hinausgeheiratet, in eine nordböhmische Fabrikstadt, keinen Dortigen natürlich, sondern wieder einen Defregger, der es auswärts durch einen kleinen Handel zu Wohlstand gebracht. Jetzt ist sie heimgekehrt, weil die Ärzte es ihr geraten haben. Wenn sie überhaupt noch gesund werden kann, so nur im Defreggen.

»Und den ganzen Winter wollen Sie bleiben? Wo doch dreizehn Wochen lang kein Strahl Sonne ins Tal scheint!«

»Ich bin es von Jugend auf nicht anders gewöhnt. In der Wirtschaft kann ich auch noch ein bissel mithelfen, die Mutter wird alt ... Und die Heimat bleibt halt doch die Heimat ...«

Vor einigen Tagen ist der erste Schnee gefallen, Mitte September. Nur zögernd weicht er von der schmalen Talsohle und von den schwarzen Dächern der schattseitigen Häuserrotte, die den sonderbaren Namen Rinderschinken tragt. Die düsteren Tannen auf dem steilen Berghang dahinter sind noch wie bezuckert.

»Die alle haben ihr Heimatl gehalten«, sagt sie traurig, mit der Hand auf die dürftigen Holzhütten weisend, »und wir täten uns sogar leichter, weil wir sonnseitig liegen. Die einzigen in Rinderschinken, die eine Harpfen[2] voll Roggen haben ... Wenn das mit dem Vater nicht wäre ... Sie kennen ihn ja –?«

Ich begriff, daß es nicht bloß das Kranksein war, das an ihr zehrte. Wer kannte den Agapitl aus Rinderschinken nicht!

»Bin doch erst jüngst bei seinem Abschieds-Valetl[3] mit dabei gewesen!«

»Der hat es auch not, ein Abschieds-Valetl zu geben! ...«

Von den Prahlerischen und Lauten war er einer, die man nicht leicht übersieht. Ein Trinker, ein Kartler, einer jener Dorfspaßmacher mit rot unterlaufenen Augen, deren Lustigkeit immer etwas künstlich Überhitztes zu haben scheint. Bei der erwähnten Abschiedsfeier im Oberwirt zu St. Jakob, ehe er wieder hinausgewandert war, um in

2   Harfenartiges Holzgestell zum Einschichten der Garben.

3   Abschiedsfest.

die Stadt und zu seinem Geschäft zurückzukehren, hatt' ich ihn Liedeln singen hören, zur Klampfen. Und Schnurren erzählen, daß die ganze Gaststube grölte. Und schließlich schreien und großsprechen: wie er der Gescheiteste sei im ganzen Defereggen und der Schläuest', und wie ihm die Gulden mühlos nur so in den Sack regneten, draußen in der Fremde, indessen die andern, die tasigen Zöch,[4] sich abschunden um ihre paar armseligen Kreuzer ... Daran erinnerte ich mich jetzt.

»Der Veiter«, sagte ich lächelnd, »hat Streit angehebt neulich. Um das Spielen auf der Börse ist es gegangen, weil der Vater sich gerühmt hat, wieviel daß er draußen verdient. Und wie sie wissen wollen, bei welchem Geschäft, da behauptete er, er verstünd' es, mit Papieren auf der Börse zu spekulieren. Sie lachten ihn bloß aus und nannten ihn den Börsenkönig. Leicht hätt' es zu einem großen Raufen kommen können, wär' so was üblich hier im Defereggen.«

»Da ist er halt wieder einmal angetrunken gewesen«, sagte die junge Frau beschämt. »Aber Sie müssen nicht glauben, daß er immer so war. Eigentlich kennen Sie ihn doch nicht, und ich kenn' ihn auch nicht mehr. Ein ganz anderer ist er geworden, die paar Jahre, die ich aus dem Hause bin ... Wissen Sie, daß Sie mir einen großen Gefallen tun könnten?«

Ich blickte sie an.

»Wenn Sie ihm ein bissel nachfragen wollten – bei Gelegenheit?«

»In Wien, meinen Sie?«

Sie nickte.

»Es muß irgend etwas nicht ganz in Ordnung sein ... Früher, wie er noch beim Leinwandhandel war, da ist alles ganz anders gewesen. Wenn er über den Sommer heim gekommen ist, der Mutter und uns Schwestern bei der Arbeit auszuhelfen, so hat er jedesmal ein Erspartes mitgebracht. Viel ist es nie gewesen, aber sauer verdient, darum hat er es festgehalten. Jetzt bringt er das drei- und vierfache heim, aber es ist kein Geben mehr dabei, und er versauft es. Die Mutter hat schon aufnehmen müssen auf den Hof, und wenn es so fortgeht, wirtschaften wir ab. Eine Schande ist das im Defereggen!«

Mir war es bekannt, wie die Defereggger es halten. Die Liebe zur Heimat treibt sie hinaus. Als Teppich- und Uhrenhändler, im Leder-

4   Dämliche Einfaltspinsel.

oder Leinwandgeschäft kommen sie weit herum. Als Verkäufer und Verkäuferinnen, als Angestellte, Arbeiter und Arbeiterinnen in den großen Strohhutfabriken oder in den stattlichen Uhrenniederlagen der Reichgewordenen verdingen sich Hunderte, derweilen Weiber und Kinder oder jüngere Geschwister zu Hause wirtschaften. Das Tal ist karg, liegt tausend Meter und mehr über See, hochgetürmte Uralpenzüge zwängen es ein. Unmöglich kann eine ganze Familie auf so einem Bauernhof satt werden, und wollte man von seinem Ertrag allein leben, so hieße das Schulden darauf häufen und ihn schließlich erst recht verspielen. Aber die Rüstigen und Unternehmenden helfen ihn halten mit dem auswärts verdienten Gelde. Und wenn sie Sommers heim kommen auf ein paar Wochen, oder auf ein paar Monate, je nachdem ein jeder es vermag, so finden sie ihr Heimatl wieder, und das ist ihre Freude und ihr Stolz. Seit Menschengedenken ist kein Anwesen in fremde Hände übergegangen. Der Deferegger verkauft nicht und hat es auch nicht nötig. Er weiß, daß die Liebe zur Scholle allein es nicht tut, wenn man die Hände dabei in den Schoß legt. Er begreift, daß es gilt, die Zähne zusammenbeißen und um die Heimat kämpfen.

»Was für eine Art Geschäft ist es eigentlich, das der Vater jetzt betreibt?« fragte ich.

Die blasse junge Frau sah bekümmert drein und wischte sich Tränen aus den Äugen.

»Wir wissen es nicht, und keiner weiß es. Die Leute munkeln allerhand und wundern sich, woher er das Geld nimmt zum Vertun. Ein paarmal hab' ich sogar schon prachten[5] hören, als ob er was Unrechtes triebe, in der Stadt draußen. Er ist ganz still darüber, bloß wenn er getrunken hat, dann prahlt er gern mit seinem guten Verdienst und erzählt es herum, wie er sich jetzt nicht mehr zu plagen brauche, und wie leicht man sich tue, wenn man es verstünde wie er. Aber das kann doch alles nur Aufschneiderei sein, das mit dem Spekulieren auf der Börse – oder halten Sie es wirklich für möglich?«

Ich mußte lächeln, so leid es mir tat, daß gerade dieser eine so aus der allgemeinen, biederen und treuen Art geschlagen haben sollte.

»Dabei läßt er den Hof verkommen«, sagte sie weinend. »Wenn er so forttut, überleb' ich es nicht. Das Kranksein könnte sich viel-

5   klatschen

leicht noch geben, zu Haus, bei der gewohnten Arbeit; aber die Schande bringt mich unter die Erde!«

Ich suchte sie zu beruhigen und zu trösten, so gut ich es vermochte, und versprach hoch und teuer, mich in Wien um den Vater umzusehen.

Als ich bald darauf den Defereggenbach entlang talabwärts zog, um in die Stadt und zu meinen technischen Studien zurückzukehren, war der Schnee fort, ein entzückend klarer, blauer Herbsthimmel hing über den finstern Gneis- und Schiefergebirgen. Hoch oben auf einer »Harpfen« stand der Veiter, den ich kannte, und schlichtete Garben ein.

»Giahn Sie jetzt af Wian?« rief er mir herunter. »Grüßen Sie Agapiten, bal' Sie ihn sehen!«

»Den Agapitl aus Rinderschinken meinen Sie? Den Leinwandhausierer?« gab ich mich verstellend zurück.

»Den Börsenkönig heißt man ihn jetzt!« sagte lachend der Veiter. »Das Leinwandhausieren ischt ihm lang zu schlecht. Der verdiant jetzt einen Haufen Geld mit Spekulieren. Bal' ich wüßt', wie man's macht, tat ich's auch probieren.«

»Es ist ganz einfach«, sagte ich scherzend; »wie bei der Lotterie ungefähr. Wenn man gesetzt hat, und es kommt das Richtige heraus, so hat man gewonnen.«

»Da soll er halt für mich auch amal setzen, der Agapit«, meinte der Veiter, auf den Scherz eingehend. »Aber bloß, wenn er sicher weiß, daß das Richtige herauskommt – sagen Sie ihm das sell!«

* *
*

Trotz meiner emsigen Bemühungen gelang es mir nicht, in der Stadt eine Spur des Börsenkönigs von Defereggen aufzufinden. Polizeilich war er unter seinem Namen nicht gemeldet, und zu Haus hatten sie mir auch nichts Näheres sagen können; die spärlichen Sendungen, die sie an ihn abgehen ließen, hatte er sich postlagernd ausgebeten. Der halbe Winter ging herum, ohne daß ich meinem Ziele näher gerückt wäre. Schon fing die Sache an, bei mir in Vergessenheit zu geraten, als ein Brief aus Defereggen mich wieder daran erinnerte. Die junge Frau schrieb mir, die Luft der Heimat und das gewohnte Leben hatten ihr schweres Leiden schon ein gut Stück gebessert.

Wäre der Kummer um den Vater nicht, der noch immer an ihr zehre, und auch die Sorge um das Anwesen, das durch seine Liederlichkeit verloren zu gehen drohe, so hätte sie Zutrauen genug in sich, mit Gottes Hilfe noch einmal ganz gesund zu werden. Ob ich denn mein Versprechen vergessen und dem Vater nicht nachgefragt hätte?

Gerade um diese Zeit komme ich einmal auf meinem Weg nach der Hochschule durch den »Schmeckerden Wurm«, eines jener sogenannten Durchhäuser, deren sich bekanntlich viele in der inneren Stadt Wien noch heute erhalten haben. Da steht ein Bettler in einem Winkel, ein kleines klimperndes Spielwerk an einem Lederriemen vor der Brust, ein Blechschüsselchen darauf, in dem ein paar Kreuzer liegen. Ich stutze und stehe still. Trotz der Lumpen, in die er gehüllt war, hatte ich den Mann erkannt. Trotz der langen grauen Bartstoppeln, die sein Kinn und seine Wangen unordentlich überwucherten. Trotz der großen schwarzen Brille, die nicht nur die ganzen Augenhöhlen verdeckte, sondern auch seitlich an den Schläfen mit dunklen Schutzgläsern versehen war. Um den Hals hing ihm ein Blechtäfelchen, darauf stand geschrieben: »Taubstumm!«

Eine tolle Laune überkam mich, den gerissenen Fuchs zu fangen. Und indem ich dicht an ihn herantrat und eine Münze in den Blechteller fallen ließ, fragte ich gleichsam teilnehmend: »Agapitl aus Rinderschinken, bischt denn auch – blind?«

Er konnte natürlich meine Frage weder vernommen haben, noch beantworten, anscheinend hatte er doch, seit wir einander das letztemal gesprochen, Gehör und Sprache verloren. Dennoch bemerkte ich deutlich, wie er zusammenzuckte und unruhig wurde. Meine plötzliche Anrede, mein unerwartetes Auftauchen schienen ihn zu erschrecken und verwirrt zu machen. In diesem Augenblick mochte er die Übersicht über die verschiedentlichen Gebrechen, die ihn von einem Verkehr mit der Außenwelt abschlossen, gänzlich verloren haben, denn in kläglichem Ton kam die Antwort von den Lippen des Taubstummen: »Nur lei an blassen Schein hun i.«[6]

Das kleine Spielwerk klimperte den Radetzkymarsch, und ich lachte Tränen.

*　*
*

6   Bloß einen blassen Schein habe ich.

Ich war so frei gewesen, ihn für den Abend in eine verborgene Tiroler Weinstube einzuladen, da ich etwas mit ihm zu besprechen hätte. Wer mich aber sitzen ließ und nicht erschien, war mein Agapitl. Am nächsten Tage ging ich abermals durch den »Schmeckerden Wurm«. Der taubstumme Agapit aus Rinderschinken mit dem blassen Schein vor den halb erblindeten Augen war verschwunden.

Den darauffolgenden Sommer hatte ich von früh bis spät für Prüfungen zu arbeiten. Erst gegen Herbst kam ich wieder ins Defereggen. Als ich mich, fröhlich talauf wandernd, der Rotte Rinderschinken näherte, da stand abermals der Veiter auf seiner »Harpfen« und schichtete Roggengarben ein. Meine erste Frage war nach Agapiten seiner Tochter? Und wie es ihr den Sommer über ergangen wäre? Zu meiner angenehmsten Überraschung erfuhr ich, daß sie inzwischen völlig genesen und dahin zurückgekehrt sei, wo ihr Mann lebte. Die Freude, daß der Vater wieder ein ordentlicher Mensch geworden, sollte sie gesund gemacht haben.

»Und der Agapitl«, fragte ich erstaunt, »ist der jetzt nicht mehr der Börsenkönig?«

»Der sell giaht wieder mit Leinwand hausieren wie eh'«, sagte der Veiter. »Mit dem Spekulieren auf der Börs' ischt es halt döchterst niacht Rechtes. Wo's zu leicht einfluigt, fluigt's auch zu leicht wieder aus.«[7]

Als der Tochter Kunde zukam, ich wäre wieder in Defereggen, schrieb sie mir einen dankerfüllten Brief. Ganz allein mein Verdienst sollte es sein, daß der Vater wieder ordentlich geworden sei und das Saufen aufgesteckt habe. Denn nur über mein eindringliches Zureden sei er, nach seinem eigenen, aus freien Stücken abgelegten Geständnis, zum Leinwandhandel zurückgekehrt und hätte dem Spekulieren auf der Börse abgeschworen.

Ich ließ das unverdiente Lob auf mir sitzen, schwieg und freute mich nur im Stillen des Erfolges.

Der Agapit aus Rinderschinken ging mir seither aus dem Wege wie das gebrannte Kind dem Feuer. Stets hatte er bei irgendeinem entlegenen Hof dringlich etwas zu bestellen und kletterte pfadlos, rechts oder links, wie es sich gerade schickte, die Berglehne hinan, wenn er mich nur von weitem daherkommen sah. Irgendein wunder-

---

7   Wo Geld leicht eingeht, wird es auch leicht wieder ausgegeben.

tätiges Augenwasser mußte ihn nicht bloß wieder sehend, sondern sogar scharfsichtig wie einen Falken gemacht haben.

Einmal indessen gelang es mir trotzdem, seiner habhaft zu werden. Es war bei dem »Abschieds-Valetl«, das der Veiter für seinen Buben gab. Da sah ich ihn eingekeilt zwischen Gefreundeten am Wirtstisch sitzen, und als ich boshaft genug war, gerade ihm gegenüber Platz zu nehmen, konnte er mir natürlich nicht mehr entwischen. Er stieß mit mir an und bemäntelte seine Verlegenheit mit lautem und prahlerischem Gehaben. Diesmal war ich daran schuld, wenn er sich einen Zopf trank. Der Tiroler »Reatl«[8] ist leicht, und wer sich Mut daraus holen will, muß die Flasche mehr als einmal frisch füllen lassen.

Als nach und nach mit dem besoffenen Elend auch die Aufrichtigkeit über ihn kam, da fing er gegen mich zu wettern an. Ein Höllenzoch sei ich, ein vertuifelter! Wie der Kaiser Aurelian seinen Namenspatron, den heiligen Agapitus, gefoltert hätte, indem er ihm glutige Kohlen aufs Haupt legte – geradeso hätt' ich es ihm gemacht. Das werde er mir nicht vergessen und schon noch einmal heimzahlen!

Er zeigte mir sogar die Faust und sah grimmig drein, aus seinen wieder rot unterlaufenen Augen.

Die anderen, die nicht verstanden, um was es sich handelte, wunderten sich und wollten wissen, woher die Feindschaft? Ihre Fragen, was es zwischen mir und Agapiten gegeben hätte, ernüchterten ihn. Er erschrak, es wurde ihm plötzlich klar, daß der Wein ihn zu unsinnigen Reden verleitet hatte, und daß es besser gewesen wäre, den heikelsten Punkt seines Vorlebens lieber unberührt zu lassen.

Es sei alles nur Spaß gewesen, wollte er jetzt glauben machen, aber niemand hörte mehr auf ihn. Alle drangen sie in mich, ich wüßte sicher Näheres über Agapitls Spekulieren an der Börse, das sollt' ich ihnen zum besten geben.

Der Agapitl selbst war inzwischen ganz kleinlaut geworden und demütig. Er sah mich an wie einer, der fußfällig um Schonung fleht, und ich hielt es für ratsam, Gnade vor Recht ergehen zu lassen.

»Von mir aus mag das Vergangene begraben bleiben«, sagte ich; »dem Reumütigen soll man nichts mehr nachreden. Darum kehrt ihr anderen nur vor eurer eigenen Tür, der Teufel legt einem jeden

8   Rotwein

Fallstricke, und mancher, der sich über seines Nächsten Fehler den Mund zerreißen möchte, ist vielleicht selbst schon auf dem besten Weg ins höllische Feuer.«

Diese Sprache wurde verstanden, man ließ von Agapiten ab und forschte nicht weiter nach seiner Vergangenheit. Dem zerknirschten Sünder aber mochte es wie eine Zentnerlast vom Herzen gefallen sein, daß ich ihn nicht verraten hatte. Wenigstens faßte er über den Tisch hinweg nach meiner Hand und zerdrückte sie fast zwischen seinen großen, groben Händen. Es lag ein gottsheiliges Versprechen in diesem Händedruck.

Und er hat sein stummes Gelöbnis wirklich gehalten, der Agapit aus Rinderschinken. Er erlitt keinen Rückfall mehr, weder ins Spekulieren an der Börse noch in die Taubheit, noch in die Stummheit, und in die Blindheit nur ab und zu, wenn ich ihm zufällig begegnete. Dann kam es wohl vor, daß er mich gern übersah, wen es leicht sein konnte. Ich glaube, ich bin für ihn zeitlebens so etwas wie ein Kaiser Aurelian geblieben. Vielleicht fielen ihm bei meinem Anblick immer wieder die glühenden Kohlen auf seinem Haupte ein – und daran läßt sich schließlich niemand gern erinnern.

Dem Leinwandhandel ist Agapit treu geblieben bis an sein seliges Ende. Allsommerlich, wenn er aus der Stadt zurückkam, brachte er manchen sauer verdienten Gulden mit und lieferte ihn getreulich ab. Der Hof wurde gehalten wie alle Höfe im Defereggen, er befindet sich noch heute im Besitz der Familie. Und wenn die Auswärtigen, die dazugehören, über Sommer heimkehren, so wissen sie, wo sie zu Hause sind.

Schicksal

»Ein semmelbrauner Pinscher, ziemlich reine Rasse, preiswürdig zu verkaufen.«

Diese Ankündigung brachte das Morgenblättchen.

Die Leute saßen noch beim Frühstück, da kam schon ein Herr und fragte nach dem Semmelfarbenen. Eigentlich war's nur ein Mann, aber er sah vertrauenerweckend aus in seinem anständigen Rock, mit seinem gutmütigen, runden Gesicht.

»Bei dem wird er's gut haben«, dachte die Eigentümerin des Pinschers. »Soll ich mit mir reden lassen? Zwanzig Schilling dacht' ich, wär' doch nicht zu viel.«

Schnauzer wurde gerufen. Aus der Ecke eines grünen Sofas, wo er zusammengerollt lag, entwickelte er sich allmählich, dehnte sich, sprang herab und kam mißtrauisch näher. Mit der »ziemlich reinen Rasse« war es freilich nicht weit her. Wer weiß, was für Romane sich in seiner Familie abgespielt hatten! Vermutlich hatte irgendein verführerischer Pudel und vielleicht auch einmal ein verliebter Dachs in seinem Stammbaum einen Ehrenplatz einnehmen müssen, vorausgesetzt, daß Stammbäume dazu da sind, die volle Wahrheit zu berichten. Aber sind sie wirklich dazu da?

Übrigens besaß Schnauzer keinen anderen Stammbaum als den ganz offenkundigen, der aus seinem Gesicht und aus seiner ganzen, etwas vertrackten Gestalt abzulesen war. Warum man sich entschieden hatte, ihn gerade einen Pinscher zu nennen? Vermutlich wegen seiner nicht abzuleugnenden semmelbraunen Farbe und dann wohl auch darum, weil der Kopf doch der wichtigste Bestandteil eines Wirbeltieres ist und Schnauzers seiner mit dem struppigen Schnurrbart, den gestutzten Ohren und runden braunen Augen in der Tat einige Ähnlichkeit mit dem Kopf eines Pinschers zeigte. Der langgestreckte, walzenförmige Leib und die stämmigen etwas zu kurzen krummen Beine paßten freilich zu diesem Kopf wie die Faust aufs Auge. Und das war der guten Frau, die den Hund verkaufen wollte, noch nie so stark aufgefallen als gerade jetzt, wo sie die Blicke des fremden Mannes kritisch prüfend, wie sie meinte, auf ihren Liebling gerichtet sah.

»Ganz rein ist er gerade nicht ...« sagte sie kleinlaut und ließ im Geiste einen Schilling vom Preise nach.

»Macht nix«, meinte der dicke Mann, der ihre Bemerkung mißverstand; »gann man ihm abgewennen.«

Sie begriff, was er meinte, und fühlte sich in ihrem Stolz als Hausfrau und Hundemutter gekränkt.

»Oh, zimmerrein ist er schon!« rief sie eifrig und schlug rasch den Schilling wieder auf. »Was glauben Sie denn? Ist beinah' ein Jahr alt, und ich hab' ihn selber aufgezogen! Gell, Schnauzer? Und er ist so ein williges, braves Hunderl! Die gute Stund' selbst! Was er einem an den Augen absehen kann, tut er. Oh, zimmerrein ist er schon lange, da fehlt nichts! Aber mit der Rasse – ja, das versteh' ich freilich nicht so genau, das muß ich schon sagen. Unehrlich will ich nicht sein, wenn ich ihn schon hergeben muß. Die Mutter, die war wohl ein Pinscherl, aber vom Vater – von dem wissen wir halt nichts.«

Der fremde Mann schien es mit der Rasse nicht besonders genau zu nehmen. »Macht nix, macht nix!« wiederholte er gewissermaßen tröstend. »Hauptsach' ist: was soll Hund gosten?«

»Ja, wissen Sie«, sagte die Frau, »der Schnauzer ist halt mein Nadelgeld. Als ganz kleiner hat ihn mein Mann geschenkt bekommen. Ziehst ihn auf, sagt er, richtest ihn ab, sagt er, was du dann dafür bekommst, sagt er, ist dein Nadelgeld, sagt er. Schwer wird's mir eh, daß ich ihn soll hergeben. Wie ein eigenes Kind hab' ich ihn gern, den Schnauzer!«

Sie führte den Zipfel ihrer Schürze an die Augen und liebkoste das Tier, das ernst und zweifelnd zu ihr aufblickte.

»Überhaupt ein gutes, treues Hunderl!« fuhr sie fort. »Und gelehrig ist er Ihnen – wie ein Pudel. Schnauzer, schön Pratzerl geben! – Nein, das rechte Pratzerl! – So! Schön! Brav! – Schnauzer, wie spricht der Hund? – Na, brav's Hunderl sein! – Schnauzer, wie spricht der Hund?«

Schnauzer bellte ein paarmal schüchtern und sah dabei furchtsam nach dem fremden Manne hinüber, ob er es nicht am Ende übelnehmen würde.

Der nickte beifällig mit dem Kopfe und murmelte halb verlegen einige anerkennende Worte.

»Gann vielleicht auch aufwarten?« fragte er höflich, wie um der Frau etwas Verbindliches zu sagen.

Die Frau legte bedauernd die Hände ineinander und ließ im Geiste den Schilling wieder nach. »Da muß ich schon die Wahrheit reden«, sagte sie, »aufwarten kann er nicht, das Sitzen, das bringt er halt einmal nicht zusammen. Geplagt haben wir uns ehrlich, er und ich – gelt, Schnauzer? – aber es ist halt nicht gegangen. Ja, das sag' ich offen, wie es wahr ist, lügen mag ich nicht, und wenn ich ihn schon hergeben muß, bei der Wahrheit bleib ich deswegen doch. Sonst ist er wohl sehr gelehrig, aber aufwarten kann er halt nicht.«

Der dicke Mann schien aber auch auf das Aufwarten keinen besonderen Wert zu legen. »Macht nix! Macht nix!« sagte er abermals. »Hunderl war mir grad recht, ob aufwarten gann, oder net. Was soll gosten?«

»So einer, der ihn aus lauter Lieb' nimmt«, meinte die Frau gerührt, »wär' freilich das richtige Herrl für den Schnauzer.« Und sie ließ endgültig einen weiteren Schilling nach, als sie den Preis nannte.

Der dicke Mann war es zufrieden und zählte das Geld auf den Tisch. Die Schnauzer-Mutter fand es nobel, daß er nicht gefeilscht hatte, und freute sich, daß ihr Liebling einen so wenig knickerischen Herrn bekam.

Soweit wäre also alles in schönster Ordnung gewesen. Als aber der Käufer sich anschickte, dem Hunde eine Schnur um den Hals zu binden, um ihn fortzuführen, da kam erst der Trennungsschmerz bei der guten Frau zum Ausbruch. Sie kniete auf den Boden nieder, drückte ihren Schnauzer ans Herz und nahm unter strömenden Tränen von ihm Abschied.

»Daß ich dich hergegeben habe, du liebes Hunderl«, rief sie schluchzend, »und viel zu wohlfeil hab' ich dich verkauft, viel zu wohlfeil! Denk nur auch manchmal ans Frauerl und vergiß mich nicht ganz, hörst, Schnauzer? Und schön brav sein! Dem Frauerl keine Schand machen! Jesses, mir ist, als ob ich ein Kind verlieren müßt!«

»Na, in Gott's Nam'!« sagte sie dann zu dem dicken Mann, indem sie aufstand und ihre Tränen trocknete. »Wenn Sie nur recht auf ihn schauen, daß er's gut bei Ihnen hat?«

Der Dicke hatte mit feierlicher Miene den rührenden Abschied mit angesehn. Das Wasser war ihm in die Augen gestiegen. Jetzt wurde er ganz rot im Gesicht und sagte stockend: »Ja, bei mir hätt' schon gut, aber hab' ich net für mich 'gauft. Hab' ich für Professor 'gauft, aus Klinik, wissen S'. Bin ich Diener in Labradurium.«

Er nannte auch den Namen des Professors. »Das war doch der berühmte Arzt und wissenschaftliche Forscher, über den manchmal sogar in der Zeitung geschrieben wurde?« Die gute Frau stand rein wie geblendet.

»Für einen solchen Herrn!« rief sie überrascht. »Nein, so eine Ehre! Du, Schnauzer, da kannst dich zusamm'nehmen! In so ein Haus zu kommen! Da wird er es freilich besser haben als bei uns gewöhnlichen Leuten!«

»Ja, wenn wahr ist«, meinte der dicke Mann bedenklich. »Besser als bei Ihne wird Hunderl nindersch ham. – Wissen S' was, behalten S' Hunderl, wenn schon an ihm hängen tun.«

Soweit reichte nun aber die Liebe der guten Frau zu Schnauzer doch nicht. Wer weiß, ob sich sobald ein anderer Käufer fand, noch dazu ein so wenig wählerischer. Auch war, wie in so manche Menschenmutter, wenn sie von einer glänzenden Partie für ihre Tochter hört, auch in diese Hundemutter der Eitelkeitsteufel gefahren, seit sie wußte, daß ihr Liebling in das Haus des berühmten Gelehrten kommen sollte. Schon rühmte sie sich dessen im Geiste ihren Nachbarinnen gegenüber, und nun wollte dieser Mensch auf einmal alles wieder rückgängig machen? Was fiel ihm eigentlich ein? Gekauft war gekauft! Aber so hatte es der Dicke ja gar nicht gemeint. Von ihm aus – er war es zufrieden, wenn's nur ihr recht war.

»Gut, wenn net wollen«, sagte er, nahm seinen Hut und schickte sich an, fortzugehn.

Nein, sie wollte wirklich nicht. Sie konnte sich ja keinen Hund halten, schon wegen der hohen Hundesteuer. Und so schwer es ihr fiel – der Schnauzer war ihr Nadelgeld. Man muß doch auch vernünftig sein.

»Schenn, schenn«, sagte der Labraduriumsdiener. »'Pfell mich Ihne! Gumm, Hunderl, gumm!« Und er entfernte sich, Schnauzern hinter sich herziehend. Der wehrte sich, was er konnte, und stemmte sich mit steifen Beinen entgegen. Ach, wie pflegte er sonst vor Freude zu tanzen und sein gestuftes Schwänzlein gleich dem Pendel einer jener Uhren, die man »Zappler« nennt, hin und hergehen zu lassen, wen er merkte, daß er »äußerl gehn« durfte. Aber diesmal stemmte er sich. Da würgte ihn die Schnur am Halse, und er mußte einsehen, daß jeder Widerstand nutzlos sei. Was blieb ihm übrig? Ohne weiteres Widerstreben ließ er sich aus dem Hause führen.

Nun trottete er still hinter dem fremden, fürchterlichen Manne auf der Straße. Nicht ohne Unbehagen hatte er die Unterredung zwischen diesem und seinem Frauerl mit angehört. Er wußte, daß von ihm gesprochen wurde, und es ahnte ihm nichts Gutes. Aber daß es so enden würde …!

Offenbar hatte er etwas Schlimmes angestellt. Aber seine Kunststücke hatte er dem Fremden doch vorgemacht, wie ihm geheißen worden, wenn auch mit innerem Widerstreben. Sollte der Mensch das bescheidene Bellen mißverstanden haben? Es gehörte sich doch auf »Wie spricht der Hund?« Wie wäre es ihm, dem kleinen Schnauzer, in den Sinn gekommen, den großen, starken Mann anzubellen! Und doch mußte der es so gedeutet haben. Sonst hätte er ihm nicht eine Schnur um den Hals gebunden wie einem bissigen Köter! Daß ihm eine Schnur um den Hals gebunden worden, noch dazu von einem Fremden, das empfand Schnauzer als schwere Kränkung. Seine Herrin hatte ihn doch stets ein »braves Hunderl« genannt.

Er wußte genau, was ein »braves« und was ein »schlimmes« Hunderl war. Und er wußte auch ungefähr, was es bedeutet, wenn Menschen weinen. In seiner Angst und Verwirrung war es ihm gänzlich dunkel geblieben, warum sein Frauerl ihn an sich gedrückt und dabei geweint hatte. Nur eine bange Ahnung, daß etwas Schlimmes bevorstand, hatte sich gesteigert. Nun aber war es da, das Schreckliche, daß ein fremder Mann ihn hinter sich herzerrte, immer weiter fort vom Hause. Was ihm sonst Spaß zu machen pflegte auf der Straße, das ließ ihn setzt gleichgültig. Mochten andere Hunde an ihn herankommen, um sich mit ihm zu unterhalten – er blickte zur Seite und tat, als sähe er nichts.

Er konnte an nichts anderes denken als an den Menschen, der vor ihm herschritt. Dieser neue Herr, dieser große, breite Unbekannte, von dem hing nun alles ab, das fühlte er. Ihn nicht herauszufordern, nicht gegen sich aufzubringen, das mußte sein oberstes Sinnen und Trachten sein. Auch den leisesten Schein von Störrigkeit galt es vermeiden. Nur durch Gefügigkeit konnte er vor dieser unbeschränkten Macht, die hier über ihn gesetzt war, bestehen. Darum trabte er emsig und willig hinter dem Manne drein, als sei dieser von jeher sein rechtmäßiger Herr gewesen. In seinem Herzen aber wohnte eine grenzenlose Traurigkeit. Wenn seine Ohren nicht gestutzt gewesen wären, so hätte er sie hängen lassen, so tief sie hängen mochten.

An einer Straßenkreuzung, wo viele Fuhrwerke und Menschen sich drängten, blieb der Dicke plötzlich stehen und wendete sich gegen Schnauzer zurück. »Jetzt kommt's«, dachte dieser; »jetzt wird er mich schlagen!« Er krümmte demütig den Rücken und wand sich um Gnade flehend zu den Füßen seines neuen Herrn. Am ganzen Leibe zitterte er. Aber der fremde Mann schlug ihn nicht, sondern sprach ihm freundlich zu, ein paarmal nannte er ihn sogar beim Namen. Das tat dem verängstigten Tier unendlich wohl, schüchtern wedelte es ein wenig mit seinem Schwanzstummel.

Dann setzten sie ihren Weg fort und gingen durch viele menschenreiche Straßen, Gegenden, die Schnauzer ganz unbekannt waren, sodaß er sich wie verstoßen fühlte in eine fremde Welt. Nach langer Wanderung bog der dicke Mann auf einmal in einen geräumigen Hausflur ein. Schnauzer stand unwillkürlich einen Augenblick still, aber ein Ruck an der Schnur, die um seinen Hals geschlungen war, mahnte ihn an seine Pflicht.

Nun ging es eine Treppe hinan, und bald darnach fand er sich in einem großen, lichten Zimmer, das ganz anders aussah als die Stube, in der er mit seinem Frauerl gewohnt hatte. Schnauzer war hundemüde von dem weiten Weg, den er unter Seelenqualen zurückgelegt hatte, aber da befand sich nirgends ein Sofa wie das grüne zu Hause, in dessen Ecke er sich so gerne zusammengerollt hatte. Er näherte sich dem Ofen, neben dem sonst das Kissen gelegen hatte, auf welchem er so warm zu ruhen pflegte; aber es war nicht da, und auch der gewohnte Wassernapf fehlte. Ein nagendes Heimweh überkam ihn. Unruhig schlich er hin und her, trotz seiner müden Glieder. Niemand hinderte ihn, seine Umgebung zu mustern, denn der fremde Mann hatte ihn allein gelassen. Aber er fand nur unverstandene Einrichtungsstücke und Geräte in dem Raume, Dinge, die er nicht kannte, die ihn finster und drohend anzuglotzen schienen. Dazu herrschte ein durchdringender, widerlicher Geruch, der sich betäubend auf seine Lungen legte.

Nach einer Weile erschien der fremde Mann wieder und brachte ein Schüsselchen mit Futter, das er auf den Boden stellte. Gierig machte sich Schnauzer über die Speisen her, allein kaum hatte er einen Bissen ins Maul genommen, so spürte er, daß er jetzt nicht imstande sein würde, etwas zu genießen. Die Kehle war ihm wie zugeschnürt, der Brocken quoll ihm im Munde, sodaß er ihn wieder fallen lassen mußte. Dazu der scharfe Geruch in der Luft – es wurde ihm schwach zumute, er fürchtete, sich übergeben zu müssen, und drückte sich scheu aus der Nähe des Mannes gegen den Ofen. Denn wenn es wirklich soweit käme, dann setzte es Prügel, das wußte er.

In diesem Augenblicke wurde die Türe aufgerissen, und ein anderer Mann kam herein, viel kleiner und schmächtiger als der erste, aber mit einem Schritt! ... Schon als er den Schritt des neuen Mannes vor der Türe gehört, noch ehe er ihn selbst gesehen hatte, wußte er: dies ist der eigentliche Herr!

Dieser eigentliche Herr wechselte einige Worte mit dem andern und ging rasch auf Schnauzer zu, der bis ins innerste Mark zusammenschrak. Dann bückte er sich zu ihm nieder und blickte ihn an mit jenem gewaltigen kalten Menschenauge, vor dem jede Kreatur erzittert. »Jetzt wird es heißen: Schön aufwarten!« dachte Schnauzer. »Und gerade dies eine kann ich nicht!« Um aber gleich zu zeigen, daß er doch etwas gelernt hatte, und auch um seinen guten Willen zu beweisen, wollte er wenigstens »Pratzerl geben« und hob schüchtern und verlegen die rechte Pfote auf, sie dem Herrn entgegenzustrecken. Der gab ihm aber einen leichten Klaps darauf, faßte ihn geschickt mit beiden Händen am Kopf und zog ihm die Augendeckel hoch hinauf, daß es fast schmerzte. Schnauzer hätte am liebsten gewinselt, wagte es aber nicht, denn die kurze, rasche Art des neuen Herrn machte ihm den Eindruck unerbittlicher Strenge. Der dicke Mann kam ihm jetzt wie die Güte und Milde selbst vor im Vergleich zu jenem andern, der ihn ohne weitere Begrüßung am Kopf packte, als wär' er eine falsche Katze oder eine gemeine Ratte.

Schließlich ließ der strenge Herr ihn wieder los und trat von ihm weg an einen Tisch, an dem er sich zu schaffen machte. Man hörte ein Klappern und Rasseln wie mit Ketten. So ungefähr, wie die Kette des großen Wachthundes gerasselt hatte, den Schnauzer manchmal im Hof zu besuchen pflegte. Das Geräusch war ihm höchst unheimlich und peitschte seine Nerven. Ging es am Ende ihn an? Fast schien es so, denn plötzlich sah er die Blicke der beiden Männer auf sich gerichtet. Der neue Herr streckte sogar die Hand gegen ihn aus und sagte dabei etwas. Der Dicke aber zog den Rock aus, band eine weiße

Schürze vor und auf einmal näherte er sich. Er sah noch fremder aus in seinen weißen Hemdärmeln und mit seiner weißen Schürze. Ganz zum Schrecken sah er aus, wie er entschlossen heranschritt. Da gab es keine Rettung als die Flucht.

Von wahnsinniger Angst gejagt, rannte Schnauzer an die Tür, winselte und jammerte, aber niemand machte ihm auf. Schon hörte er den Dicken hinter sich drein, der schmeichelnd seinen Namen rief. Aber er erkannte aus dem Ton der Stimme, daß es Verstellung war, Falschheit, Hinterlist. Geschickt bog er unter dem Griff des Mannes aus und flüchtete in die andere Ecke des Zimmers unter einen langgestreckten Tisch. Der Dicke hinter ihm her, kroch ihm auf allen vieren nach, streckte die Hand aus, um ihn am Balg hervorzuziehn. Aber wie ein Aal entglitt ihm Schnauzer abermals und drückte sich an allerhand Hindernissen vorbei in die Fensterecke, hinter eine Verschanzung von Gerümpel und übereinandergeschichteten Brettern.

Zitternd am ganzen Leibe saß er im Dunkeln. Schon hörte er sie beide herankommen, den einen von links, den andern von rechts. Jetzt war an kein Entrinnen mehr zu denken. Ein drohendes Knurren entrang sich Schnauzers Kehle, und nach der ersten Hand, die hereinlangte, schnappte er, daß sie sogleich wieder zurückzuckte. Aber in demselben Augenblick hatte ihn auch schon die zweite Hand am Nacken gepackt. Mit unwiderstehlicher Kraft fühlt er sich aus seinem Schlupfwinkel hervorgezerrt und in die Luft gehoben. Zugleich wurde ihm etwas Großes, Nasses vor die Schnauze gedrückt, das einen fürchterlichen Geruch ausströmte. Er fühlte, wie seine Beine ihm heruntersanken, wie er willenlos hingelegt wurde auf einen harten, kalten Tisch. Er riß das Maul auf und schnappte nach Atem, er riß die Augen auf, aber er konnte nicht einmal mehr sehn. Und dann wußte er nichts mehr von sich.

Eine Uhr schlug mit langsam schnarrenden Schlägen, als Schnauzer aus seinem dumpfen Schlaf erwachte. Es war ihm furchtbar elend zumut, besonders im Schädel bohrte ein rasender Schmerz. Da stieß er ein leises Wimmern aus, um sein Frauerl zu rufen, denn sie würde ihm helfen, hoffte er. Aber das Frauerl kam nicht. Mit Anstrengung erhob er den Kopf, um zu sehen, wo sie blieb! Allein es herrschte nur trübes Lampenlicht rings um den Korb, in dem er gebettet lag, und die Augen waren ihm halb verbunden. Doch merkte er, daß er sich nicht in der gewohnten Umgebung befand. Er spürte ein warmes

Bächlein über seine Nase sickern, und als er darnach leckte, witterte er, daß es Blut war. Und dann vermochte er den Kopf nicht länger hoch zu halten. Wie ein Stück Holz fiel er ihm herunter.

Nach einer Weile stumpfen Dahinliegens vernahm er Schritte, aber es war noch immer nicht das Frauerl, sondern der dicke Mann, von dem er sich jetzt erinnerte, daß er ihn in die Fremde, in die Gefangenschaft geschleppt hatte. Am Geruch erkannte er ihn sogleich. Der Mann streichelte ihn recht zärtlich und sanft und redete ihm freundlich zu. Hilfeflehend leckte Schnauzer seine Hand. Sachte hob der Mann Schnauzers Kopf hoch und hielt ihm ein Schüsselchen mit Wasser vor die Nase. Und das arme Tier, das von argem Durst gepeinigt war, freute sich über die ersehnte Labung. Es war ihm, als ob auf einmal alles sich bessern müßte, wenn er nur erst einen tüchtigen Trunk getan hätte. Aber schon nach den ersten Tropfen, die er aus dem Gefäß schlürfte, befiehl ihn ein Ekel, sodaß er nicht imstande war, einen ordentlichen Schluck zu sich zu nehmen.

Der fremde Mann streichelte ihm nochmals über den Rücken, breitete behutsam eine warme Decke über ihn und entfernte sich dann. Da war es plötzlich ganz dunkel und still. Eine gähnende Einsamkeit dehnte sich rings um Schnauzer. Das Qualvollste, was er in seinem Leben erlitten hatte, war dieses gänzliche Verlassensein. Kein Trost, kein warmes Anschmiegen, keine Hoffnung auf Hilfe. Dazu der unerträgliche Schmerz im Kopf, der marternde Durst, die Zerschlagenheit aller Glieder. Schauer um Schauer lief ihm über den Rücken, teils schüttelte ihn Frost, teils beängstigte ihn trockene Hitze. In seiner dämmernden, halb irren Einbildung sah er sich bald im tiefen Schnee erstarrt und erfroren, bald wieder in der Glut eines Ofens, in den die beiden fremden Männer unablässig Scheiter nachschoben. Jedesmal, wenn er halb und halb zu Bewußtsein gekommen war, winselte er kläglich und jammervoll, in der schwachen Hoffnung, irgendeinen barmherzigen Menschen auf sich aufmerksam zu machen. Sie konnten ja alles, was sie wollten, die Menschen, waren unbeschränkte Herren über Leben und Tod, über Freud und Leid. Aber Schnauzers erbarmte sich keiner. Unendlich lang dehnte sich die Nacht. Wie eine Ewigkeit. Manchmal meinte er, es nicht mehr ertragen zu können, wollte aufspringen und entfliehen, flüchten, gleichviel wohin, nur diesem entsetzlichen Zustand entrinnen. Aber die Knochen waren ihm wie gebrochen, die Beine rührten sich nicht, auch wenn er wollte, gehorchen ihm einfach nicht mehr, gerade als ob sie gar nicht sein gewesen wären.

Endlich begann ein matter Frühschein sich an das Schmerzenslager des gequälten Tieres zu schleppen. Nach einer Weile erschien auch der dicke Mann von gestern, warf einen Blick auf Schnauzer und kraute ihn sanft am Rücken. Er nahm ihm die Tücher vom Kopf, wusch ihn sorgfältig mit stark riechendem Wasser und band ihm dann ein neues Tuch über. Willenlos und ergeben ließ Schnauzer es geschehen, ohne ein Lebenszeichen von sich zu geben. Nur einmal, als die Hand des Mannes sich zufällig seiner Schnauze näherte, leckte er dankbar darnach. Der Mann wollte ihm doch Gutes erweisen, das fühlte er. Wenn es auch keine Linderung brachte, schon die Absicht tat ihm wohl.

Später brachte der Mann ein Schälchen Milch. Aber wiederum war es Schnauzern unmöglich, etwas zu sich zu nehmen. Er wurde immer stiller und winselte gar nicht mehr. Mit geschlossenen Augen lag er da. Wie ein Feuerquell jagte das Blut durch seine Adern, und von den ruckweisen Stößen des Herzens erbebte der ganze Leib. Er wußte nicht mehr viel von sich. Nur ab und zu schreckte er auf. Ein riesiger Hund hatte ihn in den Kopf gebissen. Oder seine Herrin mit der brennenden Kerze ins Auge gestoßen. Das waren seine Fieberträume.

Auf einmal hörte er feste Schritte und eine laute Stimme neben sich. Wie ein jäher Riß ging es ihm durch alle Nerven. Das war der Herr, der neue, der strenge! Was würde man jetzt von ihm verlangen? Vielleicht »Pratzerl geben« oder »Wie spricht der Hund?«

Und richtig, man vergönnte ihm nicht einmal mehr sein jammervolles Dahinliegen! Der dicke Mann hob ihn aus dem Korb und nahm ihn in seine Arme, sorgfältig zwar, aber doch tat Schnauzern jeder Griff so weh, daß er geheult hätte, wäre er nicht zu schwach dazu gewesen. Sachte ward er auf den Boden niedergelassen, und da lag er jetzt auf der harten Diele, mehr tot als lebendig und rührte sich nicht, konnte sich nicht rühren. Aber auf einmal war es, als ob hundert Stricke ihn aufrissen, hundert Fäuste ihn zögen und höben. Wie Zuckungen und Krämpfe fuhr es ihm durch die Muskel und Nerven. Gegen seinen Willen, ganz von selbst, fingen plötzlich seine Beine zu arbeiten an und trugen ihn in taumelnden Sätzen im Kreise herum, dann riß es ihn zu Boden, und kopfüber stürzte er mit einknickenden Knien vor den Füßen des gestrengen Herrn nieder. Sein letzter Gedanke war: »Das ist nun doch einmal dein Herr!« Und mit äußerster Anstrengung machte er noch einen schwachen Versuch, ihm die Stiefel zu lecken. Dann verschied er.

* * *

Der dicke Mann stand bewegungslos und blickte auf den toten Schnauzer nieder. Wie angewurzelt stand er und rührte sich nicht.

»Wir sind fertig, Nabredal«, sagte der Professor. »Legen Sie die Elektroden aus der Hand und tragen Sie das Versuchstier hinaus.«

Damit trat er an einen Tisch, auf dem Papiere und Bücher gehäuft lagen, ergriff die Feder und trug mit Eifer Notizen in ein dickes Manuskript ein. Als er fertig war und aufblickte, bemerkte er zu seiner Überraschung, daß sein Diener noch immer unbeweglich neben dem toten Schnauzer stand und sich mit dem Rücken der Hand über die Nase wischte.

»Mir scheint, Sie sind ein bißchen sentimental?« sagte der Professor gutmütig, indem er sich eine Zigarre anzündete. »Na, trösten Sie sich! Wenn Sie einmal länger bei mir sind, werden Sie sich an solche Dinge schon gewöhnen.«

»Waß net, ob i werd' gewennen«, sagte Nabredal, während zwei große Zähren ihm langsam über die dicken Backen herabkollerten. »Werd' i nie gewennen, arm's Hunderl zu Tod martern!«

»Zu meinem Vergnügen bring' auch ich keinen Hund um, lieber Freund. Aber, wenn Sie krank sind, oder Ihr Weib, oder Ihre Kinder, dann soll man euch helfen, nicht wahr? Glauben Sie, daß wir das aus den Fingern saugen können? Wenn man einen Zweck erreichen will, muß man manchmal auch etwas tun, was einem nicht gerade leicht wird.« – »Aber warum grad' Schnauzer hat sein müssen?« sagte Nabredal, indem ihn der Bock stieß. »War so a lieb's, folgsam's, arm's Viecherl und hat niemand nix 'tan.«

»Ja, warum es gerade der Schnauzer hat sein müssen«, sagte der Professor, »das weiß ich freilich auch nicht. Aber haben Sie eine Ahnung, Nabredal, was Schicksal ist?«

Er wurde ernst und tat ein paar starke Züge ans seiner Zigarre.

»Sehen Sie«, sagte er nachdenklich, »das ist genau so wie bei uns Menschen: den einen faßt's beim Schopf, den andern läßt's laufen

… Wahllos! Wenn es sich noch die Überständigen aussuchte, die Untauglichen, die Schlechten! – Aber nein! Wahllos! So wie Sie gerade dieses arme Vieh beim Kragen erwischt haben. So greift es den Nächstbesten … oder die Nächstbeste … heraus und zerrt sie an einer Schnur um den Hals von seinen Lieben und martert sie zu Tode.«

Er war aufgestanden und schritt mit gesenktem Haupt im Zimmer auf und nieder. Eine Erinnerung, etwas, das ihn selbst betraf, etwas Schweres, Trübes schien über ihn gekommen. Seine Züge hatten sich verändert, seine Stimme, seine Haltung. Wie wenn plötzlich ein dunkler Wolkenschatten über eine Gegend zieht, so war es.

»Und wozu?« sagte er bitter, in heftiger innerer Bewegung hin- und herschreitend. »Ja, hier kann man mit Recht fragen: Wozu? Wir Menschen sind ja gar nicht so arg grausam! Mild und engelsgut sind wir im Vergleich mit jener unbekannten Macht, der wir sterbend noch die unerbittlichen Hände küssen! Denn uns leitet doch immer ein Zweck, manchmal gar ein liebevoller, hilfreicher Gedanke. Aber dies andere geschieht oft rein wie aus teuflischer Grausamkeit, ohne jeden Sinn, ohne jeden vernünftigen Zweck …«

Plötzlich, wie aus Träumen auffahrend, brach er sein Hin- und Widerschreiten ab und kehrte an seinen Schreibtisch zurück. Und indem er die Asche seiner Zigarre fortschnippte, setzte er in seiner gewöhnlichen, ruhig überlegenen Art hinzu: »Das heißt – ohne Sinn und Zweck … Scheinbar allerdings. Schließlich können wir's gar nicht bestimmt wissen. Der Schnauzer wußte auch nicht, warum ich ihm ein Stück Hirnrinde herausgeschnitten habe …«

Er blickte nach der Uhr. »Und jetzt Schluß!« sagte er mit einem leichten Anflug von Ungeduld. »Tragen Sie endlich den Kadaver hinaus und lassen Sie den Wagen vorfahren. Ich muß zu einem Konsilium.«

Im Strandbad

Das war letzten Sommer vor einem Jahr, daß ich in der Romagna jene wunderschöne junge Frau in der Gesellschaft eines einnehmenden, ebenfalls noch jüngeren Mannes, eines tüchtigen Architekten, am Strande traf. Allem Anschein nach waren sie früher nicht miteinander bekannt gewesen, erst vor wenigen Tagen an der See, hier im Bade, hatten sie sich kennen gelernt. Wenigstens sagten sie so, ich glaubte es auch und glaube es noch. Es mochte seit der Ankunft des Architekten nicht viel mehr als eine Woche verstrichen sein, und daß sie einander schon vorher, in der Heimat oder an irgendeinem anderen Orte begegnet sein sollten, halte ich für wenig wahrscheinlich. Weshalb hätten sie es leugnen sollen? Wäre es wirklich der Fall gewesen – damals hatten sie sicher noch keinen Grund, es abzuleugnen, davon bin ich fest überzeugt.

Es gibt eben eine natürliche Übereinstimmung der Charaktere, die sich schon beim ersten, wenn auch noch so flüchtigen Bekanntwerden kundtut. Wie von selbst ergeben sich Berührungspunkte, unerwartet begegnet man einem Verständnis, das überrascht und beglückt, im Kleinen wie im Großen weiß man sich eins. Und schon beim zweiten oder dritten Beisammensein überkommt uns das wohlige Gefühl, mitten in der Fremde etwas wie eine Heimat zu besitzen.

Wenn sie an seiner Seite hingestreckt im Dünensand ruhte, während ihre reizenden Kinder, zwei blondgelockte Mädchen von vier bis sechs Jahren, mit nackten Beinchen ab und zu liefen, ins Wasser planschten, kleine Kähne schwimmen ließen oder mit hölzernen Schaufeln Burgen und Wälle aufbauten, so hätte man sie leicht für seine Frau halten können, es schien, als gehörten sie zusammen, als seien sie für einander bestimmt, als ließe sich eins ohne das andere gar nicht denken. Für ein junges Ehepaar hätte man die beiden halten können, das sich an diesem gottvollen Strande, unter der südlichen Sonne, im Anblick der blauen Unendlichkeit, eine Zeitlang dem heiteren Genüsse eines ungetrübten, von jedem Zweck erlösten pflanzenartigen Dasein überließ. Für himmlisch wunschlose Gatten, denen das bloße Seite-an-Seite-Weilen als Lebensinhalt genügte, für die zufriedenen Eltern der beiden entzückenden Engelsköpfe, deren kindliche Spiele sie mit glückstrahlenden Augen beobachteten, und denen sie an Schönheit kaum etwas nachzugeben schienen. Denn die freie Luft, der Hauch des Salzwassers, die lebenspendende Sonne hatte ihre Haut gebräunt, ihr Fleisch erblühen machen, den Zauber der Gesundheit über ihre Glieder ausgegossen und auch den Architekten, der beträchtlich älter war als Frau Agathe, mit dem Götterglanz jener unverwelklich scheinenden Jugend umkleidet, der man in den olympischen Gefilden dieses einzigen Küstenstriches manchmal begegnet.

Es gab Leute, bei denen der Naturzustand ihres Zusammenseins Anstoß erregte. Zimperliche Gemüter, die verärgert die Augen zur Seite wandten, Sittenrichter, die ihr angemaßtes Amt mit so heiligem Eifer erfüllte, daß sie nicht umhin konnten, in der warmen Pracht edelgeformter Glieder, in der freien Schönheit der dem Licht und der Luft hingegebenen Körper Unheiliges zu wittern. Es nahm mich manchmal wunder, daß solch lüsterne Entrüstung nicht vor der Keuschheit des Meeres erröten mußte. Und ich bemitleidete alle engen Herzen, denen das Gefühl für jene jauchzende Seligkeit fehlt, mit der wir den Zwang einer tausendjährigen Heuchelei von Scheinkultur und Modetorheit abschütteln, um uns ein paar, ach so flüchtige, Augenblicke lang in den Himmelslüften eines erträumten paradiesischen Zeitalters zu erquicken und reinzubaden.

Das Meer macht uns freier, seine Unendlichkeit erlöst den Blick und die Seele aus ihrer Beschränkung, die großartige Ruhelosigkeit seiner ewig an den Strand rollenden Wogen beruhigt die kleingläubigen Sorgen und die nichtige Unruhe unseres eigenen Herzens. So nahe den salzigen Tiefen, aus denen die abenteuerlichen Urgestalten ans Land gekrochen sein mögen, auf die wir irgendwie unseren Stammbaum zurückführen, überkommt uns das Gefühl, dem Mutterschoß alles Lebens näher zu sein als sonst. In dem eintönigen Rauschen, das die Gedanken unseres Alltags einschläfert, raunt das Geheimnis der Schöpfung. Und es fallen wie ein unnatürlich beengendes Gewand alle Beziehungen von uns ab, die nur durch Zwang und Not bestanden und mit der göttlichen Nacktheit unseres Wesens nichts gemein haben. Dann lachen wir des ängstlichen Mückenfluges, zu dem die Gesellschaft uns erziehen wollte, irgend etwas in unsrem Blut erinnert sich halbverschollener Verwandtschaften, spreitet Flughaut und Flossen und segelt mit der mastodontischen Unbekümmertheit riesenhafter Pterosaurier, mit der fröhlichen Verwegenheit ungestümer Ichthyopterygier durch Luft und Wasser …

In solcher Stimmung ungefähr kam ich den Strand entlang dahergegangen, und der feine Sand war von der Sonne so durchglüht, daß ich ein paarmal stillstehen und den Bademantel vor mich hinwerfen mußte, um die Fußsohlen abzukühlen. Unter einem leichten Zeltdach aus gestreiftem Zeug, das im scharfen Seewind knatterte wie eine pludernde Flagge, fand ich Frau Agathe und ihren Freund, während die Kinder unfern in den seicht auslaufenden Wellenrändern wateten und nach Muscheln suchten. Der Länge nach in die Düne hingestreckt und halb darunter vergraben, hatten die beiden ihre Aufmerksamkeit irgendeinem kleinen Lebewesen zugewendet, das auf dem Sande kroch. Als ich näher trat, luden sie mich ein, an ihren Beobachtungen teilzunehmen. Und neugierig, was es da wohl zu sehen geben sollte, gesellte ich mich zu ihnen.

Ein Skarabäus von jener fremdwüchsigen Gattung, wie sie den Ägyptern heilig waren und auch hier vorkommen, bemühte sich mit äußerster Anspannung seiner Kräfte, eine Kugel, größer als er selbst, durch den Sand zu wälzen.

Als ob er dafür bezahlt würde, schob er und stemmte sich und spannte sich vor und zog, wie ein Packträger etwa, der im Schweiße seines Angesichtes daran arbeitet, ein allzu schwer beladenes Handwägelchen vom Fleck zu bewegen. Bald tauchte er mit dem breiten Halsschild an wie ein stoßender Bock, bald packte er die Kugel mit den kleinen Krallen der Hinterfüße und rollte sie eifrig weiter, auf den vier freibleibenden Beinen verkehrt gehend und kräftig rückwärts hastend. Oder er faßte sie mit der Freßzange und schleifte sie leidenschaftlich hinter sich her wie ein Hund, der ein ungewöhnlich großes Stück Fleisch erbeutet hat und in Sicherheit bringen will. Der Trieb der Unterhaltung schien seine Kräfte zu verzehnfachen. Es ist bekannt, daß diese Kerfe ihre Eier in solche kleine Kugeln oder Klöße ablegen, die sie aus Tang und anderen verweslichen Stoffen herstellen, und daß sie ihre Lebensaufgabe nicht früher für erfüllt betrachten, als bis ein sicherer und trockener Aufbewahrungsort dafür ausfindig gemacht ist, der es den ausschlüpfenden Larven später ermöglicht, sich mit allem Behagen an den von den Eltern fürsorglich aufgespeicherten Vorräten zu nähren.

Gespannt sahen wir zu. Es war kurzweilig, das entschlossene Tier zu beobachten. Unglaublich rasch kam es vom Fleck und wälzte seinen Kloß wie einen Spielball immer weiter vom Wasser fort, gegen die ansteigende trockene Düne. Ohne es aus dem Auge zu lassen, verfolgten wir es, krochen ihm nach, auf allen vieren, zwischen den Stranddisteln, nur mit dem einen Gedanken beschäftigt, was es nun fürder anstellen, welchen Fortgang seine Arbeit nehmen, wie es sich etwa auftauchenden Hindernissen gegenüber verhalten würde. Sieh, da stand es vor einer Sandwächte still und konnte nicht weiter. Die Sandwächte war vielleicht nicht höher als eine Spanne, hatte aber einen steilen Abfall, der dem winzigen Geschöpf wie eine zum Himmel ragende Felswand vorkommen mochte.

Ratlos schien es zu überlegen, dann begann es unsicher umherzulaufen.

»Es läßt die Kugel im Stich!« klagte Frau Agathe enttäuscht.

Der Architekt, der mit aufgestemmten Armen im Dünensand lag, wendete keinen Blick von dem Käfer.

»Geduld, er muß sich bloß erst die Umgebung näher betrachten.« Wirklich schien es, als hätte das Tierchen sich entschlossen, vorerst einmal einen Augenschein aufzunehmen. Es lief seitlich um das Verkehrshindernis herum, umging es und kletterte den First der kleinen Sandstufe entlang. Dann kehrte es zurück, kletterte von der anderen Seite abermals hinauf, blieb stehen, drehte sich ein paarmal um sich selbst, putzte und scheuerte sich und reckte die Beine. Und schließlich fing es über der Stelle, wo die Kugel liegen geblieben war, zu wühlen an, daß der feine Sand von der oberen Kante herabrieselte und ins Rutschen geriet.

»Er gräbt die Stufe ab, um eine schräge Böschung herzustellen!« jubelte Frau Agathe.

Sie rief die Kinder herbei, ihnen das Wunder zu zeigen, und der wackere Skarabäus hätte sich nicht wenig geschmeichelt gefühlt, hätte er die anerkennenden Urteile belauschen können, die über ihn laut wurden. Denn alle bestaunten wir die Klugheit dieses unscheinbaren kleinen Lebewesens, das entschlossen grabend immer mehr und mehr feines Geriesel vom First der Sandwächte zum Abrutschen brachte, bis eine absteigende Böschung die Verbindung zwischen oben und unten herstellte. Und nun nahm es wirklich seine Last wieder auf, um sie unentwegt die zwar steile, aber immerhin gangbare Straße emporzuwälzen, die sich durch das Herabrieseln des Sandes gebildet hatte.

Wie so oft schien auch hier der bequeme und viel mißbrauchte Begriff des Instinkts unzulänglich. Oder sollte er wirklich eine ausreichende Erklärung für einen Vorgang zu liefern imstande sein, der so augenscheinlich ein Erkennen des Zusammenhangs zwischen Ursache und Wirkung voraussetzt?

Noch hatten wir beobachten können, wie das kleine Wundertier auf dem obersten, der Sonne am meisten ausgesetzten Kamm der Düne eine Höhle aushob und die kostbare Kugel, die soviel Zukunftshoffnungen barg, sorgsam darein versenkte. Damit war das Endziel erreicht, die Sendung erfüllt. Jetzt spreitete es die metallenen Flügel und surrte befriedigt durch die Sonne davon.

Weniges später, als wir wieder unter dem Zeltdach im Sande lagerten und uns am Anblick der unendlichen Bläue erquickten, kehrten unsere Gespräche noch einmal zu dem kleinen Erlebnis zurück. Es gewährt dem Menschen Genugtuung, die Erkenntnis der Tiere an seiner eigenen zu messen. Weniger hoffentlich aus Überhebung, die uns den Abstand von vornherein so unüberbrückbar erscheinen ließe, daß wir keine Beschämung unserer Eitelkeiten zu fürchten brauchen. Mehr gewiß und öfter deshalb, weil wir in der Tierseele die Anfänge und urtümlicheren Formen des menschlichen Geistes mit Dankbarkeit und Ehrfurcht wiedererkennen. Dann fühlen wir die innige Zusammengehörigkeit mit allem, was unter der Sonne atmet. Und ein Gefühl der Frömmigkeit hebt die Gedanken hoch hinaus über das begrenzte Ich und macht sie zu Ausstrahlungen einer göttlichen Allheit.

In jedem Wort, das damals gesprochen wurde, schwang diese Frömmigkeit mit. Und sie war echt und erlebt. Es bedarf keiner großartigen Himmelserscheinungen, sie auszulösen, das Unscheinbarste genügt, wenn die Saat bereiteten Boden trifft. Unsere Herzen standen weit offen, das Einssein des Menschen mit der Natur als beglückende Wirklichkeit zu empfinden. Ein Garten Eden, breitete rings das grüne Land sich bis zu den Bergen, das dunkelblaue Meer rauschte zu unseren Füßen, ein scharfer Wind von unbeschreiblicher Reinheit wehte Kühlung über die auf glühender Düne hingestreckten Leiber. Alles Denken erschöpfte sich restlos im Sein, kein Sollen beengte uns …

Als schließlich das Gespräch eine Wendung ins Scherzhafte genommen hatte, kam der Architekt nochmals auf den Skarabäus zu sprechen. Und indem er seiner übermütigen Laune die Zügel schießen ließ, erging er sich in uferlosen Behauptungen und weit hergeholten Vergleichen.

»Er handelt schließlich nicht viel anders«, sagte er mit der ernsthaftesten Miene von der Welt, »als wie ein Weib, daß sich guter Hoffnung fühlt und entsprechende Vorbereitungen trifft.«

»Pfui, schweigen Sie!« lachte Frau Agathe auf. »Wollen Sie uns daran erinnern, um wieviel besser die Natur für das geringste aller Geschöpfe sorgt als für den Menschen?«

»Die Menschenmutter«, beharrte er, »ist nichts anderes als die Natur selbst, die für die Nachkommenschaft sorgt. Sie versieht sich mit dem nötigen Weißzeug und was sonst zur Kinderausstattung gehört, schaut nach einer gesunden, sonnigen Wohnung aus, wenn die ihrige im Schatten liegt, und sucht sich allenfalls noch rasch einen Trauschein zu verschaffen, falls sie zufällig noch keinen besitzen sollte.«

In seiner Ausgelassenheit fuhr er fort, den Vergleich noch weiter auszuspinnen, uns reizte es, ihn zu überbieten, alle drei wurden wir immer kühner, verblüffender, unmöglicher. Lachend sprangen wir schließlich auf und rannten in tollen Sätzen über die heiße Düne. Wie aus Rand und Band geraten, liefen wir gegen das Wasser. Und indem wir uns jauchzend in die heranrollenden Wellen stürzten, überließen wir uns einer himmlischen Heiterkeit.

* * *

Gelegentliche Ausflüge ins Hinterland waren voll Zauber. Die Weinrebe blühte rings um die schon goldig reifen Kornfelder, ihre üppigen Ranken schwangen sich den Maulbeerbäumen entlang, die jedes Geviert umsäumten, von Stamm zu Stamm, wie festliche Laubgewinde.

Einmal standen wir an einer Römerbrücke, die der Zeit trotzend mit kecken Sprüngen den Fluß übersetzt. Eine jener endlosen Heerstraßen zieht darüber hin, in deren weitmaschigem Netz eine rücksichtslos unterjochte Welt zappelte. Staub wirbelt auf, hüllt Menschen, Tiere und Ferne in Wolken von weißem Dunst, schlägt sich auf Kleider, Wimpern und Lippen. Wußtest du nichts von der Reinheit des Meeres, altersgraue Geschichte, nichts vom Frieden des Strandes?

Ein andermal, bei sinkender Sonne, suchten und fanden wir zwischen üppigen Kulturen, den heiligen Symbolen von Brot und Wein, das ragende Mal aus Stein, vom frühen Christentum wie für die Ewigkeit gefügt. Alte Feigenbäume, in dunkelblaues Laub gekleidet, stehen als Trauerwachen herum, ein blühender Granatbaum, vom roten Blut Odoakers bespritzt, schreit nach Rache. Die Granatbäume blühen so durch das ganze Land, Blut forderte Blut. Amalaswintha hat für Odoaker bezahlt, und Theoderich, ihr heldenhafter Vater, schlummert längst nicht mehr unter dem riesigen Monolithen, den Rosen und Glyzinien umranken. In alle Winde gestreut, schweben die letzten Atome seiner Asche vielleicht in jener endlosen Wolkenbank aus weißem Staub, den ein sausendes Automobil quer durch die grüne Ebene türmt.

Der Architekt hatte seinen Maßstab mitgebracht und wollte sich davon überzeugen, ob die bronzenen Gitter von Aachen wirklich in die betreffenden Steinfugen von Theoderichs Fürstengruft passen und Raubstücke sind, die irgendein Karolinger dem wehrlos gewordenen Helden aus dem Grabmal reißen ließ. Die absichtliche Geschäftigkeit, mit der er sich an die Arbeit machte, schien Frau Agathe zu verstimmen. Vielleicht beeinträchtigte sie ihr die Weihe des Ortes, der wie erfüllt von süßen Elegien war.

Oder sehnte sie sich aus der vom Moder der Geschichte umwitterten Umgebung in die sonnige Unberührtheit des Strand-Paradieses zurück?

Alle Mutmaßungen waren außerstande, die grauen Schleier von Niedergeschlagenheit zu lüften, die sie an diesem Abend umhüllten. Aber wie sie jetzt, vom Grabmal des Sagenkönigs sich abwendend, zur fernen Gebirgswand ausblickte, über der gerade der letzte Strahl des sinkenden Gestirns funkelte, erschrak ich. Was sich in den schärfer gewordenen Zügen spiegelte, war nicht mehr harmloses Sein, es war krampfhaftes Sollen. Hier gab es Seelenkämpfe. Und ich fragte mich, ob die Allzuwachsamen, die allerlei flüsterten, am Ende doch recht behalten würden? Bösartiges und Nachsichtiges war mir zu Ohren gekommen. Aber auch die Nachsichtigsten, die blinde Verdächtigungen verschmähten, hatten die gangbare Scheidemünze der öffentlichen Meinung zur Hand: »So etwas tut man doch nicht!« Und auf die Frage: »Warum nicht? Weshalb nicht?« die Antwort: »Wer sich in Gefahr begibt ...«

Schließlich sind Sprichwörter Durchschnittserfahrung, Durchschnittsweisheit. Also doch Erfahrung? Immerhin Weisheit?

Ich wüßte es kaum zu erklären, warum ich anfing, mir schwere Gedanken zu machen. Zum Tugendwächter war ich nicht bestellt, und der Gatte, den ich nicht einmal kannte, ging mich nichts an. Vielleicht bangte mir um die Reinheit als solche. Um die kindlichen Freuden, an denen wir uns gemeinsam gefreut hatten. Die einen gewissen Seltenheitswert vor jenen anderen voraus haben, für welche jeder Nächstbeste augenzwinkerndes Verständnis aufbringt. Die ungetrübte Erinnerungen hinterlassen und niemals in Reu und Leid enden. Vielleicht bangte mir um jenes harmlos kindliche Fröhlichsein, das ein zu himmlischer Freiheit und Wunschlosigkeit gesteigertes Menschentum ankündigt.

Frau Agathe selbst war es, die mir jetzt den Schlüssel zu ihrem Herzen reichte, indem sie, vom Heldengrab fortstrebend, mit einem Schauer, der über ihre Gestalt lief, sagte: »Lassen Sie uns weitergehen! Geschichte ist Menschenwerk, und wo man auf ihren Spuren wandelt, wird man an Schuld erinnert.«

Und während wir Seite an Seite zwischen Feigengesträuch und Zypressen, zwischen Granathecken und Maisfeldern hinschlenderten, fuhr sie zu sprechen fort, wie sie den Strand liebe, den feinen Dünensand aus winzigen Stäubchen von Quarz, Basalt und Glimmer, der wie ein Brünnlein auf die Haut rieselt, wenn man ihn durch die Hand gleiten läßt.

»Er ist so rein wie Wind und Wellen«, sagte sie. »Und die Stranddisteln, die Tamarisken und das See- und Landgetier, das sich dort umtreibt, die gehören alle zum Meer und sind ohne Vorwurf. Weiter herein, wo Menschen wohnen oder wohnten, beginnt die Qual ...« Und sie wiederholte: »Überall, wo sie ihren Schritt hinsetzen, erhebt sich etwas wie eine stumme Anklage. Wie Blumen aus den Fußstapfen des heiligen Franziskus wächst unter ihren unseligen Tritten, man weiß nicht wie, die Schuld. Das Meer ahnt nichts von alledem, es rauscht und rollt gegen den Strand.«

Das konnte schließlich in dem Sinne verstanden werden, als drückten die blutigen Greuel der Geschichte sie nieder, von denen die Granatbüsche um Theoderichs Grabmal und sonst durch die ganze Gegend hin so rot sind. Als beängstigte sie das wilde Heldentum, das den Dolch des Meuchelmordes zückt, der grausame Glaubenskampf, welcher waffenklirrend neben der frommen Eselin schreitet, auf deren Rücken das Bekenntnis der Liebe fruchtlos den Palmzweig schwingt. Und vielleicht tat es ihr wirklich weh, daran erinnert zu werden, wie die Kurzlebigkeit, die wir Historie nennen, mit immer erneutem schuldanhäufenden Wüten den heiligen Gottesfrieden der Ewigkeit bricht. Aber welche Frau wird durch Mahnungen der Geschichte so tief bewegt, wenn nicht die Seelenverfassung, in der sie sich gerade befindet, auf das ferne Flüstern der toten Vergangenheit mit dem lauten Echo des Lebens antwortet?

Nein, nun ahnte ich, was in ihr vorging. Warum sie die Stätte fliehen wollte, wo Menschen schuldig wurden. Warum sie sich nach dem einsamen Branden der Wogen wie nach einer verlorenen Heimat zurücksehnte … Sie selbst war schuldig geworden!

Vielleicht nur in Gedanken, aber sind Gedanken nicht mehr wir selbst als die Tat, die losgelöst von uns als ein Fremdes dasteht? Drücken Gedanken unser Wesen nicht ungetrübter aus als unsere Handlungen, die von hundert Zufälligkeiten beeinflußt werden? Genügen nicht schon Gedanken für ein verlorenes Paradies? Und rein wie Seewind und Wellen und wie der Sand der Düne sind Gedanken nicht mehr, die von Vorwurf und Anklage wissen. In dem Augenblick, wo sie den großen Widerspruch empfinden, der von allen Kreaturen den Menschen allein innerlich auseinanderreißt, den Widerspruch zwischen Sein und Sollen, in demselben Augenblick haben sie den paradiesischen Zustand eines völligen Sicheinsfühlens mit der Natur schon verscherzt. Es ist der Augenblick, mit dem die Kultur einsetzt und – die Schuld. Frau Agathe hat recht: Wo immer Menschen ihren Fuß hinsetzen, beginnt die Qual, erheben Vorwurf und Anklage ihr Haupt. Das Meer, in dessen salzigen Fluten noch die Ungebrochenheit der Urwelt haust, ahnt nichts von alledem. Es rauscht – und rollt gegen den Strand.

Ein Landmädchen kam den Pfad zwischen den Maisfeldern entlang gegangen. Mit zwei großen Wasserkrügen kehrte sie vom Brunnen zurück, von denen sie den einen in der herabhängenden Hand trug, während sie den anderen, ohne den Henkel zu berühren, auf die Hüfte stutzte und mit dem nackten braunen Arm umklammerte. Diese Haltung, die man hier so oft beobachten kann, gibt der schreitenden Gestalt etwas Antikes, und wir blieben stehen, sie zu betrachten, wie sie sich langsam näherte. Als sie vollends herangekommen war, verwickelte Frau Agathe sie in ein Gespräch. Einen Augenblick anhaltend, gab sie unbefangen Auskunft, wir erfuhren, daß sie Bauernmagd sei. In einem nahen Gehöft, das sie uns mit einer Bewegung des Kinns wies, war sie vom Waisenamt untergebracht worden. Denn sie hatte weder Vater noch Mutter.

»Aber doch wohl einen Liebsten?«

Fröhlich lachte sie übers ganze Gesicht, eher stolz als verschämt, während sie sich anschickte ihren Weg fortzusetzen. Es war ein ganz junges Blut, nur durch die südliche Reife über das Kindesalter hinaus, aber schlank gewachsen, üppig und unverkennbar guter Hoffnung. Wie ein edles Griechenbildwerk hob die mit bewegten Gewändern hinschreitende Gestalt sich gegen den klaren Abendhimmel ab. Wie eine Königin trug sie die doppelte Bürde der Arbeit und der Liebe, den Krug im Arm, das Kind unter dem Herzen.

»Was tun Sie«, fragte ich verwundert, als ich bemerkte, daß Frau Agathe eine Art Hofknix hinter ihr drein machte.

»Ich neige mich! ...«

* *
*

Und wieder ein andermal, da war der Boden, auf dem wir standen, tausend Jahre jünger geworden. Die Wildheit des germanischen Barbaren, die sich mit der Abgefeimtheit des Römers gekreuzt hatte, zeugte ein neue Erscheinungsform. Aber die Greuel blieben die alten, und nach wie vor brannten die Granatblüten blutrot durch das Land.

Es ist eine gesegnete Erde, durch den Untergang ganzer Geschlechter, mit dem Blute ganzer Völkerschaften gedüngt, unter stetem Fruchtwechsel sich verjüngend. Immer lebt man dort Großes, in welche Zeit man tauchen mag, und immer watet man in Blut. Das alte graue, halbverfallene Gebäude, das heute als Gefängnis dient, und in das wir irgendwie durch klingende Überredung Einlaß fanden, weckt die Erinnerung an eines jener zähen und verruchten Kondottierengeschlechter, in denen sich antike Bildung und Kultur so wunderlich mit dem kriegerischen Abenteurertum der Langobarden, Goten und Heruler mengt.

Ob wirklich schon jener Gianciotto Malatesta, den sie den Lahmen nannten, in diesen Mauern gehaust hat – ich weiß es nicht und bezweifle es fast. Die abgelegeneren Städtchen in ihrer Eifersucht helfen dem geschichtlich Beglaubigten manchmal durch Mythenbildung nach, und wenn die Erfindung lange genug gelebt hat, wird sie zur mündlichen Überlieferung der Kustoden. Der unsrige, der seinen Berufsgenossen hierin nichts nachgab, führte uns in den Saal, wo jener grauenhafte Doppelmord stattgefunden haben sollte, der die Zeitgenossen so tief erregte, daß Dante ihm einige der schönsten und innigsten Verse seines Gedichtes widmet. Ja, er zeigte uns die Stelle, wo Paolo Malatesta *il Bello* mit Francesca da Rimini gesessen hätte, als sie gemeinsam in dem Buche lasen, das ihnen zum Verführer wurde. Und er zeigte uns die Tür, aus der der lahme Gianciotto mit gezücktem Schwert hervorstürzte, nachdem er die verbrecherische Liebe zwischen Bruder und Gattin belauscht hatte.

Mit der schauspielerischen Gewandtheit seines Volkes schilderte unser Führer den Vorgang. Und in jener achtenswerten Begeisterung für den Dichter und die Sprache der Nation, die den Romanen auszeichnet, vielleicht auch bloß, weil er uns für freigebig hielt, trug er schließlich die berühmten Verse vor, die sich darauf beziehen. Dabei erfuhr ich zu meiner Überraschung, wie süße Verführung, vom Dichter dem Leben abgelauscht und durch Schönheit verklärt, über die Kluft von Jahrhunderten hinweg fortwirkt und unter ähnlichen Umständen neues Leben gewinnen, neue Verführung stiften und neues Unheil zeugen kann.

Als Paolo il Bello mit Francesca da Rimini den Liebesroman Lanzelots vom See las, da kamen sie auch zu der Stelle, wo ein Lächeln über Königin Ginevras Züge gleitet. Das Lächeln, das Lanzelot ersehnt. Das Lächeln, das den höfisch Zurückhaltenden ermutigt, die Königin zu umarmen. Das süße stumme Lächeln, das heimlicher und doch deutlicher als Worte ihm zuflüstert: Küsse mich, Liebster! Und wie sie von diesem Lächeln lesen, da leuchtet dasselbe Lächeln auch über Francescas Antlitz, verführerisch, hingebend, eine stumme Verheißung. Und Paolo Malatestas verhaltene Leidenschaft lodert auf. Er reißt die heimlich Geliebte an sich und küßt sie auf den Mund.

Und wiederum dasselbe Lächeln sehe ich jetzt aufs neue aufleben, ruchlos bestrickend über das Antlitz einer schönen Frau huschen und rasches Verständnis wecken in dem leidenschaftlich aufflammenden Auge eines liebetrunkenen Mannes.

Gerade als der Kustode jenen bekannten Vers vortrug, der das Lächeln Ginevras schildert:

»... das Lächeln, das Sehnsucht verrät,
Geküßt zu werden von solchem Liebsten ...«

gerade in diesem Augenblick verriet wie ein Blitz, der mit einem
einzigen Aufzucken eine dunkle Landschaft erhellt, das verheißungs-
volle Lächeln, das über Frau Agathes bleich gewordenes Antlitz flog,
dieselbe Sehnsucht. Und im gleichen Augenblick wußte ich auch,
daß das Buch von Lanzelot zum zweitenmal zum Verführer geworden
war ...

Wer wollte es dem Buche oder seinem Dichter nachtragen? Gehört
das Lächeln Ginevras, das sträfliche Liebe gesteht, indem es sich nach
dem Kuß des Geliebten sehnt, dem Buch oder dem Leben? Und gehörte nicht auch Frau Agathe dem Leben, wie ihm Francesca da Rimini gehört hatte, bevor sie Literatur und die Beute beflissener Kustoden wurde?

Die Verse waren sicher nicht die Ursache, daß die Flammen der
Liebe aufloderten, sie waren bloß der Anlaß dazu. Vielleicht auch
nur der Anlaß, daß sie so hoch aufloderten, sich zu verraten. Denn
geheime Liebe ist behutsam wie ein Mörder, solange sie noch Wider-
stände in sich selbst zu überwinden hat. Erst wenn die Herzen ganz
davon ergriffen, wenn sie einmal dazu entschlossen sind, Pflicht,
Ehre, Familie, ja das Leben selbst um den kurzen Rausch der Erfüllung hinzugeben, dann kommt das königliche Gefühl lachender
Gleichgültigkeit über sie, und das Bewußtsein eines unveräußerlichen
Rechtes, das sie auszuüben glauben, macht sie leichtsinnig und kühn.

Denselben Tag noch konnte ich beobachten, wie die Verführung
weiterfraß, ein Feuerbrand auf regenlechzender Erde. Im Tempel
Ghismondo Malatestas zu Rimini war es, in der dämmerigen Grabkapelle, die der kunstliebende Gewaltmensch und Heide seiner Geliebten Isotta mit fürstlicher Pracht wie ein für die Ewigkeit bestimm-
tes Boudoir eingerichtet hat. Über dem Altar steht ein gepanzerter
Erzengel, der die lebensvollen Züge jener geistreichen und liebreizen-
den Mätresse trägt, Isotta in einer Hosenrolle. Ich hatte in der anstoßenden Kapelle eine Inschrift zu entziffern versucht, die mich fesselte,
und war etwas zurückgeblieben. Als ich jetzt ahnungslos in jenes
Brautgemach des Todes eintrat, sah ich eben noch, wie Frau Agathe
und der Architekt, aus einer Umarmung aufgeschreckt, auseinander-
fuhren.

Unter dem Standbild Isottas, der schönsten und leichtfertigsten aller Schutzheiligen, hatten sie ihre junge Leidenschaft wie üblich im Sinne jenes Verses besiegelt, der dem Lächeln Ginevras auf dem Fuße folgt:

»Und bebend küßte mich ihr süßer Mund ...«

Und Isotta über dem Altar segnete die sündige Liebe. War doch auch diesem weiblichen Erzengel, ehe er in die himmlischen Heerscharen aufgenommen wurde, nichts Menschliches fremd geblieben.

* *
*

Zwei oder drei Wochen verstrichen, im Gefühl meiner Entbehrlichkeit hatte ich mich mehr und mehr zurückgezogen. Immer wieder wurde ich in der liebenswürdigsten Weise aufgefordert, an diesem oder jenem Ausflug teilzunehmen, und immer wieder konnte ich merken, daß meine Absage keine Spur von Verstimmung zurückließ.

Der überzählige Dritte zu sein, reizte mich nicht. Die niedlichen Elefanten aus spiegelglatten grauem Marmor, die in der Grabkapelle neben der heiligen Isotta die Familiengrüfte der Malatesta bewachen, konnten mir zur Warnung dienen, welch unerwünschte Rolle ich hätte spielen müssen, wäre ich blind genug gewesen, den freundschaftlichen Umgang in der bisher gewohnten Weise fortzusetzen. Die Toten, die den Elefanten im Wappen führen, müssen sich solche Bewachung gefallen lassen. Unter Lebenden wird, wenn Francesca einmal jenes berühmte Lächeln gelächelt hat, ein Ehrenkavalier gemeiniglich als überflüssig empfunden.

Auch am Strande sahen wir uns fast nicht mehr. Ich hielt mich abseits und hatte den Eindruck, daß die beiden es nicht einmal bemerkten. In jene wohltätige Wolke völliger Weltentrücktheit gehüllt, die die Liebe in ihren Anfängen umgibt, lebten sie nichts als eins das andere. Eine Umgebung gab es für sie nicht mehr. Sicher war das verlorene Paradies noch süßer als das unschuldsreine, das bloß aus Sand und Wasser, Stranddisteln und Skarabäen bestanden hatte. Wenigstens für den Augenblick. Und an eine Zukunft denkt Liebe nicht, gerade sie, die Mutter aller Zukunft im Guten wie im Schlimmen.

Mir aber war bange, als sei der Zustand des Einsseins mit der Natur zerstört, der uns sonst beglückte. Wie aus einer anderen Welt, von der Landseite her, wo Menschen wohnten und Staubwolken trieben, hatte eine befleckte Hand herübergegriffen auf die einsame Düne, über die unter glühender Sonne der Seewind strich, von unbeschreiblicher Reinheit. Und die unbewußten Geschöpfe, die wir gewesen, die meerentstiegenen, urweltlich unbekümmerten, die waren wir nicht mehr. Irgendeine dunkle Gewalt hatte uns zurückgestoßen in die Scharen der Menschen ...

Oder waren wir nur Schatten, die in ungezählten Scharen rings auf der stauberfüllten Erde, diesseits und jenseits des Meeres, der ewige Wirbel der Leidenschaft umtreibt? Einmal, da der Himmel sich umwölkt hatte, der Sturm die Tamarisken in den Sand zwang und die Wellen mit flatternden weißen Mähnen wie wilde Rosse an den Strand sprangen, da sah ich sie umhergerissen in den Lüften, die Heerscharen schuldig gewordener Liebe, denen kein Augenblick der Ruhe gegönnt ist:

»Der Hölle Wirbelsturm, der niemals ruht,
Reißt mit die Geister, sich im Flug zu drehen,
Und peitscht sie in erbarmungsloser Wut ...«

Paolo Malatesto und Francesca da Rimini in enger Umschlingung werden herangeweht, und ich beschwöre sie bei ihrer Liebe, mir Rede zu stehen. Klagend erzählt die Verklärte, ewig Gepeinigte, von süßer Sehnsucht und Begier, die sie zusammenführte, vom holden Zwang, der sie einander in die Arme stürzte. Und wie das Seufzen einer zerspringenden Saite bebt das Wort vom gemeinsamen Tod mir durch die Seele, den ihnen die Liebe bereitet hat:

»Amor condusse noi ad una morte ...«

Der Liebestod, damals so einzig, daß er in der Dichtung ewiges Leben gewann, wie alltäglich ist er heute geworden! Die Spalten jeder Zeitung enthalten Liebestragödien mit tödlichem Ausgang, und schon das folgende Blatt verdrängt die Erinnerung daran durch ähnliche Vorfälle. Man hat sich längst gewöhnt, über diese Dinge hinwegzulesen. Aber gerade in jenen Tagen flog eine Nachricht durch die Zeitungen, die meine Aufmerksamkeit erregte, weil sie mich in mancher Hinsicht an das Verhältnis zwischen Frau Agathe und dem Architekten erinnerte und die Ereignisse, die in solchen Fällen hereinbrechen können, in ein grelles Licht rückte. Es handelte sich um ein Trauerspiel, das sich gleichfalls an einer Meeresküste, in einem vornehmen Hotel, wenn auch fern von hier, auf der Insel Wight, abgespielt hatte und gewisse Dunkelheiten enthielt, die zum Nachdenken reizten.

Eine schöne junge Frau, die in jenem vornehmen Strandhotel Aufenthalt genommen hatte, wurde eines Abends bei der gemeinsamen Mahlzeit vermißt. Die Gesellschaft wollte sich ihr Fehlen mit der Annahme erklären, daß sie sich auf einem Ausflug verspätet hätte, ein junger Lord Soundso dagegen, ein eleganter Lebemann, den die Dame hier kennen gelernt, und der sie manchmal auf Spaziergängen begleitet hatte, zeigte sich mehr und mehr beunruhigt und erklärte schließlich, es sei Pflicht, sich auf die Suche zu machen. Man rief das Personal auf, zog mit Laternen und Fackeln den Strand entlang und fand die schöne Frau tot zwischen steilen Klippen im seichten Wasser.

Unwillkürlich mußte ich, als ich von diesem Vorfall las, an Frau Agathe denken. Denn daß auch dort Liebe im Spiel gewesen und die schöne Engländerin freiwillig aus dem Leben geschieden sei, wurde durch den Umstand wahrscheinlich gemacht, daß jener Lord, der sich sonst stets tadellos benommen, und dem niemand unerlaubte Beziehungen zu der Dame zugetraut hatte, sich beim Anblick der Leiche wie ein Rasender gebärdete, was die Augenzeugen begreiflicherweise stutzig machte. Auch ich teilte ihren Verdacht und wartete nicht ohne Spannung auf weitere Nachrichten. Als sie eingetroffen waren, steigerten sich meine Vermutungen zur vollen Gewißheit. Die Behörde, die annahm, daß Selbstmord vorliege, hatte eine Untersuchung eingeleitet; als sie aber den Lord, den einzigen, der in jenem Badeort mit der Dame näher verkehrt hatte, einvernehmen wollte, war er verschwunden. Am andern Morgen fand man ihn mit durchschossener Schläfe in der Nähe derselben Klippen, zwischen denen die schöne Frau ihr junges Leben geendigt.

Damit stand es für mich fest, daß zwischen jenem Paare auf der Insel Wight ein ähnliches Verhältnis bestanden haben mußte, wie ich es zwischen Frau Agathe und dem Architekten gewissermaßen unter meinen Augen sich hatte entwickeln sehen, und nicht ohne ein leises Gefühl von Verantwortlichkeit sagte ich mir, daß ebenso unvorhergesehen wie dort auch die kleine Liebesgeschichte, die sich hier in meiner nächsten Nähe abspielte, eines Tages zu einer aufsehenerregenden Liebestragödie aufwachsen könnte. Aber die gelinden Sorgen, die ich mir machte, schwanden bald wieder angesichts des Wohlbefindens, dessen sich alle Beteiligten zu erfreuen schienen. Auch stellten sie sich in der Folge als gänzlich überflüssig heraus. Der kleine Roman, den ich an jenem gesegneten Strande, unter der südlichen Sonne, als unfreiwilliger Zeuge miterlebte, hat – soll ich sagen zum Glück? – einen von jenem tragischen Ereignis auf der Insel Wight gänzlich verschiedenen Abschluß gefunden. Hier führte die Leidenschaft nicht ins Verderben, wie es dort der Fall gewesen. Es ist alles, wie man zu sagen pflegt, »gut ausgegangen.« Heiter sogar. Allzu heiter …

Nicht jede, die das Lächeln Ginevras lächelt, ist zu sterben bereit. Es gibt Mittel, sich abzufinden, Geheimbündnisse zwischen Lüge und Gewissen, die im gewöhnlichen Leben, wie es nun einmal ist, sich oft als recht brauchbar erweisen. Nur gesteigertes Menschentum, wenn es mit dem Sollen in Kampf gerät, hat ein Leben in die Waagschale zu werfen, das Goldeswert genug enthält, die Schönheit eines höheren Seins damit zu erkaufen.

Aus dem Rauschen der Wogen und dem lauteren Wehen des Seewindes flüchtete diese Liebe ins Hinterland, wo Menschen wohnen und Staubwolken treiben. Geschickt bog sie im letzten Augenblick vor dem Tragischen aus und lenkte mit Grazie ins Satirspiel ein.

*　*
*

Es gibt immer Menschen, denen es Vergnügen bereitet, einem über Dinge Auskunft zu geben, um die man sie nicht gefragt hat. Ein solcher erzählte mir, der Architekt trage, wenn auch zuzeiten keinen Ring, so doch für die Dauer das Joch einer mit Kindern gesegneten Ehe. Er kenne ihn aus einiger Entfernung und verbürge sich dafür. Wenn es der Wahrheit entsprach, so verwickelte es die Lage und erschwerte eine befriedigende Lösung unendlich. So legte ich mir's wenigstens in meinen Gedanken zurecht, die damals noch an tragische Möglichkeiten dachten. Aber ich täuschte mich. Es lösten sich alle Schwierigkeiten auf die einfachste und natürlichste Art. Nachträglich muß ich lächeln, wenn ich denke, was für grundverschiedene Lose das Schicksal aus ein und demselben Sack zieht. Hier war das Ende, soweit ich davon Kenntnis nehmen konnte, für alle Beteiligten gleich schmerzlos. Ja, der in gewissem Sinn Geschädigte schwamm schließlich in eitel Wonne.

Bis der Wein sich soweit klärte, mußte freilich Zeit verstreichen, einstweilen gab es noch verborgene Gärungen, und niemand wußte, ob der Most nicht die Dauben sprengen würde.

Einmal des Morgens traf ich zufällig mit Frau Agathen beim Frühstück zusammen. Sie sah blaß aus, war nervös und erwartete eine Nachricht, die die Entscheidung darüber bringen sollte, ob sie noch länger bleiben, oder nach Hause zurückkehren würde.

Im stillen darüber verwundert, daß sie an Abreise dachte, erkundigte ich mich, ob etwa ihr Mann plötzlich erkrankt sei?

Nein, oh, der war gesund, ihm fehlte nie das geringste! Wenn er sich nur in seine Geschäfte vergraben konnte! Aber wozu hat man schließlich einen Mann – um keinen zu haben? Seit drei Monaten reist sie in der Fremde, wegen der beiden Mädchen, die kränklich gewesen. Heißt das nicht Opfer bringen? Seit drei Monaten hat er sich um Frau und Kinder nicht mehr umgesehen. Soll man sich da nicht schließlich sehnen? Jawohl, sehnen – leider! Denn verdienen würde er's nicht, aber man hat eben ein Herz, anders als so ein Mann und Berufsmensch. Ist es etwa eine Kleinigkeit, drei Monate vom Hause fortzubleiben, kein Heim, kein Familienleben mehr zu kennen? Müßte er das einem nicht erleichtern, und von Zeit zu Zeit nachsehen kommen, daß man sich wieder einmal aussprechen könnte? Gegen die Geschäfte will ich nichts sagen, aber es gibt doch auch Pflichten gegen die Familie, das wird jeder zugeben. Schließlich verliert man eben die Geduld, ewig kann es nicht so weitergehen, es bleibt nichts übrig, als andere Saiten aufzuziehen. Darum hat sie ihn mit bezahlter Rückantwort vor die Entscheidung gestellt. Entweder er kommt, oder sie geht. Mit anderen Worten: Wenn er sich nicht für ein paar Tage wenigstens frei macht, sie und die Kinder zu besuchen, so packt sie ihre Koffer und reist heim.

Mit offenem Munde hatte ich zugehört. Woher plötzlich die Sehnsucht nach dem Gatten? Hatte sie je von ihm gesprochen? Auch nur durch eine Silbe verraten, daß sie an ihn dachte? Und überhaupt

–? Francesca, die sich nach Gianciotto sehnt? Erkläret mir, Graf Örindur …!

Damals ahnte ich eben noch nicht die Gründe, die Francesca bestimmen können, Gianciottos Anwesenheit für wünschenswert zu halten.

Noch war ich damit beschäftigt, mir eine so merkwürdige Tatsache zurechtzulegen, als ich Paolo *il Bello* erblickte, der sich vom Hause her näherte. Er schwenkte ein flatterndes Papier durch die Luft, es war ein Drahtbrief, den er sogar schon erbrochen hatte. Gespannt streckte Frau Agathe die Hand darnach aus und überflog den Inhalt. Ihr Antlitz, das einen erlösten Ausdruck annahm, erglühte im flüchtigen Rot einer freudigen Bewegung.

»Also doch! So brauche ich wenigstens nicht zu reisen!«

Kaum merkbar, wie leiser Spott, der mit dem Gedanken an ihren Mann im Zusammenhang stehen mochte, huschte für einen halben Augenblick ein Lächeln über die Züge der schönen Frau, das aber nicht dem Lächeln Ginevras glich und kein liebendes Frauenlächeln war. Und dem Architekten offen ins Gesicht blickend, sagte sie: »Ich bleibe noch so gern! Es ist nett von ihm, daß er Vernunft annimmt.«

Der Architekt, der mir die Hand gereicht hatte, schien es für nötig zu halten, Erklärungen zu geben.

»Der Herr Direktor depeschiert, daß es ihm gelungen ist, sich für einige Tage freizumachen. Morgen abend dürfen wir ihn erwarten. Sie begreifen, daß die gnädige Frau … nach so langer Trennung … Es ist mehr als begreiflich … nicht wahr?«

Wie in stillem Einverständnis nickte er lächelnd zu Frau Agathe hinüber und sagte noch: »Ich muß gestehn, auch ich bin entzückt, daß sich mir unerwartet Gelegenheit bietet, Ihren Herrn Gemahl kennen zu lernen.«

Es hatte ganz den Anschein, als freute er sich wirklich. Paolo, der sich darüber freut, daß Gianciotto kommt! Ich beschloß, mich in Hinkunft über nichts mehr zu wundern.

Gianciotto kam. Er blieb ein paar Tage und entfaltete hervorragende Eigenschaften als guter Gesellschafter. Er veranstaltete Ausflüge, Picknicks, Abendfeste, Segelfahrten, einen Schwimmwettbewerb, eine Wohltätigkeitsakademie und ein Tanzkränzchen, mit einem Wort, er brachte Leben und Bewegung in den stockenden Blutkreislauf des Badehotels. Im übrigen war er klein und gedrungen, kahlköpfig und beweglich wie Quecksilber, ein vielgereister und umgänglicher Bankdirektor, der alle Welt mit Aufmerksamkeiten bedachte und jedermann durch sein ebenso witziges wie zuvorkommendes Wesen bezauberte. Gegen seine Frau war er die Ritterlichkeit selbst, aus seinen glatten Mienen strahlte das bürgerliche Glück des legalen Besitzes. Und Frau Agathe hing freudestrahlend an seinem Arm, übermütig, ausgelassen wie ein Teufelchen, über ihn, über sich, über die ganze Welt lachend, während der Architekt wie ein wohlerzogenes Hündchen bescheiden an der Seite des ungleichen Paares einherzog.

Ich aber dachte an die Insel Wight. Die tragische Wendung fordert Ehrfurcht, wo sie im Wesen der Menschen begründet ist. Würden wir nicht nach und nach allen Adel einbüßen, wenn sie überall so gänzlich überflüssig wäre wie hier?

Ehe der Bankdirektor unseren schönen Strand verließ, nahm er dem Architekten und mir als liebwerten Freunden seiner Gattin noch das heilige Versprechen ab, einen Besuch in seinem Hause auf keinen Fall zu unterlassen, wenn wir in die Stadt zurückgekehrt sein würden. Und es war fast niemand, den er nicht mit der gleichen Einladung beehrte. Mitternacht und damit die Stunde der Abreise rückte heran, da nahm er geräuschvoll Abschied, von einem zum andern, dann zog er die Uhr, hatte gerade noch fünf Minuten Zeit, setzte sich noch einmal an den Abendtisch, erklärte nach genau fünf Minuten, daß er jetzt »effektiv« aufbrechen müsse, fuhr nach dem Bahnhof und legte sich befriedigt in das bestellte Schlafwagenabteil.

Kaum war er fort, so hatte sich der Wirbel auch schon besänftigt. Jeder ging wieder seine eigenen Wege. Frau Agathe mit dem Architekten, ich für mich allein. Auch mein Aufenthalt näherte sich dem Ende. Der Gedanke, daß niemand mich hier vermissen würde, machte mir den Abschied – schwer. Wie gern hätte ich mich noch länger einsam im Sande gesonnt! In vollen Zügen genoß ich die letzten Tage, abseits am Strande liegend, mit urweltlichen Gefühlen dem Rauschen der Wogen, dem leisen Pfeifen des scharfen Seewindes lauschend, der in unbeschreiblicher Reinheit über die glühende Düne strich. Einmal beobachtete ich auch noch einen Skarabäus, wie er mit kluger Geschicklichkeit seine Kugel wälzte und in Sicherheit brachte …

Und dann schlug auch für mich die Stunde, wo das Schlafwagenabteil bereit stand.

Als ich mich verabschiedete, war Frau Agathe so liebenswürdig gewesen, die Einladung ihres Gatten zu wiederholen. Und sie sah mich so gewinnend dabei an, so unverhohlen aufrichtig bekennend, so überlegen heiter um Nachsicht werbend, daß ich nicht umhin konnte, dankend zuzusagen. Indessen fand ich den ganzen Winter nicht Gelegenheit, mein gegebenes Versprechen einzulösen. Immer kam mir etwas dazwischen. Erst als der Frühling schon weit vorgeschritten war, erinnerte ich mich wieder daran und entschloß mich endlich, den versäumten Besuch nachzuholen. Freudestrahlend kam mir der Herr des Hauses entgegen, umarmte mich fast, nötigte mich einzutreten und Platz zu nehmen und quecksilberte wie halbverrückt in der Stube umher.

Sein sehnlichster Wunsch hatte sich erfüllt, ein Stammhalter war ihm geboren worden. Ganz kürzlich erst, vor wenigen Tagen, er konnte sich noch gar nicht fassen, er war noch ganz außer sich, überwältigt durch Verwirklichung des lange gehegten Glückstraumes.

»Und was die Hauptsache ist«, sagte er keuchend vor Wonne, »obgleich das freudige Ereignis um einen ganzen Monat früher eingetreten ist, als wir eigentlich erwartet hatten – die Mutter befindet sich den Umständen angemessen wohl, und der Bub, sag' ich Ihnen, der Bub, das ist ein Prachtkerl, ein wahrer Bär!«

Und als ich ihm glückwünschend die Hände drückte, fügte er mit einem listigen und gleichsam geschmeichelten Lächeln noch hinzu: »Es war doch gut, daß ich damals den Wunsch meiner Frau erfüllte und für ein paar Tage da hinunter kam, nach dem Süden, an den Strand ...«

Ein Kind der Liebe

In den Bergen, auf verschneiten Halden hatten sie einander kennen gelernt. Er liebte den Schneeschuhsport über alles. Und wenn sie auf ihren Skiern angefahren kam, in weißem Loden und bunter Wolle, strahlend vor Vergnügen, die Wangen von der eisigen Winterluft gerötet, dann sah sie noch hübsch und anziehend genug aus.

Seither trafen sie sich öfters, fast jeden Sonntag, und waren fröhlich wie die Kinder, unter dem blauen Winterhimmel, auf den makellos weißen, von der Sonne beglänzten Schneefeldern.

Nach und nach fing er an, sie auch in der Stadt zu besuchen, und kam manchmal zum Tee, wenn seine Geschäfte es erlaubten. Er hieß Weyland und war ein gesuchter Kunstgewerbler. Beide standen sie fast allein und waren ohne Familienanhang. Und so oft er kam, begrüßten sie einander mit einem fröhlichen »Ski-Heil!«

Einmal – er hatte sie wieder in ihrer Wohnung aufgesucht – da fand er sie ganz gegen ihre Gewohnheit gedrückt und traurig.

Er legte seine Hand auf die ihrige, das durfte er sich bereits erlauben, und fragte scherzend: »Tauwetter heute?«

»Ach, es ist eigentlich nicht der Rede wert, ich habe nur alte Briefe geordnet. Und wenn man so wunde Stellen in sich hat, von früher her, wissen Sie, da genügt manchmal der kleinste Anlaß, und alles erwacht wieder und tut neuerdings weh.«

»Ja, wenn man alte Briefe liest! ...« sagte er.

Das Dienstmädchen trat ein und brachte den Tee. Frau Berta goß das goldene Getränk in die chinesischen Tassen, durch deren feine Wände das Licht schimmerte wie ein liebliches Wunder. Er betrachtete die schlanke Biegung ihres Handgelenks und hatte seine Freude daran.

»Hier ist Rum und Sahne«, sagte sie. »Hier Haselnußzwieback. Hier sind Brötchen. Hier Zigaretten!«

»Gott, ist das Leben schön!« sagte er.

»Ja, wenn es keine alten Briefe gäbe!«

»Ich möchte Ihnen einen Vorschlag machen«, sagte er. »Versuchen wir es, einander bloß als freundliche Gegenwart zu nehmen. Gleichsam als waren wir neu geboren von dem Tage an, wo wir einander zum ersten Male begegneten. Was vor dieser Stunde liegt, sei ausgelöscht für immer, alles Unholde, Quälende, Belastende der Erinnerung! Wir wollen es mit keinem Worte, keiner Frage, keinem Gedanken berühren! Was denken Sie darüber?«

»Es wäre freilich schön, wenn man so gewissermaßen ganz von vorne anfangen, gleichsam ein neues, befreites Leben beginnen könnte. Halten Sie es für möglich?«

»Ich halte es nicht nur für möglich, ich glaube sogar, daß in gewissen Zeitabschnitten jeder Mensch, der in sich stark und frei werden möchte, einen solchen Entschluß fassen muß. Die Vergangenheit ist manchmal wie Ballast, der uns niederzieht. Der Luftschiffer, der höhersteigen will, muß sich entschließen, ihn auszuwerfen.«

»Sie meinen also, daß wir sozusagen gar keine Vergangenheit mehr hätten, Sie und ich?«

»Nur eine Gegenwart und eine Zukunft! Sind Sie es zufrieden?«

Er streckte ihr die Hand hin, und sie schlug ein.

»Gut, werfen wir Ballast aus!« sagte sie dankbar.

Er sprang auf und schritt mit gesteigertem Lebensgefühl im Zimmer auf und nieder.

»Wir heben uns von der Erde, wir fliegen, ich spür' es, daß wir fliegen!«

»Gemach, lieber Freund! Daß wir nicht bis in die Wolken fliegen, dafür ist schon gesorgt. Dazu waren wir wohl auch beide nicht mehr jung genug, meinen Sie nicht? Und in der zweiten Hälfte des Lebens wird man überhaupt bescheidener. Man weiß, daß es nicht gleich das sogenannte Glück sein muß. Ein bißchen froh sein ist auch schon etwas ... Glauben Sie, daß wir nächsten Sonntag noch einmal ins Freie kommen?«

Da sprachen sie wieder vom Schnee und von der Lust des Skifahrens und hofften, daß es noch einmal Winter werden sollte.

Vom letzten Skiausflug, den sie diesen Winter unternahmen, kehrten sie als Verlobte heim. Es hatte sich wie von selbst gemacht, ganz schlicht und besonnen.

Nun gab es allerhand Formsachen zu erledigen, Schwierigkeiten zu beseitigen – eine geraume Zeit ging hin, ehe die Trauung endlich in aller Stille stattfinden konnte. Sie unternahmen eine weite Hochzeitsreise und ließen stillvergnügt eine Menge Natur- und Kunstschönheiten an sich vorüberziehen.

Es war ein dämmernder Novemberabend, als sie in die Stadt zurückkehrten und an dem Hause vorfuhren, wo sie wohnen sollten. Sie fanden die Fenster erleuchtet. Gespannt stiegen sie die Treppe hinauf. Freunde hatten es übernommen, die Einrichtung der Wohnung zu überwachen. Bertas treue Hausgehilfin von früher erwartete sie, öffnete ihnen in weißer Latzschürze die Tür und begrüßte mit Freuden ihre Herrschaft.

Die Heimgekehrten traten ein und legten ab. Sie fanden es entzückend, daß sie sich nur so ins fertige Nest zu setzen brauchten, das Gefühl des eigenen Heims nach so vielen Gasthofzimmern umflutete sie mit wohliger Wärme. Es war alles so behaglich und geschmackvoll wie möglich eingerichtet, nach Weylands eigenen Plänen und Entwürfen, jeder Raum sprach seine eigene Sprache, je nach seiner Bestimmung. Nichts fehlte, sogar an ein Kinderzimmer war gedacht; da lachte Frau Berta und schüttelte den Kopf: »Phantast!«

Eben hatten sie sich an den frisch gedeckten Speisetisch gesetzt, auf dem alles von Neuheit funkelte, und den Suppenlöffel zur Hand genommen, als die Flurglocke klingelte.

»Wer kommt noch so spät?« fragte Weyland.

Sie lauschten.

Das Mädchen kehrte zurück, verlegen, befremdet, hilflos. Ein Kind stehe vor der Tür, ein kleiner Bub. Aber es sei nichts aus ihm herauszubringen.

»Also hereinführen!«

Es war ein hübscher Junge, mehr als ärmlich gekleidet, verwahrlost geradezu, nicht einmal ordentlich gewaschen und gekämmt. Verschüchtert stand er da, mit offenem Mund, und ließ die großen dunklen Augen an der Decke umherirren. Auf die Fragen, die an ihn gerichtet wurden, blieb er jede Antwort schuldig, gerade als verstünde er nicht deutsch.

Da bemerkte Frau Berta, daß er einen Brief an einem Faden um den Hals hängen hatte. Die Anschrift lautete auf ihren Namen. Jawohl, an sie selbst war der Brief gerichtet, an *Frau* Weyland. Sie erbrach ihn und las. Sie wurde rot, befahl dem Mädchen, die Suppe hinauszutragen und warm zu stellen.

»Von wem ist der Brief?« fragte Weyland gespannt.

Sie reichte ihm das Blatt, und er las: »Ich sterbe im Elend! Ich weiß mir nicht mehr zu helfen. Mein Kind hungert und friert! Die

Abfindung, die sein Vater einst gezahlt hat, ist durch meine Krankheit verbraucht. Was soll aus dem Knaben werden? Die Männer sind hartherzig. Üben Sie Gnade, gnädige Frau! Seien Sie barmherzig! Nehmen Sie sich des Kindes an!« Die Unterschrift lautete: »Eine Verlassene.«

Weyland schüttelte den Kopf: »Eine Verlassene –?«

Unten stand noch eine Nachschrift: »Der Bub heißt Peter.« Frau Berta hatte sich erhoben und nahm den Knaben an der Hand.

»Zuerst wollen wir ein Bad nehmen, Peterl – was meinst du? Und uns ein bißchen nett machen? Hm? Komm, komm!«

Und ruhig, ohne ein Zeichen von Erregung, ohne sonst ein Wort zu sagen, oder auch nur um sich zu blicken, führte sie das Kind hinüber.

Mit großen Schritten ging Weyland im Speisezimmer auf und nieder. Immer ging es ihm im Kopf herum: »Ich sterbe im Elend … Eine Verlassene …«

Als Frau Berta zurückkehrte, trug sie den Knaben im Bademantel sorglich auf dem Arm und setzte ihn neben sich an den Speisetisch: »Die unsauberen Kleider kann Peterl überhaupt nicht mehr anziehen, die sind zu garstig. Morgen werden wir neue kaufen, schöne, reine! Und setzt wollen wir uns das Essen recht gut schmecken lassen, nicht wahr? Hat Peterl Hunger?«

Sie sagte das alles zu dem Kinde und vermied es, ihren Mann anzusehen. Weyland setzte sich schweigend auf seinen Stuhl, das Mädchen brachte die Suppe. Es war eine sonderbare Mahlzeit zu dritt. Frau Berta ging ganz darin auf, den kleinen Peter zu füttern, der sich's übrigens weidlich schmecken ließ.

Nach Tisch brachte sie den Knaben zu Bett. Die neue Kinderstube wurde eingeweiht.

Weyland wartete im Speisezimmer auf seine Frau. Als sie endlich eintrat, sagte er gepreßt: »Ich möchte ein paar Worte mit dir sprechen.«

Sie setzten sich einander gegenüber.

»Es ist eine sonderbare Lage, in die wir geraten sind«, begann er. »Ich bin selbstverständlich nicht gesonnen, mir irgendeinen Wechselbalg, den man uns anonym ins Haus schickt, ohne weiteres aufdrängen zu lassen. Was denkst du darüber?«

»Wir können das hilflose Kind doch nicht auf die Straße hinausstoßen.«

»Für heute bleibt uns freilich nichts übrig, als es bei uns aufzunehmen.«

»Und morgen?«

»Morgen werde ich den Knaben der Behörde übergeben, *ihre* Aufgabe wird es sein, seine Herkunft auszuforschen.«

»Die Mutter sollte man allerdings ausforschen lassen«, sagte Frau Berta. »Schon aus dem Grunde, um die letzten Stunden einer Sterbenden womöglich zu erleichtern. Vielleicht kannst du der Behörde dabei sogar behilflich sein.«

»Wieso?«

»Ihr gewisse Anhaltspunkte an die Hand geben, meine ich.«

»Ich?«

»Der reine Zufall wird es doch wohl nicht sein, daß gerade *uns* dieses seltsame Hochzeitsgeschenk ins Haus geschneit kommt.«

»Ich kann dich versichern ...«

»Versichere nichts, bitte! Du bist mir durchaus keine Rechenschaft schuldig.«

»Rechenschaft! Es handelt sich darum, den Knaben wieder los zu werden.«

»Warum eigentlich?« fragte Frau Berta. »Wir könnten ihn ja auch bei uns behalten.«

»Diesen stummen Fisch, der uns nichts angeht?«

»Er war durch die fremde Umgebung und besonders vielleicht durch deine Anwesenheit verschüchtert, auch fehlt es ihm an Pflege und Erziehung. Aber ich halte ihn, nach allem, was ich unter vier Augen mit ihm redete, für ein ganz aufgewecktes Kind. Ich glaube, es wohnt eine kleine Menschenseele in ihm. Und wenn wir keine eigenen Kinder bekämen ...«

Weyland stutzte und dachte nach. »Soll ich mich gewissermaßen – zwingen lassen, ohne daß irgendeine rechtliche Verpflichtung ...«

»Bist du sicher«, fiel Frau Berta ihm ins Wort, »daß an der Rentier dieses Knaben und an dem Kinde selbst nicht ein großes Anrecht begangen wurde?«

»In dem Brief wird die erfolgte Auszahlung einer Abfindungssumme doch ausdrücklich zugegeben. Was verlangst du mehr? Damit ist doch jedes Unrecht getilgt!«

»So? Wir Frauen denken anders in diesem Punkte. Die Männer sind hartherzig, steht in dem Briefe. Und wer von ihnen könnte behaupten, daß er schuldlos sei uns Frauen gegenüber? Mein Peterl ist nur eins der unzähligen Zeugnisse ihrer Schuld.«

»Erlaube, du widersprichst dir einigermaßen. Du sagst, ich sei dir keine Rechenschaft schuldig, und dennoch fühle ich ans deinen Worten etwas wie einen Vorwurf heraus … gegen mich … oder gegen meine Vergangenheit.«

»Gegen dich? Gegen deine Vergangenheit? Erinnere dich, bitte! Du hast doch gar keine Vergangenheit, nicht wahr? Die haben wir doch als Ballast über Bord geworfen. So kannst du auch keine Schuld auf dir sitzen haben, das ist klar. Ich spreche auch bloß von den Männern überhaupt. Und die haben alle ihre Vergangenheit, das kannst du mir glauben, und alle sind sie einmal auf diese oder jene Art schuldig geworden uns Frauen gegenüber.«

Weyland war aufgestanden und ging mit gesenktem Haupt auf und nieder.

»Besser als die Männer überhaupt bin ich natürlich auch nicht! Das ist mir wohl bewußt. Und auf meinem Kerbholz steht sicher soviel Schuld verzeichnet wie auf dem aller andern.«

»Dann hilf mir, Freund, wenigstens einen kleinen Bruchteil der allgemeinen Schuld, von der ich spreche, sühnen! Laß sie uns gemeinsam wieder gutmachen, soweit es in unseren Kräften steht. Laß sie uns gutmachen an diesem Kinde, dessen Mutter im Sterben liegt, und das nie einen Vater kannte!«

Er blieb stehen und sah sie zweifelnd an.

»Wenn ich dich recht verstehe, so ist es ein großmütiges Anerbieten, das du mir machst. Aber ich fürchte, es könnte früher oder später ein Augenblick kommen, wo du dieses Kind, das nicht dein eigenes ist, als störend in unserer Ehe empfändest, als – Ballast, wenn wir bei dem Vergleich bleiben wollen, den ich unberechtigterweise in unser neues, befreites Leben mit herübergeschleppt hätte?«

»Fürchte nichts, ich weiß, was ich tue!« sagte sie fest. »Ich tu' es in der Überzeugung, daß wir Frauen Mutter werden können, nicht bloß durch die Schmerzen der Geburt, wir können es auch werden durch die Liebe. Und an Liebe soll es unserm Peterl nicht fehlen, das verspreche ich dir. Ich werde mir dieses Kind, das heute noch nicht mein Kind ist, weil eine andere es geboren hat, ehrlich zu verdienen suchen. Wir wollen es zu einem tüchtigen Menschen und – wackeren Skifahrer erziehen. Ist es dir recht so?«

Da eilte er auf sie zu, beugte sich nieder und küßte ihre Hände. »Du Gütige!«